新潮文庫

楡家の人びと

第一部

北杜夫著

楡家の人びと　第一部

第一部

第一章

楡《にれ》病院の裏手にある賄場《まかないば》は昼餉《ひるげ》の支度に大童《おおわらわ》であった。二斗炊《だ》きの大釜《おおがま》が四つ並んでいたが、百人に近い家族職員、三百三十人に余る患者たちの食事を用意しなければならなかったからである。

竈《かまど》の火はとうにかきだされ、水をかけられて黒い焼木杭《やけぼっくい》になった薪《まき》が、コンクリートの床の上でまだぶすぶすと煙をあげていた。しかし忙しく食器を並べている従業員の誰《だれ》も、そこへ行って燻《くすぶ》っている薪を始末しようとはしなかった。そんなことにかまっている閑《ひま》もなかったし、なによりもそこは伊助爺《いすけじい》さんの領分だったからだ。彼はもう十五年この病院で飯を炊いていて、おまけに御多分にもれぬ一刻者《いっこくもの》、ちょっとしたことでも他人に嘴《くちばし》を入れられることは容赦できない臍曲《へそまが》りだったのである。

その伊助爺さんは、充分にみんなをじらしておいたうえで、やおら大釜のぶ厚いふたを取りはらった。すると熱気のこもった炊事場の空気のなかに、もっと火傷《やけど》するくらい熱く、ねばっこく、親しみぶかい湯気が濛々《もうもう》と立ちのぼった。爺さんは櫂《かい》のような大しゃもじを両手に取りあげると、ざぶりとバケツの水に浸し、ふっくらと見事に炊きあがった大量の飯をかきまわしにかかった。釜の底のほうの飯を持ちあげるには、小柄《こがら》な伊助は木の踏台に乗らねばならなかった。そうやって飯をひっくりかえしている彼は、かなりのせむしであった。前かがみになればなるほど、その背中の隆起した瘤《こぶ》はふくれあがってくるのだった。しかもその服装がまたよくない。少なくとも賄いをあずかる以上はもっと清潔であるべきなのに、その着物はすっかり黒ずんでいて縞《しま》模様《もよう》も定かでなかった。厚ぼったい前掛も同様である。手にも顔にも煤《すす》がこびりつき、要するにまっ白に炊きあがった飯とはまったく対照的な存在といえた。この黒く煤けた背の低いせむしの男が、独自の職人気質《かたぎ》をむきだしにして一心不乱に飯をかきまわしているさまは、どことなく奇怪で、いくぶん滑稽《こっけい》な光景でもあった。その身なり風《ふう》態《てい》のため、彼は実際の齢《とし》よりずっと老《ふ》けて見えた。本当はまだ爺さんと呼ばれるのは気の毒な年齢だったのに。

伊助に清潔な身なりをさせるためにこれまで試みたさまざまな企ても、結局は徒労に帰した。彼が言うのには、自分には自分のやり方があり、着心地のわるい上っぱりなんぞつけた日には、まっとうな飯は炊けっこないというのだった。院長先生さまがぴんとした髭《ひげ》をおったてなさって、まっとうな診《み》たてをなさるのとおんなじことだ。わしの強情は親ゆずりだ。死んだ兄貴だってわしとそっくりの気性でな。

といって、伊助がもっと皆を困らせたのは予防注射のときである。彼は職務上から言っても、まっ先にチフスだのコレラだのの予防注射を受けねばならないのだが、そんな妖《あや》しげなものを彼がおとなしくやらせるわけがなかった。そのうえ彼は大師《おだいし》さまを信じていて、自分にかぎり伝染病なんぞにかかるわけがないと主張するのである。考えた末、伊助が昼寝をしているところを抑えつけようとしたところ、彼はふんどし、ひとつのまま跣《はだし》で逃げた。病院の下手《しもて》は土地が一段低くなり、竹藪《たけやぶ》になっている。その竹藪の中に逃げこんでしまってどうしても出てこない。そんなわけで楡病院のこの飯炊きは、未《いま》だかつて一度も予防注射をしたことがないのである。

しかし伊助の炊く飯がとびきり上等で口当りのよいことは誰にしろ認めねばならない。この夏の米騒動以来、ときどき外米をまぜねばならぬので以前のような具合にはいかないが、楡病院の当主である基《き》一郎《いちろう》院長が何回となく、「うちの病院の飯は日本一うまい」と讃《ほ》めたたえただけのことはあったのである。もっとも院長はなんでも「日本一」というのが口癖ではあったけれど。

伊助は、ほうほうと立ちのぼる湯気にまみれて手慣れた手つきで大釜の飯をかきまわし終ると、いつものように長く言葉をひっぱって、しわがれ声をだした。

「ほうれーえ」

これが合図であった。大勢の従業員がばらばらと寄ってきて、飯を容器に移しはじめた。むこうでは大鍋《おおなべ》から汁《しる》をよそっている。アルミニウムの食器がかちゃかちゃ鳴る。下に車のついた配膳台《はいぜんだい》が押されてくる。日に三度の、慌《あわただ》しくも活気のある光景なのである。

賄いはたしかに一面において楡病院の中心でもあった。そしてここのところ、大まかで単調な病院の菜《さい》にも思いがけぬ変化のあることが少なくない。この九月には寺内内閣が倒れ、最初の平民宰相原敬《はらたかし》があとを継ぐと、みんなの食膳には洩《も》れなく尾頭《おかしら》つきがついた。なぜなら、この病院の当主である基一郎院長は政友会の代議士でもあったからだ。もっともごく小さな鯛《たい》で、若い書生たちは鰯《いわし》でも食うように骨ごと呑《の》みこんでしまった。そしてつい先ごろ、あれだけ執拗《しつよう》に頑張《がんば》っていた独逸《ドイツ》がついに屈服した。さすがのカイゼルも――カイゼルというと病院の関係者はどうしても院長の髭を思い浮べずにいられなかったが――とうとうへたばったのだ。

　町ではこの戦争に半ば無関心であっただけに、なお一層ころげこんだお祭り景気を愉《たの》しもうという気分にあふれていた。日比谷公園には、戦捷《せんしょう》祝賀の連合国旗に彩《いろど》られた山形の大門が建ち、群衆は押しあって怪我《けが》をした。飾りつけはなかなかの見物《みもの》であった。独逸軍国主義にひっかけた「軍国酒器」というこわれた大ビヤ樽《だる》もあったし、「灸千屁イ輪《キユウセンヘイワ》」（休戦平和）とかいうなんだか意味のよく通じない三間半の大イタチの造り物もあり、哀れな独帝が首を吊《つ》られている人形もあった。夜には提燈《ちょうちん》行列が出たし、昼には花電車が走った。こういうことは病院の誰か彼かが見物に行ってニュースをもたらすのである。すると病院を一歩も出たことのない婆《ばあ》やから患者から、いつの間にか自分自身でその光景を見たような気分になった。芝の附近で一台の花電車が火を発したのを見たのは、ちょうどそのころ病院に勤めるようになったばかりの少し足りない看護人であった。彼は最初の東京市内見物に出て、たまたまこの僥倖《ぎょうこう》に行きあわせたのである。

「ほだらよう、アッと思うたらパチパチと火がでてよう、幕やら旗やらに燃えついてよう、蒸気ポンプがとんできただ、蒸気ポンプがよう」

　すると、病院の中に小売店をだしている天理教にこった小母《おば》さんまでが、花電車というものは危ないものだ、桑原桑原、と言いだすのだった。

賄いの菜のことに戻《もど》れば、原内閣も独逸降伏も棚《たな》からボタ餅《もち》のことであったが、それに加えてもうすぐ楡病院の「賞与式」の日がくる。おまけに今年はこの青山に大病院を建ててから十五周年だという話だ。次には暮の餅つきがあって、正月がきて……と考えるのは、なにも大飯食らいの書生や看護人だけに限られなかった。

……むっと湯気のこもる賄いの外には、もう本格的な冬の凍えた空気がはりつめていた。腐りかけたブリキ缶《かん》に何杯もたまっている賄いの屑《くず》を二、三匹の穢《きた》ない犬があさっていた。彼らは近所の原っぱに巣くっている野犬で、追っても追っても性懲《しょうこ》りなくやってくるのである。銀杏《いちょう》の大木は枝ばかりになって、それでも北風に立ちむかうような恰好《かっこう》で風呂場《ふろば》のわきに突ったたっていた。浴場は院長自慢のものである。外観こそうす汚れ、壁際《かべぎわ》に堆《うずたか》く積まれた石炭殻《がら》があたりの風景をいっそう寒々とさせていたが、内部にはタイルばりの大浴槽《だいよくそう》があった。浴槽の下には奇妙に渦《うず》を巻いた鉛管が走っていて、この湯こそ治療効果満点のラジウム風呂というのであったが、その秘密は院長しか知らない。しかし楡病院の入院案内書には、このラジウム風呂のことが特に一項目をもうけられて、ものものしい美文で説明されていたのである。

風呂場から少し離れて、小さいのや大きなのや、古いのや新しいのや、あまり上等とはいえぬ長屋風の家がごしゃごしゃと立並んでいた。これらは職員の住宅でもあったし、数名からときには十数名もいる書生が住んでいる場所でもあった。基一郎院長がまだ本郷で開業していた頃《ころ》から、郷里の出身者、あるいはほんのわずかな関係から、彼のところに食客となっている書生は数多かった。彼らは病院の手伝いをし、勉強をし、医師試験を受けて医者になっていった。現にいまの楡病院の医師、薬剤師の多くはこうした者から成立っていたのである。もっともいくら試験を受けても合格しない者もいたが、院長は彼らに相応《ふさわ》しい仕事を世話してやった。もっとひどいのは、何年も飯を食べ、食べるだけでゆうゆうと月日を過している者もいた。いつの間にか行方不明になってしまう者もいた。だが、彼らを養うことは基一郎の道楽の一つでもあったのである。

楡基一郎は決して怒らない、あるいは怒った気色《けしき》を露ほども顔に現わさない男である。誰にでも愛想《あいそ》がよかった。もっともこの愛想のよさは多分に調子のいいことであり、ときにはお世辞そのままに上すべりに響いたが、ともあれ院長は猫《ねこ》にだって誰にだって愛想がよかった。

あるとき、ぐうたら者で有名な一人の書生が、どうしたわけか朝早くから病院の玄関の廊下に立っていたことがある。ただなんとなく立っていたのである。彼は常々自分は医者になる勉強をするために東京に出てきたのであり、楡病院の廊下を掃くために存在しているのではない、と広言していた。そのくせべつに勉強をするわけでもなかったから、仲間からも蔭口《かげぐち》を利《き》かれるし、内心いくらか気に病んでいたらしい。それでも誰がふき掃除なんかするものかというくらいの顔をして廊下に立っていると、そんな朝っぱらから院長がやってくるのが見えた。基一郎は近づいてくると、実に愛想のよい笑顔を見せて声をかけた。

「いや、ご苦労、ご苦労」

それがあまりにも優しい口調だったので、同時に基一郎はすこし顔を上むけて頤《あご》でものをいう癖があったので、書生は半分気がとがめ、半分腹を立ててこう言った。

「ご苦労って先生、ぼくはなんにもしちゃいないのです」

「いやいや君、朝早くからそうやって廊下を歩いていてくれると、病院には活気がでる。いかにも繁昌《はんじょう》しているように見える。いや、ご苦労ご苦労」

こんな話はざらにあるが、基一郎にしてみればそれは皮肉でもなんでもなく、本当に心底からそう思っていることは間違いなかった。

風呂場の横手にごしゃごしゃと立並んでいる家々は、必要以上に楡病院に居住している人々のためであったが、楡家の娘や息子や女中たちの住いもやはりその中にまじっていた。要するに大変な大世帯《おおじょたい》なのであり、無理に建てまされたり改造されたりしていて、いかにも雑然としているのはやむを得なかった。あながち壮麗という言葉を使っても言いすぎではない楡病院の正面からの景観にくらべると、この病院の裏手、賄いから始まって大浴場と何軒もの家屋が密集している地帯は、なんだかうらぶれた大都会の裏町のように見えた。

その中でいくらかましに見える二階建ての普請《ふしん》が、院長夫妻をのぞいた家族の家屋であった。それなら院長は一体どこに住んでいたのか？　それは「奥」であった。楡病院の正面のまるで宮殿のような大理石造りの建築――と初めて見る者は誰しも思った――の右半分は患者のための特等室になっている。しかし左半分は、事務室や待合室や外来用の診察室もあったけれど、なお廊下を辿《たど》ってゆくと、そこから先はみんなが「奥」と呼んでいる院長夫妻の住む特殊な部屋々々なのであった。病院の一々名前も覚えられぬ従業員たちの中でも実際に「奥」を知っている者は数少ない。大廊下をしきっている黒ずんだどっしりした扉《とびら》から先は勝手に出入りを許されず、「奥」づきの女中が用を弁じた。「奥」にはいわば紫の雲が漂っていた。なんでも洋式の「すんばらしい」便所や、独逸から院長がわざわざ持帰ったダブルベッドとやらが具《そな》えてあり、壁は女心も男心をも誘うようなピンク色に塗ってあるそうだ、と病院の下《した》っ端《ぱ》の連中は噂《うわさ》した。院長先生はお子さんさえ裏に住まわせている、あんなに沢山の広い部屋があんなさるのだから一緒に暮されたらよかろうに、というのは初めてこの病院に勤めた者がたいてい一度は抱く感慨であった。

その「お子さんたち」の住む裏の二階屋の階下からは、そのとき単調な子供っぽい節まわしの唄《うた》がきこえていた。一方の声はかなり甲高いまだ小さな女の子のもので、もう一方のはずっと年寄った女の、疲れたような眠たげな調子っぱずれの声であった。

青山墓地から　白いオバケが三つ三つ
　赤いオバケがみっつみつ
そのまたあとから　袴《はかま》はいた書生さんが
スッポンポンのポン

そうやって遊んでいるのは基一郎の三番目の娘桃子《ももこ》で、今日は日曜で学校は休みなのである。相手をしているのは下田の婆やで、肥満した、いかにも柔和そうな、自分の子供を犠牲にしても主家の子女を大事にする、一昔まえの典型的な乳母といってよい女なのだ。

かつて下田ナオは東京帝国大学附属病院の看護婦養成所を優秀な成績で卒業した。それから日本赤十字病院に勤めた。そのまま勤めていたなら彼女はとうに主席看護婦の地位に近づいていたかも知れない。しかしナオは不幸な結婚をした。不実な男は逃げ、残された小さな男の子は栄養不良で死んだ。そうした彼女を楡家に連れてきたのは基一郎である。同郷のこともあったが、院長は以前からナオの素質を見抜いていたのである。彼女は本郷時代の楡医院に勤め、青山に移ってからも楡病院の看護婦長を勤めた。しかしやがて彼女は、病院の勤務よりも、もっと楡家に親《ちか》しい存在、家族の中に溶けこむというよりほとんど家族以前の存在になった。つまり彼女は乳を与えない乳母になったのだ。基一郎の妻ひさが病弱だったところから、実母に代って長女の龍子《りゅうこ》の世話をし、次々にあとから生れてきた四人の子供をすべて手塩にかけた。今となってはナオはとうに楡家にとってかけがえのない女中頭であり、まるで百年も昔からこの家に根をおろしているとしか思えない「下田の婆や」なのであった。といって彼女はべつに主《ぬし》みたいな年寄りではなく、この年ちょうど五十歳だったが、更に附言すれば、当時は人生五十年といえば上の部に属していたのである。ナオが院長夫人ひさ、つまり「大奥さま」と同じ年齢だったこともなにかの因縁なのかも知れなかった。

桃子は近所にある青南小学校の五年生で、まだ女としての顔立ちの見通しは判然とはきかないものの、それでも姉たちにくらべて遥《はる》かに器量が落ちていることだけは断言できた。鼻は丸まっちいといってよく、頬《ほお》は下ぶくれしすぎていて、目はくるくると愛嬌《あいきょう》よく動いたが、いささか愛嬌がありすぎた。が、そんなことは彼女の責任ではなかったし、自分が姉たちより病院の誰彼にずっと人気のあることを彼女はよく知っていた。桃子はかなりおませのくせに、こんな子供っぽい遊戯にも夢中になる性格で、小鼻のわきに汗までかきかねない熱中ぶりだった。

「せっせっせ」と、彼女は息をきらして合図をするのである。そして唄にあわせて、相手と交互に掌《て》を打合せた。

青山墓地から　白いオバケが……

この遊戯は、「スッポンポンの」というところで腕組みをするように腕を組合せ、最後の「ポン」でジャンケンをする。桃子は下田の婆やを負かしに負かし、ますます活気づき、婆やがいい加減へこたれているのにいっかな止《や》めようとしなかった。

かたわらでは、長火鉢《ながひばち》にかけられた小鍋がぐつぐつ煮えていた。それは流感で隣室に寝ている桃子と二つ違いの弟のための粥《かゆ》であった。桃子たちは平生《へいぜい》はやはり賄《まかな》いの御飯を食べた。もっとも菜の少ないときは別におかずを与えられたけれど、「奥」をのぞいては楡家の家族はみんな賄いでできる食事をとっているのだった。彼らの食事は病院の配膳が終ったあとになるので、大抵ずっと遅くなる。

しかし桃子は遊戯に夢中で、もうお昼でかなり空腹になっていることなどまるで念頭にないらしかった。

袴はいた書生さんが　スッポンポンのポン

「ちえっ、なにがスッポンポンだい」

と、唐紙《からかみ》ごしにむずかる声がした。楡家の末っ子米国《よねくに》の声である。

「ぼくのお粥まだ？　こちとら、もうてんでお腹《なか》がすいちゃったい！」

米国は上の姉たちが聞いたら目をむいて小言を言いそうな文句を吐きちらかしたが、そのあと犬が遠吠《とおぼ》えするように咳《せ》きこんだ。この年猖獗《しょうけつ》を極めた悪質のスペイン風邪にものの見事に彼はやられていたのだ。そしてこの末の子は腺病質《せんびょうしつ》の気味があり、たとえ何も流行していなくてもすぐに風邪をひくのは例年のことであった。

米国とはまた途方もない名前だが、これは基一郎の多分にはったり気味のハイカラ趣味である。桃子と六つ違いの兄は欧洲《おうしゅう》といった。基一郎がむかし独逸に留学する直前に生れたからである。次に基一郎がアメリカ漫遊を試みた年に生れたのが米国で、ベイコクではあんまりというので郷里の和尚《おしょう》の意見によってヨネクニとよませた。それればかりではない、長女の龍子にしろ次女の聖子《せいこ》にしろ、当時にしてはかなり風変りの尖端《せんたん》的な名前といえたが、実は楡基一郎という姓名そのものが自らのハイカラな感覚によって創造されたもので、彼が親から貰《もら》った名前は似てもつかない田舎じみたものだったのである。

その楡家の家族の中で一番平凡な名前をもつ桃子は、隣室でむずかっている弟の声を聞くと、とっさになにか応酬してやる言葉を考えた。なぜなら彼女は決して弟と仲が悪くはなかったものの、少なくとも下田の婆やに関しては仇同士《かたきどうし》なのであった。姉や兄は齢《とし》が違っていた。この年少の二人だけで婆やの取りっくらをするのである。夜、二人は一室に婆やをはさんで寝るのだったが、眠りながらも双方とも婆やの腕を片一本ずつしっかりと抱きしめていた。下田の婆やはといえば、そんなふうに争奪戦の間に挟《はさ》まれ磔《はりつけ》みたいに腕を引っぱられながらも、平気でたいそうの鼾《いびき》をかいて眠りこけた。

しかし桃子は、弟をやりこめることを中止し、その代り前よりずっと甲高い声で歌いだした。

「せっせっせ、青山墓地から……」

下田の婆やは弱ったようだった。病気の米国も心配だったが、うっかり桃子の意志を無視して立っていってしまうと、桃子は急転直下泣きだす怖《おそ》れがあった。彼女の泣虫は有名だった。つまらないことで実にたやすく泣きだすのだ。声はあまり立てず、その代り造り物みたいに大粒の涙をぼろぼろとこぼすのである。

ちょうどそのとき、がらりと格子戸《こうしど》のあく音がした。

「婆やさん、また新聞見せてもらえんかね？」

「あっ、ビリケンさんだ」

桃子は喜んで立上り、せっかくのジャンケンポンも忘れてしまったようだった。

ビリケンさんは新聞を声をだして読むのである。朗読するのである。しかも突拍子もなく面白《おもしろ》い抑揚をつけて。たとえ内容はよく理解できなくとも、桃子にとってそれは楡病院という雑多で広範囲な機構から生ずるさまざまな愉しみの一つといってよかった。

ビリケンというのは一時流行した西洋人形の名称であったが、それに加えてついこの間まで政権を握っていた寺内前首相の渾名《あだな》でもあり、ちょっと頭のてっぺんが突出している人間は当時よくこの渾名を冠せられたものである。楡《にれ》病院のビリケンさんもまた、イガグリ坊主《ぼうず》の顱頂《ろちょう》がおあつらえむきにとがっていた。彼はもう何年も病院にいる施療《せりょう》患者の一人で、どこかわからないが確かに脳がわるいということだった。楡基一郎は昔は内科百般の医者であったが、独逸では主に精神病学を修め、帰朝してからは脳を病む患者をあつかいだした。青山に新病院を建設してからは、門には二つの看板がかけられた。一つは以前からの『楡病院』であり、もう一つは『帝国脳病院』という名称である。現在では実際のところ、結核をはじめとする各種の病人もいることはいたが、入院患者の主流は精神病の人たちが占めていたのである。

もっともビリケンさんがどんなふうに脳がわるいのかは、桃子はもとより下田の婆《ばあ》やにもわからなかった。もうずっと以前から彼は病院内を普通に歩きまわり、配膳《はいぜん》の手伝いをしたり植木を移すのを手伝ったりしていて、言動にしてもそれほど変っているとは思われない。もしかしたら新聞を節をつけて読むのが病気なのかも知れない、と桃子は思ったりした。

新聞は「奥」でもとっている。病院でも数種類とっている。それは娯楽室にまわされるが、古くなったのは更に下田の婆やのところに集められてくる。この二階屋でも長女龍子の夫、養子の「若先生」が新聞をとっているが、そういう古い新聞がすべて束となってここの押入れに積まれてあった。下田の婆やはこれをあとで屑屋《くずや》に売るのである。

ビリケンさんはべつに新しいニュースを知りたいのでやってくるのではなかった。ときには何カ月も前の新聞を読むこともある。二、三日前の新聞にめぐりあうこともある。なんでも活字を読みあげるのが愉《たの》しいらしいのである。

彼はずかずかと上ってきて、押入れから一束の新聞をとりだした。順序もなく積んであるのをいい加減につかむのだから、行きあたりばったりであり、どんな新聞、どんな日附《ひづけ》にぶつかるかは仏さまだけが知っていた。

「ほう、こりゃ都《みやこ》か。こりゃ新しい」と、彼は呟《つぶや》いた。

その間に下田の婆やはすっかり煮えあがった粥の鍋《なべ》を持って立って行った。しかしビリケンさんは、早くもいくらか声を震わせて読みはじめていた。

彼は「世界の上に未《いま》だ嘗《かつ》て観《み》られざる横浜市の祝捷《しゆくせふ》行列」の記事を読んだ。なんでも、戦いは捷《か》てり平和は来《きた》れりと高唱する在留外人を中心として、山車《だし》や花自動車や馬車があわせて百五十余、列の長さは三十余町にわたり、地球上の民族は敵国を除いて総《すべ》て殆《ほとん》ど集まったというのである。次に彼はもう一枚の新聞をとりあげて、「安い米は当分食へぬか、正米も期米も依然として高し」と読みあげた。「米は来年には一石五十円はおろか七十円にもならうといふ。そんな高い米を食はなくとも我等《われら》は愉快な生活ができるくらゐの意地あり、一月《ひとつき》に一日や二日の米無日《こめなしデー》を実行するに何の苦があらん」

「それ、つまらない。もっとほかのをよう」と、桃子は鼻を鳴らした。

「あいよ。米無しデーはたまらねえからな」

ビリケンさんは気安く答え、今度は半分醤油《しょうゆ》のしみのある古びた新聞をひっくりかえしはじめた。

「世界に誇るべき大発明、天然色写真の完成、赤貧と闘へる発明家飯田湖兆《こてう》氏」

と、彼は素敵な調子をつけて読み、桃子はなにがなしうっとりと、着物の裾《すそ》がはだけるのもかまわず、まるで男の子のように膝《ひざ》をかかえた。

と、廊下に軽い足音がし、同じように軽く障子《しょうじ》があいて、基一郎の次女聖子がはいってきた。彼女は、そのだらしのない妹が見ても確かに羨《うらや》ましくなるような様子をしていた。江戸紫の絵羽《えば》の金紗《きんしゃ》に朱の袋帯を立矢《たてや》の字《じ》にしめ、その鮮やかな色彩は、彼女の血の気に乏しい肌《はだ》の色をいやがうえにも人形のように見せていた。そして彼女が後ろむきになって障子を締めたとき、三つ編みにして輪にされた後ろ髪につけられた幅の広いリボンがゆらゆらと揺れた。聖子はもう流行おくれになっていたとはいえマーガレットに結うのを好んだし、またそれがよく似あったのである。桃子は一瞬、年下の弟がよくやるように、「ちえっ、いいなあ」とでも言いたげに口をとがらせたが、すぐにビリケンさんのほうに向き直った。自分もいつかはあのようなお召を着ることができようとはとても考えられなかったが、しょせんこの姉も自分とは種類を別にした人間であり、それを羨ましがったり憧《あこが》れたりするのはお門違《かどちが》いであることを桃子はちゃんと承知していたからだ。

たしかに聖子は、誰でもちょっと目をみはらせるような娘であった。ほそ面《おもて》で、色白で、そのうえ来春学習院を卒業することになっている移ろいやすい貴重な年齢でもあり、唇《くちびる》から頤《あご》の辺りには、まだ脆《もろ》そうな少女のふくらみが残っていた。これが長女の龍子となると、母親ゆずりのもっと犯しがたい気品が具《そな》わっていたが、その顔は目に見えて縦にのびすぎ、鼻はいくらか鷲鼻《わしばな》となっていて、なにか冷やかな、いかつい印象を与えた。聖子はちょうどいい微妙な中間に位置していたといえる。もう少し龍子に近づけばどうしても親しみに欠けたであろうし、もっと桃子に近づけばこれは愛嬌のありすぎる堕落であったろう。そのため楡病院の誰彼《だれかれ》はなにかにつけこう噂《うわさ》せざるを得ないのだった。そりゃあなんといったって、聖子さまが一番の別嬪《べっぴん》さね。

その聖子は、新聞をひろげているビリケンさんを認めると、目にとまらぬほどどかすかに眉《まゆ》をひそめ、決して行儀のよいとはいえぬ桃子の姿勢を見るともっと眉をひそめた。しかし彼女はただこう言った。

「龍さまはまだ?」

「龍さま? お二階じゃない?」

桃子はもう一度、聖子の姿を見、さすがに羨ましげに「また出かけるの?」出しそうになったが、しかし彼女はあやうくその言葉を呑《の》みこんだ。「お出ましになるの?」と言わなければならないのだ。そうでないときっと姉は叱《しか》るにきまっている。桃子が物心がついてからの記憶にある聖子は決してそんな姉ではなかった。もちろん十三も齢の違う龍子から小言をいわれるのならこれは仕方がない。「奥」に閉じこもっている母親はあまりにかけ離れた存在であったし、しかし、龍子が桃子にとって姉というより母に近く感じられるのは自然のことである。しかし、かつては遊び友達であったはずの聖子までがへんにつんとして、自分より上の姉の味方に変じていったことは、どうしたって桃子には癪《しゃく》にさわることであった。学習院がいけないのだ、と彼女はわけもなくそう考えた。

乃木《のぎ》将軍が院長となって以来、平民の子女もはいれるようになった学習院の女学部に、さっそく龍子を入学させ、ついで聖子をもそこへ送りこんだのは基一郎の意図である。龍子は楡家にさまざまな学習院言葉を輸入し、基一郎はもちろんこれを嘉納《かのう》した。はばかりのことを御不浄、お床《とこ》をお床《じょう》、蚊帳《かや》を蚊帳《かちょう》と呼ぶようなたぐいである。これはいかにもそぐわない、とってつけた、田舎者が東京の文明にあこがれるようなものであったが、基一郎の感覚では楡家にはこれが必要なのであった。なぜなら楡家は基一郎が一代で新しく創《つく》りあげ、なお創りあげつつあるもので、なんでもいいからほかと変った伝統みたいなものをかき集めたかったからである。学習院でも普通友達同士は「さん」づけで呼び、ときに「様」と呼ぶ。大名華族の子女は様づけで呼ばれるが、そうとわかれば基一郎が自分の家族に「龍さま」「聖さま」を持ちこませたのは当然のことともいえた。

一方、ビリケンさんは、聖子がはいってきたとき多少逡巡《しゅんじゅん》したようであった。桃子なぞは嬢ちゃんで済んだが、聖子となるとこれはお嬢さまであり、かなり「奥」に近い存在となるからだ。更に龍子となればほとんど「奥」に直結した若奥さまであり、うかうか新聞などを読むどころではなかった。

しかし彼はもうすでに新聞を読みかけており、いったん読みだした以上、彼にとってほかのことは実に稀薄《きはく》になってしまうのだった。

「写真界の驚異なる世界的大発明の天然色写真はわが同胞によって発明完成され

……」

と、彼はつづけた。しばらくは口ごもるような声だったが、次第になにもかも忘れ、ときには高くときには低く、桃子がなにより愉しみにしている独特の抑揚をつけて読みすすんでいった。

「忝《かたじけ》なくも梨本宮《なしもとのみや》妃殿下には農展に於《おい》て現品の台臨を辱《かたじけ》なうし、御褒詞《ごほうし》あらせたるやに伝聞す……」

かたじけないが二つもあるなあ、と読みながら彼はちらと思った。

それは或《あ》る資産家の息子の発明美談なのであった。父親の失敗から一家倒産の運命となったその男は、奇《く》しき逆境から一転して、ついに三万二千の色彩を三つの原色素によって完全な天然色写真に大成するに至るのである。一西洋画家はこの写真を一見するや驚嘆し、「肖像画家は亡《ほろ》びるであろう」と叫んだという。

三万二千も色彩があるとは知らなんだ、と声高く読みすすめながらビリケンさんは思った。

聖子はしとやかに長火鉢のわきに坐《すわ》り、そこにあった『淑女画報』をめくっていた。彼女は姉の龍子を待っているのだった。二人はこれからお招《よ》ばれに行くのであり、自分が出来損《そこな》いの桃子や隣で咳《せき》をしている米国とはもはや別世界の住人であることを彼女は自覚していた。しかし正直のところ、それは主として龍子から伝わってきた「奥」の強制力であり、自分もかつては桃子たちと同じ場所にいたことをも覚えていた。ビリケンさんの奇妙な節まわしを聞いていると、聖子は、急に昔の自分の古巣を、泥《どろ》にまみれて遊んだりした時代を、へんに懐《なつ》かしく恋しいような気分に囚《とら》われてゆくのを感じた。が、聖子は慌《あわ》てて、よく姉がやるように首すじをしゃっきりとやや後方にそらした。そうやっていれば、たとえば桃子が腹這《はらば》いになって両足を宙にあげて絵本を見るような下町っ子にちかい自堕落さとは明らかに区別されるのだ。そうやって聖子はしとやかに気品をみせて、『淑女画報』の目次を目で追っていった。表千家流正午茶会情景、和洋折衷の家の訪問仕方、令嬢文字書き方、御別荘に於《お》ける九条公《こう》爵《しゃく》四令嬢、……。

　こちらでは、ビリケンさんがいよいよ熱を加えて読んでいた。発明者は貧窮のうちに努力を重ね、うっかり一枚のガラス板を砕いてしまったとき、男泣きに泣いたことも再三にとどまらなかったという。

「夫人菊子は臨月の身にて夫を助け、食もほとんど廃して努力……」

　桃子は内容をはっきりと理解しているわけではなかったが、ビリケンさんの声音《こわね》に魅せられたように、だらしなく膝をゆすっていた。

「二月九日一子を分娩《ぶんべん》し、翌十日第一の発明は完成した。これぞ七月二十三日に特許を得たるセルロイド・カーボン・チッヒである」

セルロイド・カーボン・チッヒか、ふん、なるほどなあ、と次の活字を追いながらビリケンさんは思った。

「今明日に農展に出品さるる一枚の天然色写真こそ、日本有数の美人を撮影せるものにして、この名誉を荷なひてモデルとなりしは下谷《したや》の久松葉おはんである。天然色写真は三個の写真撮影機により撮影され、氏の発明したる炭粉紙ともう一つの秘密の物を重ねて剝離《はくり》した時に、三万二千の色彩は一枚の写真に吸集され表現されるのである」

いつの間にか聖子は、自分がうっかり『淑女画報』から離れ、ビリケンさんの声に耳を傾けていることに気がついた。たしかにその朗読ぶりもその内容も表千家なんぞより面白かったからである。

しかし、ビリケンさんの節まわしが一段落ついたとき、廊下の隅《すみ》の階段を降りてくる足音が聞えた。それは基一郎の長女龍子の、まがいようもなく明瞭《めいりょう》にはきはきとした足音であった。

聖子ははっとして思わず首をしゃっきりさせた。それから、とうに子供も持っている自分とは八つ違う姉、基一郎夫妻の信念を鏡のように映している姉、なんといっても楡家の正統である姉を迎えるために立上りかけた。

しかしビリケンさんはそのとき恍惚《こうこつ》となっていて、龍子の足音も聞き洩《も》らしたようであった。またもや彼は次の新聞にとりかかった。

「桃吉御殿の栄華は十年の悪夢よ、恋ざめの岩倉具張《いはくらともはる》」

その美文調の小見出しはすっかり彼の気に入ったようだった。これでこそ腕によりをかけての朗詠ができるというものだ。

「風流貴公子岩倉具張氏が新橋の美妓《びぎ》桃吉の仇《あだ》なる姿に迷ひて、一門に傾く悲運を顧みず、遂《つひ》には母を捨て妻を捨て子を捨てて、恋三昧《ざんまい》の月日十年は夢のやうに過ぎぬ……」

その文句は、聖子のきつくさらしを巻いた胸の奥になんとなく侵入していった。たしかに彼女はその先を聞きたいと思った。しかし龍子の足音はすでに玄関の前にとまっている。この毅然《きぜん》とした姉は、下《した》っ端《ぱ》の奉公人や癒《なお》りかけの脳病やみなんぞには決して顔の筋肉をゆるめないのだ。そんなものがのさばっている席には顔を出そうともしないのだ。「恋三昧の月日……」なぞという奇妙な節まわしを、彼女の気を許した同類であり輩下である聖子までが聞きいっていると知ったら、どんな冷やかな侮蔑《ぶべつ》にあふれた視線をあびせることであろうか。

聖子は裾を気にしながらしゃんと立ちあがり、ふしだらな恰好《かっこう》でビリケンさんの朗読にすっかり熱中して聞きとれている桃子に、まるでその姉そっくりのけだかい視線をながすと、そのまま部屋を出た。

そしてこの二人の、楡家の一面の代表ともいえる姉妹は、間もなく玄関から出てゆく気配がした。

「いやだ、それ熱すぎるったら！」

隣室からは米国の甘える声がきこえた。下田の婆やに世話されて粥《かゆ》をすすらせて貰《もら》っている楡家の末っ子は、充分に病気の特権を利用しているのだ。すると、桃子は急にビリケンさんの読みあげる呪縛《じゅばく》から解き放された。たちまち彼女は空腹を覚えだした。

「婆やあ、あたしの御飯、まあだ？」

彼女は、姉たちに聞かれなくて幸いといえる、とてつもないきんきら声でそう叫んだ。

＊

楡病院の正面の門柱は、いかめしい見あげるような石柱であった。芯《しん》の芯まで堅く、緻密《ちみつ》で、頑丈《がんじょう》な御影石《みかげいし》であった。石というからには芯まで堅いのは当然といえようが、わざわざこう断わらねばならない理由はあとでわかる。

二つの門柱にはそれぞれぶ厚い木の看板がかかっていた。この表札はちと大きすぎた。縦の長さは人の背くらいは充分あり、目につきやすいことは確かだが、いささか美観を損じていると言わねばならなかった。しかしこれが基一郎院長の好みとあれば致し方のないことである。片方には『楡病院』、もう一方には『帝国脳病院』と肉太の文字がくろぐろと焼きつけられていた。

門番が開閉させるのにひどく骨を折る重々しい鉄柵《てっさく》の門は、上方が水平ではなく、閉ざされたときに山形をなすように端のほうが高くなっているばかりか、にぶい光沢を放つ鉄柱は、真ん中辺と上部でくるくると渦《うず》を巻いたり波形にうねったりして、せい一杯威嚇《いかく》的な、ものものしげな外観を人々に与えようと努めているかのようだった。

門柱の両脇《りょうわき》はずっと背の低い鉄柵になり、もう一つ御影石の柱が立ち、そこからずっと赤煉瓦《あかれんが》の塀《へい》に連なっている。十五年の風雪を経た煉瓦塀はややくすみ、古びてしっとりとしたおもむきを見せていた。だが、それは正門から左手だけのことであった。右手の塀はいやに真新しい紅色を呈していた。真新しいというより、人工的な無理強《じ》いの毒々しさ、決して上品とはいえぬ脂粉のけばけばしさと言ってもよかった。どうしたことなのか？　その煉瓦塀は建て直されたのだろうか、特別に赤い色の煉瓦でも使って？　いやいや、右手の塀は今しがた基一郎好みの化粧をほどこされたところなのだ。煉瓦の表面に、洩れなく酸化第二鉄、つまり紅殻《ベンガラ》が塗られ終ったところなのである。もちろん左手の塀もこれから紅を加えられようとしているのだ。なにか事があれば仰々しい祝典、会合、行事をせずには気がすまない基一郎にとって、楡病院帝国脳病院創立十五周年記念日が迫っていたからである。本来ならちょっとした別館を建てますとか、いくらかの改築をほどこしたいところであったろう。しかし病院はすでに仕上っていた。敷地にも余裕がなかった。それに打明けていえば、基一郎院長は郷里の山形県南村山郡の郡部から出馬した昨年の選挙に相当の出費を余儀なくされたのだった。その代り彼は名誉心を満足させ、病院の従業員からは二倍の尊敬を受け、その特大の名刺の肩書に一層の光彩を放つ衆議院議員という名称を刷りこむことができたのである。それにしても選挙には金がかかった。倹約家の彼の妻ひさが、滅多にうごかさぬ口をひらいてぶつぶつと愚痴をこぼすに充分なほどの金がかかった。それゆえ今は、意にそぐわぬことではあったが、病院中をくまなくぴかぴかに磨《みが》きたて、新しくペンキを塗り、煉瓦塀に紅殻を塗らせるくらいのことで満足しなければならなかった。

病院の煉瓦塀の内側、植込みから砂利の前庭に移るところに、五、六人の男たちが腰をおろしていた。かたわらには紅殻を入れたバケツや刷毛《はけ》が置いてある。午前中ずっと塀の化粧をやっていた出入りの職人たちであった。彼らはさいぜん賄《まかな》いで食事をすませ、そこでさんざん油を売り、さて前庭に戻《もど》ってきてからもまだ容易に腰をあげようとしないのだった。なにしろ塀は長かったし、院長の命令だとはいえあまり乗気のする仕事でもなかったから。

それに院長はとっくに外出していることを一同は知っていた。最近楡病院が買いこんだ箱型のT型フォードが昼まえ玄関先にとまっていたが、やがてフロックコート姿の院長がステッキを伊達《だて》に持ち、数名の見送りを受けて自動車に乗りこんだのだった。フォードが砂利道に音を立てて正門をでる間、せわしげに塀に紅殻を塗っていた一同は、座席に鷹揚《おうよう》にもたれた院長が窓硝子《ガラス》ごしにこっちを見ているのを横目でちゃんと窺《うかが》っていた。院長の顔は自動車の振動のためばかりでなく上下にうなずくようにうごき、いつものように「いやご苦労ご苦労」と言っているかのようであった。

そのあと、今日の宿直らしい副院長の高田が通りかかったときも、彼らは平気で坐《すわ》っていた。なぜなら高田はどうせ雇われ者で、将来の病院の実権を握る立場にはいないことを、職人たちはちゃんと知っていたからだ。いずれは龍子の夫の若先生が副院長の職を継ぐことになるだろう。それに楡病院には親類筋にあたる医者が沢山いた。基一郎院長のことだから、息子たちもどうせ医者に仕立てるだろうし、下の娘たちにもむろんのこと医者の婿《むこ》を迎えるにちがいあるまい。そうやって院長は次第に楡病院を一族郎党の医者で固めてゆく計画であることを、病院の関係者はみんな承知していた。

といって、現在の高田副院長が立派な医者で、なかなか人望もあることは認めねばならなかった。背中に楡病院の文字のある法被《はっぴ》を着た職人は、キセルのがん首を地下《じか》足袋《たび》の裏ではたきながら、ペッと唾《つば》を吐いた。

「高田先生の診立《みた》てはええそうだなあ。医学博士となると、こう胸をぽんぽん叩《たた》く音がまるっきりちがうそうじゃあねえか」

「そりゃあなあ。だが院長先生にゃかなわねえ。院長は患者の頭をぽんぽんとやらかすね。それでどこが悪いか、いっぺんにわかるっていうからなあ」

「院長先生は博士でねえそうじゃないか」

「日本の博士じゃねえ。しかしドクトル・メジチーネだ」

「そりゃどっちが偉《えれ》えんだ?」

「あた棒よ。なにせドクトル・メジチーネといやあ、こりゃ外国《げえこく》の博士さまだ。ドクトル・メジチーネとくりゃあ、そんじょそこらにはざらにはいねえ」

「さあ、ぼつぼつ始めるかな」と、頭《かしら》だった職人が声をかけた。

一同がやおら腰をあげて、今度は塀の内側を水で洗い、紅殻を塗りはじめたとき、門を二人乗りの空の人力車がはいってくるのが見えた。病院の玄関の前にとまると、ほどなく二人の若い女が乗りこみ、車夫はてきぱきとその膝《ひざ》を膝掛けでくるんでから、前にまわって梶棒《かじぼう》を握った。

「あ、ありゃあ聖子さまだ」

さきほどドクトル・メジチーネを礼讃《らいさん》した職人は、仕事の手を休め、すこしむこうをよぎってゆく人力車にむかってぺこりと頭をさげた。すると、聖子はこちらにむかって、わずかに首をうごかして挨拶《あいさつ》をかえした。どこか困惑したように、ほとんど認められないほどに口元をゆるめたが、冬の曇り空の下のその血の気のない表情は、そうしたかすかな微笑によってなおさら職人の心を打ったのである。一方、隣にボアのショールに包まれて、しかし明らかに首をしゃっきりさせて乗っているその姉龍子のほうは、そんな職人の挨拶にはてんで気がつかないようだった。気がついても彼女はそんなものを頭から無視するか、たとえ冷淡な挨拶を返してもその表情は小ゆるぎもしなかったことだろう。すると、そんな姉の態度を感じとったのかどうか、聖子もすぐに首をまっすぐ前にむけた。そして楡病院の彩《いろど》りであるこの姉妹は、顔立ちの相違はあってもなにか対《つい》のような類似の姿勢をとりながら視界から消えていった。

「いやあ、トテシャンだなあ」

あとを見送った職人は思わず呟《つぶや》いた。ドクトル・メジチーネを礼讃したときよりも、ずっと心底からの感慨をこめて。

「なんだいおめえ、若奥さんのことかい？」

「うんにゃ、妹のほうだ。ありゃあどうしててえしたもんだ」

「楡病院じゃな」と、もう一人が口をだした。「どうも女のほうができがいいぜ。あの二人とも学習院だ。それにくらべて息子たちのほうはどうもあんまりできがよくねえ」

「息子ってまだちいせえんだろう？　あの小学生のよ？」

「いや、まだ上にいるんだ。いま仙台《せんだい》の高等学校にいってらあ。なんでももう二度ほど落第したって話さ」

「そういやああの小せえのもあんまり利口そうな面《つら》でもねえなあ」

「そこにゆくと女たちのほうはずっとできがええぜ。あの若奥さんなんざあ、てえしたきれもんになるぜ。なにせ龍さま、聖さまだからなあ」

　職人たちはそこで声を立てて笑いあったが、この学習院ゆずりの呼称には、どうしてもなじめなかったからである。女中や下田の婆《ばあ》やさんなどからそうした呼び名を聞くと、はじめは誰《だれ》だってびっくりせざるを得ないのだ。なんだって、あの若奥さんが龍さまだって？　へええ、おっかねえ名前だなあ。そうして彼女らの名前にも本当は子がついているのだと聞かされて、ようやく安心をするのだった。

「それにしたって、龍さまと呼ぶにゃ度胸がいるぜ」

「しっ、しっ。院代《いんだい》のおでましだ」

　みんなは急に忙しく手を動かしだした。病院の玄関から、いかにも代表者らしい黒の背広に身をかためた鶴《つる》のように痩《や》せた男が出てきたからである。といって、彼は長身瘦軀《そうく》ではなかった。背も低かった。要するにあまり貫禄《かんろく》のあるとはいえぬ小男なのだが、そのくせ少なくとも楡病院に関係する者すべてにとって彼は隠然たる勢力を持っていた。一切の実務の権限を握る院長代理であったからである。

　院長代理、つまり院代という呼び名も基一郎が発明したものであった。それは副院長とは別箇《べっこ》のもので、事務長といったほうがふさわしかろうが、しかし院代と呼んだほうが威厳があり、ものものしく、基一郎にとっても院代自身にとっても、ずっとその発音は好みにあったのである。

その院代、勝俣秀吉《かつまたひできち》は、かつて楡病院に世話を受けていた書生の一人であった。幾人もの朋輩《ほうばい》同様、もちろん彼も医者になるつもりであり、人並に勉強をした。当時の医師試験は前期後期の二回からなっており、秀吉は難なく前期の学科試験に合格した。ところがなんぞ計らん、なにか不可解な運命の摂理によって、どうしても後期の実地試験に合格できぬという羽目になった。彼は一度落ち、二度落第した。次の年の試験日が近づくにつれ、彼の顔いろは青ざめ、神経質そうな瞼《まぶた》はひくひくと震えた。楡病院の医者たちは心配して、彼の試験のためいろいろな模擬問題を出してやった。質問されると秀吉は憑《つ》かれたように正確な答を口にした。事実彼は夜も寝ずに——というより本当は眠れなかったのだが——勉強していたのである。それだけ知っていれば今度はわけなく合格だ、と医者たちはうけあった。だがその言葉を秀吉自身どうしても信ずる気になれず、また事実そのとおりになった。何回受けても彼は落第した。その間に秀吉より後輩の者が立派に医師免許をとり、彼はあからさまな嘲笑《ちょうしょう》の波が自分をとりかこむのを感じた。実際はさまざまな人生をたどる書生たちがおり、その不運に同情こそすれ秀吉を嘲笑する者とていなかったのだが、ともあれ彼の神経はまざまざとそれを感じとった。こうして勝俣秀吉はもはやそれ以上試験を受ける気力を失ってしまったのである。彼は黒岩涙香《くろいわるいこう》の『噫無情《ああむじょう》』を身につまされてよみ、浅草の女義太夫《おんなぎだゆう》に通うことでわずかに気をまぎらした。

しかし、どんな人間であれその能力を見出《みいだ》すことに秀《ひい》でている基一郎は、秀吉をそのまま捨ててはおかなかった。彼に薬局を手伝わせ、つぎに事務をとらせた。そして秀吉は、やがて堂々たる大病院に発展していった楡病院の煩瑣《はんさ》な事務長の仕事をつつがなくやりとげたばかりでなく、すでに院長の片腕ともなっていたのである。何回かの増築を重ねた楡病院は私立病院としてあまり類のない発展をとげ、そして基一郎は医業ばかりでなく政治に手を出すことになった。昨年衆議院議員に当選したとき、院長は秀吉を呼びよせて、いつもの何層倍も親しみのある、人をそらさない、誰でもこの院長のためなら身を粉にして発奮せざるを得ないような口調で言ったものだ。

「勝俣、ぼくはねえ、これからずっとずっと多忙になるよ。病院のことをあまりかまってておれなくなる。君はぼくの代理として宜《よろ》しくやってくれ。院長代理としてな。そうだ、院代という名前にしよう。院代という判こをつくるんだね、早速。大きい判がいい、こう四角くって大きいのをな」

それは言葉だけではなかった。院長は事々に秀吉を立て、診療以外の一切を院代にまかせきりにした。院長がある訴えを聞き、ある決定を迫られたとき、彼は落着きはらって、やや頤《あご》を上に向けてこう言ったのである。「ああ、それはな、院代先生に相談なさって……」院長はじかに答えることはせず、するりと身体《からだ》をかわしたわけだ。これは楡病院の最高の統率者としては上々の処し方といってよかったが、勢い院代の権力を増大させることになった。院長は秀吉のことを院代先生と呼ぶのだ。そうなれば蔭《かげ》では彼のことを院代、院代と称している病院の連中も、面とむかってはもちろん院代先生と呼ばざるを得なかった。院代は事務室の横に自分専用の個室を持っている。そこの机の引出しにはいっている数多《あまた》の印形《いんぎょう》の中には、『楡病院帝国脳病院院代』と彫られてある四角い判があって、今ではこの判なくしては一切の病院の機能は進行しないのである。そして、この奇妙なひびきを有する院代という名はその職を現わすのではなく、あたかも勝俣秀吉自体と変りない固有名詞とまでなっていた。

院代は先に述べたようにほそぼそと痩せた小男だったが、その服には皺《しわ》ひとつなく、そのハイカラーはいやがうえにも固くぴんと首元に立っていた。広い額と頰《ほお》はややあおじろく、その瞼は今も神経質そうに縁なし眼鏡の奥でひくひくと震えた。そして鼻下によく手入れのされたチョビ髭《ひげ》をたくわえていた。彼はもともとひょこひょことせわしなく歩く男であったが、近ごろはその歩行ぶりにも悠然《ゆうぜん》たるところ、楡病院に於《お》いて自分が果している役割を反映する悠揚迫らざるところが加味されてきた。しかしそれは多分に意識的なもので、彼の本質から離れた運動神経の制御であったから、彼が強《し》いてゆっくりとその足をうごかしてゆくところは、まるで鶴に似た鳥類が変にぎくしゃくとその肢先《あしさき》で水底を探り探り歩いてゆくさまとそっくりであった。それをおぎなうのに、院代はもう少し見映えのする恰好《かっこう》を案出した。およそ人目のある場所を歩くとき、必ず彼は腕を背中に組んだ。第四腰椎《ようつい》の辺りに親指だけを組みあわせた両手をあてがい、他の指は軽く優雅にそれとなく上方に立てる。院代自身としてはなかなか重々しい姿勢と思えたのだろうが、うしろ手に組んだその指の恰好は、なんだか鶴の尾っぽの模倣のようにも窺えたのである。

院代はさきほど基一郎院長を見送った。院長の留守を、いや院長がいてもいなくても楡病院をあずかる責任者の身にふさわしい、充分に慇懃《いんぎん》でどことなくそっけない態度で、動きだした箱型の自動車を見送った。それから自室に戻る前に事務室を覗《のぞ》いてみると、そこでは日曜日のこととてほかに人もいないがらんとした部屋に、会計係の大石がうろうろと金庫の扉《とびら》を閉じているところであった。

あまり頼りになりそうもない大石を会計に雇ったのは院代である。胡麻塩《ごましお》頭のこの初老の男は特別神経質で、格別気が小さかった。彼は年がら年じゅう帳簿とにらめっこをしていた。そのうえ用があってもなくても日に十何遍となく金庫を改めなくては気が済まないのだった。いつも彼は必要以上にせわしく算盤《そろばん》をはじいている。首をのばして帳簿をのぞきこむ。それから不安に堪えかねたように天井を見あげる。また算盤をぱちぱちやる。ついでよろよろと立上り、事務室の隅《すみ》にある金庫の前にかがみこむのだ。神経質にぎざぎざのある重い文字板を合わせ、どっしりとした扉をひきあけ、内部を覗きこんでなにやらぶつぶつ呟いている。それからのろのろと扉をしめ、机に戻り、ふたたび帳簿を見やって吐息をつく。そのくせ小一時間もたつと、またぞろ金庫を改めに行かねばいたたまれないのだった。

この気の小さい初老の男は、院代の意見によれば会計に打ってつけなのであった。彼なら決して間違いをしでかすはずはない。まかりまちがっても楡病院の金を一銭銅貨一枚たりともちょろまかす怖《おそ》れはないのだ。とはいえ院代にとっては、自分よりかなり年配のこの会計係が、かつて試験恐怖症に悩んだ自分よりずっと神経質でおろおろしているところを見るのがかなりの愉悦であったことは争えない。大石のそばに立つとき、院代勝俣秀吉は、自分が夢や錯覚ではない楡病院の重鎮であることを確実に自覚できたのである。

大石は、両手をうしろに組んで事務室に現われた院代の顔を見ると、まるで自分の担《にな》う重荷に堪えかねた人間のように、途方にくれた恰好で首を横にかしげながら、ほとんど信じられぬといったような口調でもごもごと訴えた。

「院代先生、院長先生はまた四十円お持ちになったです。こう毎日々々、二十円、三十円ずつ、そして今日は四十円と持っていかれましては……。しかし院代先生、代議士というものは一体そんなに金の要るものなんでしょうかねえ」

院代勝俣秀吉はすぐには返事をしなかった。まるでお前らのような下じもの者に、かような深遠で複雑な事情を説明しても仕方がないといわんばかりの表情で。

彼は返事をせずに窓と反対側の壁を見やった。そこにはずいぶんと古びた大きな黒板がかかっていた。黒板にはすでに色の剝《は》げかかっている白ペンキの線がひいてあり、同じく白ペンキで月火水と曜日の文字が記してあった。その下には白墨で日附《ひづけ》が書きこまれており、それぞれの曜日の診察を担当する医師の名、または宿直医の名が記されていた。だが、真先に院長の予定が、その出席する会合や訪問の予定がずらりと並んでいた。それを見ると基一郎院長はあまり病院にいる閑《ひま》とてないように思われるのだったが、院代はその文字を眺《なが》め、自分自身が基一郎であるかのようにもっともらしくうなずいてみせた。おもむろに彼は言った。

「それは君、代議士ともなれば一国の政治をうごかす者だよ。院長先生が出席される会の会費だって安かろうはずがない」

しかし院代勝俣秀吉は、院長がその名刺の肩書にふさわしく御多分にもれぬ女好きであって、会計係のこぼす二十円や四十円のうちどのくらいがそちらの方へ流れてゆくかわかったものでないことをちゃんと承知していた。が、もちろん彼はそんなことは口に出さなかった。彼は院長の御多忙とその比類のない御人柄《おひとがら》につき、病院の者なら誰でも知っている事柄を何分かしゃべった。楡病院の創始者であり今は衆議院議員である基一郎を讃《たた》えることにかけて、院代は決して人後に落ちなかった。彼はその院長に登用され重んじられているのだったから。

それから彼は、おそれいって益々《ますます》おろおろしている大石に、会計簿を自室に持ってこさせた。鼻に皺を寄せるようにして、どこといって欠点のない、几帳面《きちょうめん》な、だが神経質な文字がふるえている帳簿を調べ、さてその終りのところにたっぷり朱肉をつけて「院代」の判を押した。彼はなんにでも判を押した。賄《まかな》いの献立表から俥屋《くるまや》の請書に至るまでべたべたと判を押した。「院代」の判がなければ楡病院の機能は麻痺《まひ》してしまうのである。そしてこの四角い判を紙に押しつけるとき、なんという歓《よろこ》びと誇りを彼は感じたことか。

いま彼は、もう判を押す書類が手元になくなってしまったので、ほそい青白い手をうしろに組みながら病院の玄関先に出てきたのだった。戸外はさすがに寒かった。これはやはり部屋の中にいたほうがよかった。しかし彼にとってすっかり見慣れたものだったとはいえ、横手のほうにずらりと並んでいる円柱の列を一目見たとき、もう少し門のほうまで行って、いくら見ても見飽きない楡病院正面の景観を更にもう一度眺めたいという欲求に、この痩せた小男は訳もなく駆られたのであった。

それは他《ほか》へ行ったなら通用しない、院代勝俣秀吉のごく個人的な感傷であったかも知れない。しかし、たとえなんの関係のない者だとしてもはじめてこの病院を見渡したとしたら、良いほうへ傾くか悪い印象に傾くかは別問題として、やはり多大の感銘を抱くことは間違いなかった。明治の初期の人間であったなら文句なく口をあんぐりあけて驚嘆したであろう。もし仮に昭和の人間だとしたら、理解できぬというふうに曖昧《あいまい》な、もしくは困惑したいくらかの軽蔑《けいべつ》を含んだ笑いを頰に刻んだことであろう。

事実、明治三十七年にこの病院の主だった前面が竣工《しゅんこう》したとき、近隣の者はちょうど異国の黒船が急に眼前に現われたかのように、あっけにとられたものであった。むろん東京市民のことだ。建物自体は驚くに当らない。しかし中央街や盛り場とはちがい、電車通りの附近はすでに後年の形をなしていたものの、あとは広大な墓地と、ところどころにかたまった人家と、だだっ広い空地がひろがる青山界隈《かいわい》のことである。病院の下手《しもて》は一段低い谷間になっていて、そこはまだ一面の田と畠《はたけ》で夏には蛙《かえる》の声がかまびすしかったし、現にこの大正七年になっても、その田畑の半分は残っていたのである。そういう場所にこの堂々とした、ほとんどいかがわしいと思われるような建築物が出現したとき、近隣の者はやはり目を見張り、噂《うわさ》に花を咲かせ、首をかしげたのであった。みんなが必要以上にこの病院に注目したのは、それが官公立のものではなく楡基一郎の個人病院だったということと、もう一つは端的にいってそれが精神異常者、気違い、気じるしを多く収容する病院だったという事実である。町内の一部に病院設立に対する反対運動が起ったのも無理はなかった。しかし、いざ楡病院が完成してみれば、附近一帯の商家はすべてその恩恵を受けて成長したといっても過言ではなかった。まだ明治神宮も存在しない当時の青山五丁目一帯の人々にとって、楡病院はすでに一つの名所、一つの目印ともなっていたのである。人々は家の在処《ありか》を尋ねられたときにこう答えた。「ああ、長谷《はせ》さんなら楡病院を少し行きすぎて右に曲って……」あるいは「それなら脳病院のすぐ手前でさあ」あるいはもっと簡単に「さて、病院のすぐそばにそんな家があったっけかな」

院代、勝俣秀吉は、そういう歴史的風俗的な意味合をこめて、小さい軀《み》をそらすようにして楡病院の正面を飾る円柱の列を眺めわたした。その柱は一言にしていうならばコリント様式のまがいで、上方にごてごてと複雑な装飾がついていた。一階、二階の前部は、そうした太い華やかな円柱が林立する柱廊となっていたが、階上は半ば意味のないもったいぶった石の欄干を有するところから、バルコニーと呼んだほうがふさわしいかも知れなかった。さらにもう数歩を退いて眺めれば、屋根にはもっとおどろくべき偉観が見られた。あまり厳密な均衡もなく、七つの塔が仰々しく威圧するように聳《そび》えたっていたのである。一番左手のものは、おそらくビザンチン様式を模したもので、急勾配《こうばい》な傾斜をもってとがって突っ立ち、先端にはまるで法王でも持っているような笏《しゃく》にも似た避雷針がついていた。次の塔はもっと丸みをおび、おだやかに典雅に自分の存在を主張していた。そうして実に七つの塔がすべて関連もなく、勝手気ままに、それぞれ形を異にしながら、あくまで厳然と人々を見おろしているさまは、それがどんな意味合であれ吐息をつくほどの一大奇観というべきであった。なかでも珍妙なのは、正面玄関の上の時計台に指を届せねばならなかった。それは他のすべての塔、すべての円柱、いや建物全体とかけ離れていた。ほとんど中国風、というより絵本で見る竜宮城《りゅうぐうじょう》かなにかを思いおこさせた。それでもそれは、とにかく中央にでんともったいぶって位していたのである。

院代はうしろに組みあわせた手をほどき、チョッキのポケットからとりだした懐中時計を見やった。時計台の大時計の針を気にしたのである。なぜならその大時計は、常に進んだり遅れたりして、まともな時刻を一向に示そうとしなかったからだ。院長は常々時計の遅れるのを好まず、あからさまに渋面を作った。しかしそれが進んでいるときはべつに文句を言わず、そればかりか相好《そうごう》をくずして、「ああ、うちの時計は十五分進んでいるな」と、ほとんど愉快そうに言うのだった。そのくらいならいっそ一時間も二時間も進ませたらよかったろうが、それでは時計の役目を果さないというものである。院代が自分の懐中時計と見くらべたところでは、大時計はちょうど五分ほど進んでいた。うむ、まずまずだな、とうなずいて院代はふたたび両手を背中にまわした。

そして院代勝俣秀吉は、大きからぬ身体をせい一杯のばすようにして、楡病院の全体をほれぼれともう一回眺めやった。彼の感覚によれば、それはあきらかに幻の宮殿であり、院長基一郎の測りがたい天才のもたらした地上の驚異そのものなのであった。円柱は白く、高貴に、曇り空の下にもどっしりと連なっていた。尖塔《せんとう》は怪異に、円塔はそれを柔らげて、写真だけで見たことのある異国の風景さながらにそそりたっていた。屋根の上には塔ばかりでなく、いくつもの明りとりの窓が、それぞれ独立した屋根をつけて突出していた。もともと屋根裏部屋の天窓なのであろうが、楡病院にかぎりこれは純然たる飾りなのである。全体を一瞥《いちべつ》して、もっとも人目を惹《ひ》く柱廊のあたりに注目すれば、これはスペインルネッサンス様式の建物だとある人は説明するであろう。しかし彼とてもまた、少し視野をずらせば、全体の統一を破るふしぎな突出、奇妙なふくらみ、なんといってよいかわからない破天荒の様式に目をやったとき、どうしたってその既成の知識の混乱と絶望のなかに匙《さじ》を投げ捨てたことであろう。なかんずく竜宮城を髣髴《ほうふつ》とさせる時計台に至っては……。

しかし、これこそ楡基一郎の天来の摂取力と創造力との結晶ともいえる建築物なのであった。彼はすべての図面を自分一人で引いたのだ。外遊時代、彼がひとりひそかな昂奮《こうふん》を抱いて打眺めた数多《あまた》の建物が、彼の中に沈澱《ちんでん》し、かきまぜられ、そのいかにももったいぶった、鬼面人《きめんひと》をおどろかさざるを得ない精神の基準に従って、奔放に、誇らかに、随分とあやしげな情熱をこめて形をとってきたものであった。基一郎は素人《しろうと》とはいえ、もともと建築に、なにやかやとでっちあげることに、並々ならぬ興味と才能を有していた。彼は全霊をこめて図面を引き、出入りの棟梁《とうりょう》大工たちを督励し、この滅多にない建物を作りあげたのだった。彼は自ら深川の木場《きば》に材木を買出しに出かけた。石材も吟味した。棟梁はほとんど音《ね》をあげた。だが、院代を初めとする大多数の人間が、基一郎を特別な人間あつかいにせざるを得ない大病院はこうして完成したのである。

もちろん現在に至るまでは幾多の増築や改築があった。院長は閑《ひま》さえあれば新しい図面を引き新しい考案を加えたからである。左手の、階下は「奥」、階上の珊瑚《さんご》の間《ま》を含む一郭は明治の末に建てまされたものであったし、裏手につづく病棟に至っては増築につぐ増築を加えられていた。そして全体を知っている者に明らかに感じとれることは、楡病院は正面こそ、人目につく表のほうこそたしかに類のない偉容を誇っていたが、裏手のほうはかなり安っぽく粗末になっていることであった。更に打明けていえば、コリント様式を模した一抱えもある円柱にしても、人はこれを当然大理石と見るであろうが、実は基一郎の発明ともいえる人造石なのであった。大半がコンクリートで、しかしこれを丹念に磨《みが》かせると大理石そっくりの光沢がでるのだ。だが、それはまあいい。まったく信じがたいことに、その円柱は、といって人造石の集積でもなかった。芯《しん》は正真正銘の木材にすぎなかった。木材の上に薄く人造石が貼《は》りつけてあるというのがまぎれもない真相なのであった。そして巨大な円柱ばかりでなく、この天才的な見かけ倒しの精神は、堂々として人目を奪うこの建物すべてをおおいつくしていたのである。

もちろん院代勝俣秀吉は、そんなことはよく承知していた。承知していたとて、彼の目に映ずる楡病院の偉容がいささかも減ずるわけではなかった。大理石まがいの人造石を貼りつけた壁は白々と輝き、摩訶《まか》不可思議の塔は天をめざして屹立《きつりつ》していた。その見せかけの絢爛《けんらん》さのみを狙《ねら》ったごしゃまぜの不統一が、もとより院代にわかるはずはなかった。そして彼は今更ながら感嘆し、満足の吐息をついたのだった。むこうで煉瓦塀《れんがべい》を塗りかえている数名の職人の姿も、彼の目には単に蟻《あり》かなにかがうごめいているくらいにしか映らなかった。

それでも院代はそちらのほうへ近づいていった。そして院長のやるように顎《あご》を前にのばして、塀にむかって刷毛《はけ》を動かしている紺の法被《はっぴ》の背中にむかって声をかけた。

「大分綺麗《きれい》になったねえ。あ、それから胡粉《ごふん》を塗るのを忘れちゃいかんよ、胡粉をな」

煉瓦と煉瓦の間の部分に白く胡粉を塗ってなおさらくっきりと目も覚めるように見せかけるのは、これまた基一郎の発明なのである。

相手は、わかってまさあという具合に腹の中で舌打ちして、さて声にだしては丁寧にこう答えた。

「これがすっかり乾いちまったらすぐにやります。そうじゃないと紅殻《ベンガラ》と色がまじっちまうんで」

院代はおもむろにうなずき、いやご苦労ご苦労とは口にこそ出さなかったが、ちょうどそのような雇い主の態度でしばらく皆の仕事ぶりを鼻に皺《しわ》を寄せて観察していた。それからゆっくりと向きを変え、病院の玄関のほうへ引返していった。両手をうしろに組みあわし、鶴《つる》のような足のあげ方をしながら、その院長代理の姿は大玄関の中へ消えた。職人たちは今度こそ、声にだして「へ！」と言った。

辺りは静かであった。昂奮した脳病患者の叫び声とて聞えず、わずかに松の枝に雀《すずめ》たちの群れが集まってちちと鳴いた。日曜で外来は休みなので人々の往来もなく、楡病院は一見しずかに憩《いこ》っているように見えた。ところが、いい加減嫌々《いやいや》仕事をしていた職人たちの注意を引きつけたことに、またもや玄関の前にひとつの小さな人影が現われたのである。

それは基一郎の末娘、桃子であった。風邪がはやっているから戸外へ行かぬようにとめられていた彼女は、もう部屋にこもっているのに飽々したのだ。彼女は下田の婆《ばあ》やの制止もきかず、ゴム毬《まり》をもって病院の横手をまわり、毬をつくのに都合のよい石畳の玄関先にやってきたのだった。婆やがつけてくれたガーゼのマスクはとうに袂《たもと》に入れてしまっていた。そしてちっとも戸外の寒さなんぞ気にかけず、器用に毬をつきながら、甲高い声でこんなふうな唄《うた》をうたった。

むこう横町のお稲荷《いなり》さんへ
一銭あげて
ざっと拝んで　おせんの茶屋へ
腰をかけたら渋茶をだして
渋茶よくよく　横目で見たらば
米の団子か土の団子
お団子だーんご
この団子を　犬にやろうか　猫《ねこ》にやろうか
とうとうトンビに　さらわーれた

それはたいそう忙しい毬つき唄であった。「一銭あげて」というところでは親指と人差指で丸をつくる。「ざっと拝んで」では拝む真似《まね》をする。「腰をかけたら」では片手の握りこぶしを尻《しり》にあてがう。これをすべて毬をつきながらやるのである。後半になるともっと忙しくなる。次第に毬をつく速度が速くなり、桃子は両手をあげたり、片手を毬の下にくぐらせたり、ぱっと裾《すそ》をひらいて股引《ももひき》をはいている足をむきだしにしたりした。

「嬢ちゃん、ようよう！」

職人たちの間から声援の声があがった。そのため桃子はますます勢いづいた。彼女はもう得意満面であった。丸まっちい鼻のその頭に小粒の汗をかき、忙しく毬をつき、忙しく唄った。彼女は下町の長屋の小娘さながらであった。無我夢中で仕種《しぐさ》をし、ちびた下駄《げた》をつっかけた足を跳ねあげた。そして彼女は、自分でも惚々《ほれぼれ》するくらい実にすばやく毬を小刻みにあやつりながら、最後のもっとも困難な技術を要する追いこみにかかった。

「たったのた、おたたーのた、ひなふなみ……」

さいぜん、院長のドクトル・メジチーネと聖子とのことを礼讃《らいさん》した職人は、夢中で毬と奮戦している桃子を見やりながら、思わずこう呟《つぶや》いた。

「どうもあの下の娘は、あんまりできがよさそうでねえなあ」

第二章

例年十二月十四日に、楡《にれ》病院では「賞与式」というものを挙行する。この日が明治三十七年に青山に新病院を設立した開院記念日に当るからである。賞与式はたいてい午後早くから始まり、たいそう時間がかかるのを常とする。その年に特に働きのあった者だけが賞を受けるのではなく、楡病院の従業員すべてが、出入りの職人に至るまでなにがしかの賞を貰《もら》うからである。それは賞という名に価《あたい》する品物のこともあったが、ずっと下《した》っ端《ぱ》のほうになると、貰っても貰わなくても大して違いのない物のことが多かった。それでも楡基一郎はあくまでも勿体《もったい》ぶって、ほとんど厳かに、下働きの下女にさえ、ちゃんと「賞」と書かれた手拭《てぬぐい》一本をくれてやったのである。手拭は元《がん》旦《たん》の式のあとでも全員が貰うし、盆の納涼会のときにも全員が貰う。それゆえ楡病院に関係した者たちは、少なくとも手拭に関するかぎり不自由はしなかったのだ。

賞与式は二階の娯楽室で行われる。娯楽室はちょうど中央玄関から後方の幾棟《むね》かの病棟《びょうとう》に通ずる大廊下の階上に当り、百二十畳敷きの大広間であった。年に何回かここでは患者慰安のための演芸会が催される。日比野雷風が居合抜きを見せたり、男女の漫才がやたらとぱちぱちと扇子を鳴らしたり、職員と患者有志によるちょっとした芝居が演じられたりする。もちろん賞与式のあとの従業員の宴会もここでやるのだし、基一郎の衆議院出馬のときには無数の手紙の発送はここでなされた。職員から書生から動員されてせっせと宛名《あてな》を書いたり印刷物を入れたりさせられたが、そのうしろを末っ子の米国《よねくに》がちょこちょこと走り、桃子はすっかり面白《おもしろ》がって自分も一生懸命切手の糊《のり》を嘗《な》めた。基一郎のもっと上の子供たちはそんなところに顔を出さなかった。そしてそれが、桃子たちの記憶に残る唯一《ゆいいつ》の選挙というものであった。実際の運動は遠い山形県で行われていたのだったから。そのほかのときには娯楽室の百二十畳の畳はむなしくひろがり、隅《すみ》のほうに机がずらりと積み重ねられているばかりであった。

しかし、この日は、久方ぶりに娯楽室は人に満ちていた。百人にあまる男女が六列となって、正面にむかって静粛に並んでいた。看護婦たちは洗いたての純白の看護衣を身につけ、みんないくらか顔をうつむけていた。看護人も事務の者も、それぞれせい一杯の身なりをしていた。書生たちもこの日は紋附袴《もんつきはかま》に威儀を正していた。いつもはだらしなかったり剽軽《ひょうきん》だったりする連中が、そんなふうに正装してもっともらしい顔をしていると、なんだかまったくの別人のように見えた。

書生といわれている男たちの中には、楡家の、すなわち基一郎やその妻ひさの親類の者もいた。現に将来の楡病院の中堅をなすにちがいない金沢《かなざわ》清作や韮沢《にらさわ》勝次郎の姿もあった。前者は東大の医科を卒業するばかりになっていたし、後者は千葉医専へ通っていた。彼らは院長夫妻と明瞭《めいりょう》に血のつながりを持っている人たちなのだ。しかし、彼らはまだ書生の部類に数えられ、書生と似たような生活を送ってきたのだ。たとえ親戚《しんせき》の者であっても赤の他人と区別せず、特別扱いしないというのが基一郎の一貫したやり方であり方針であった。彼らに最初から家族待遇を与えればおそらく発奮心を失わせてしまうであろう。かつて奮励努力して楡病院を築きあげてきた基一郎の、これは当然な信念だったといえる。素質がよく勉強して大成していった者は、赤の他人だろうが重んじて一族に加えてゆく。そうでない者は親類だとて断じて甘い顔は見せない。現にこの病院を継ぐことになっている楡徹吉《てつきち》は、基一郎の郷里の村の出ではあったが、古老も知らぬ遠い先祖はいざ知らず、べつに血縁関係はなかったのだ。だが徹吉は基一郎の養子となり、四年まえ長女龍子《りゅうこ》の夫となったのである。

それゆえ、血のつながりを持つすでに医学士に近い者も、そうでない書生も、門番の爺《じい》さんや患者よりも頭が可笑《おか》しいという噂《うわさ》の看護人などと一緒に、みな一様に娯楽室の畳の上にかしこまって直立していた。女中や看護婦も列をつくってもじもじと指先をいじくっていた。気の毒にもこの人たちは、短からぬ賞与式のあいだ、じっと立ちつくしていなければならないのだ。

一方、賞を与える側の人たちは、従業員とむかいあって一段高い所にいた。演芸が行われる舞台の上にいたのである。中央に机がすえつけられてあって、そこに楡家の当主、一代でこの病院をつくりあげた男、当年とって五十五歳の衆議院議員楡基一郎が、人をそらさぬ鷹揚《おうよう》な微笑をたたえ、黒羽《くろは》二重《ぶたえ》の紋附姿でかまえていた。本当は彼は洋服姿のほうを好んだ。黒い厚地のダブルの服を彼は一分《いちぶ》の隙《すき》もなく着こなすことができたし、そのほうが金鎖もひときわ映えるというものだ。彼は極上のから安っぽいのから各種の金時計をいくつも持っていて、時と場所に応じてそれを使いわけるのである。

楡基一郎はもともとの姓名を金沢甚作《かなざわじんさく》という。樹氷で名高い東北蔵王山《ざおうさん》の麓《ふもと》を、山形市から上ノ山町《かみのやままち》まで土埃《つちぼこり》のひどい県道が通じている。その県道に沿っていくつかの村があるが、その村の一つで代々庄屋《しょうや》をやっている、しかし当時はすでに零落した金沢文左衛門の家に、四男として甚作は生れた。彼は小学校を出たあと隣村の農家に養子にやられたが、一年も経ぬうちに舞い戻《もど》ってきてしまった。これは文左衛門の許さぬところだったが、同じ村に住む彼の姉のお亀《かめ》さんという女が甚作を可愛《かわい》がり手元に置いてやった。しかし甚作はここにも居つかず、やがて行方が知れなくなってしまった。なんでも仙台《せんだい》にいるとのことだった。そのうち東京に出たという噂があった。そうして幾年という月日が経《た》ち、人々がとうに甚作の存在を忘れたころ、彼はひょっこり村に現われたのである。戻ってきた甚作は、真新しいカンカン帽をかぶり、はじめて袖《そで》を通したとしか思えない着物を着ているばかりか、みんながあっけにとられたことに、正真正銘の医師免状をもつお医者さまになっていたのだ。彼はみんなを唖然《あぜん》とさせておいて、東京の土産物というのをくばって歩いた。その土産にはろくなものとてなかったが、とにかく彼は故郷に錦《にしき》を飾ったのである。土産物をくばり終ると甚作の姿は村から消え、ふたたび幾年となく現われなかった。次に現われたときには、すでに村人がうかうか口もきけないほど紳士然としており、なんでも彼は妻帯して医院をもち、たいそうな繁昌《はんじょう》ぶりだとのことであった。彼が取出した大型の名刺を見たとき、みんなはなんのことやら理解できなかった。村にいた頃《ころ》から甚作は百姓を嫌《きら》い、百姓じみた自分の名を嫌い、自分は決してこんな名前で一生を過さないと広言していたものだが、いま彼は、基一郎という兵六玉《ひょうろくだま》の四男坊らしからぬ名前に変っているばかりか、一体どのような口実をもうけたのか、天変地異そのままに、姓までが変っていたのである。楡家に養子にはいったのではない、楡というのは彼が独創的にこしらえてしまった姓なのだ。それにしてもなんという姓なのだろう。こんな姓がこの世にあるものだろうか。名刺の活字を読みこなす者が殆《ほとん》どいなかったので、当の本人がそのたびに重々しく読んできかせねばならなかった。それから基一郎こと甚作はまた持参した東京土産をくばった。今度の土産は前回のものより大分立派といえたが、それでも内容より外箱のほうが遥《はる》かに立派であった。楡基一郎は土産物をくばって東京へ引返し、もうずっとやってこなかった。すでに彼は立身出世をした人物、鄙《ひな》びた東北の村には用のない男だったからである。それでも故郷と彼との間はまるきりとぎれたわけではなかった。基一郎は附近の村から二人も養子——これも独特のやり方であったが——をとり、また彼を頼って上京していった若者も少なくなかったからだ。基一郎が洋行するときにはもちろん通知がきた。青山に大病院を建てたときにもやはり通知がきた。彼はこうした場合、特別大形《おおぎょう》な通知状を刷らせるのであり、刷らせたからにはあまり関係もない所へも発送するからである。大判の通知状とたまげたような噂話だけのなかに楡基一郎はずっとかき消えていたが、先年になってまったく久方ぶりにだしぬけに、カイゼル髭《ひげ》を生やし洋杖《ステッキ》をかいこんだその姿が三たび村に現われたのだった。彼は南村山郡の郡部から出馬したのだ。洋行のドクトル・メジチーネと宮殿のような病院では足りずに、代議士になろうとしているのだ。彼は人力車にゆられ、村の有力者を露はらいに立て、有権者の家々を挨拶《あいさつ》してまわった。今回は土産物はくばらなかった。戸別訪問は許されていたが、土産物はさすがに選挙違反だったからである。その代り、上ノ山一番の旅館を借りきった選挙事務所を中心として、人から人へと相場の金が流れていった。かくして楡基一郎は当選したのである。

……いま彼は、百二十畳の畳に居並ぶ病院関係者を前にして、一段高い舞台の上にゆったりと立っていた。そうして、その経歴からしてどのような偉丈夫かと人は想像するだろうが、実際は彼はかなりの小男であった。貧弱ではなかったが、それでも小男にちがいなかった。その代り、その頭髪は黒々と若々しく光沢があり、実に丹念に櫛《くし》があてられ、その髭は更に黒々と豊かで、先のほうはぴんと跳ねあがり、自信ありげな濃い眉《まゆ》と相まって、ややほそい、ほとんど柔和といってよい眼《め》といくぶん上品すぎるように見えるほそい鼻梁《びりょう》とが与える繊細な印象をもっとたくましく強め、もったいぶった落着きを与えていた。彼はその外貌《がいぼう》のために人には知られぬ気を使うのだ。自慢のカイゼル髭を整えるためにチックをぬり、何度も何度も指先でひねりあげ、どれほどの時間をかけることか。それから彼はなんと粉白粉《こなおしろい》を顔にすりつけた。スプレーで香水をふりかけた。こうして、愛想《あいそ》がよく同時に威厳のある楡基一郎院長ができあがるのである。

基一郎が前にしている机の横には、数えきれぬ雑多な「賞」がのせてある机がすえられ、そこに院代勝俣秀吉《かつまたひできち》が、院長に負けず劣らずとりすました顔つきで立っていた。いやがうえにも細いその眼は、縁なし眼鏡の奥でどこを見ているのかわからなかった。その横手には、近所の青雲堂主人、高田万作がだぶだぶのフロックコートをつけてひかえていたが、彼もまた背が低かった。そうして賞与式の立役者であるこの三人が揃《そろ》いも揃って小男であるところを眺《なが》めると、これは単なる偶然なのか、あるいは院長が自分の恰幅《かっぷく》と品位を保つために小さな男ばかりを身近においているのかわかったものでないと思われてくるのだった。

青雲堂の高田は、やはりかつて医者を志していた男である。しかしその通りにならず、二、三の医院を転々としたあと楡医院の薬局にはいった。楡病院となってからは事務をとったりしていたが、数年前から青山の電車通りのそばに、小さな、しかしその名は青雲堂という文房具店を開いていた。彼がなにかにつけ楡病院の行事を手伝ったのは、前職員ということもあったが、こまめによく気がつくその実直さと、常ににこにこと笑顔を絶やさないその性格と、なによりいざとなると大男そこのけの朗々たる声をはりあげることのできるその喉《のど》と肺活量とが尊ばれたからである。

実際、青雲堂――ちかごろでは彼は姓名を呼ばれるより店の名で呼ばれた――は、一年でもっとも大事な行事である賞与式に欠けてはならぬ人物であった。彼は朗々と賞を与えられる人々の名をよみあげるのである。つまり病院の従業員すべての人の名をよみあげるのだ。すると呼ばれた人は列の間をぬけ、中央にあけられた道を通って舞台の前に進み、段をのぼり、院長の前に立つ。そばから院代が賞のはいった箱を、あるいはもっと粗末な包みを、あるいは単なる手拭を院長に手渡す。基一郎は悠然《ゆうぜん》と、かつねんごろに、当人に授与する。そこで貰った人はうやうやしくお辞儀をして引退《ひきさが》る。次の名前を青雲堂がよみあげる。これが蜿蜒《えんえん》と繰返される。
院長の立っている後方には椅子《いす》がおいてあって、そこには基一郎の家族が坐《すわ》ってい
た。彼らは老いも若きも男も女も、基一郎が好きで好きでたまらぬかような式典に最
後まではべっているよう義務づけられている。それは一家全員の前で賞は与えられね
ばならぬのだ。それでこそ賞与式はますます華やかに、意義ぶかく、どこかの殿中に
おけるがような仰々しさを加えるというものだ。
家族たちはそれぞれ別様な表情をして坐っていた。端に近いほうの席にいる桃子は、
さっきから期待に堪えかねたように身体《からだ》をゆすっていた。彼女には毎年の賞与式が面
白くってたまらなかったのだ。なぜなら、青雲堂のおじさんがこの日ばかりは生真面《きまじ》
目《め》至極に、おまけに終りに殿《どの》をつけて名前を、――たとえば「吉田勝三郎殿」と聞い
たこともない名前をよみあげると、なんと平生《へいぜい》「さいづち」と呼ばれているはずの頭
の平たい看護人が、びっくりしたように二、三度きょろきょろと周囲を見まわしてか
ら、おそるおそる進みでてくるのだ。「宝田たづる殿」と呼ばれると、常々、その突
拍子もない笑い声で、賄《まかな》いをにぎわしている狆《ちん》のような顔をした看護婦が、真赤に顔
をほてらしていやにしずしずと進みでてくるのだ。そういう情景はいくら見ても飽き
がこなかった。今日は綺麗《きれい》なおべべを着せられてさすがに下町娘らしくは見えないこ

の末娘は、大広間に集まっている百二、三十名の人間の中で、賞与式が長ければ長いほどよいと願っている唯一の存在といってもよかった。いやもう一人、御本尊の楡基一郎がいることはいたが。

院長は例年、賞与式のはじまりに当って一場の訓辞をたれ、一同の労をねぎらい、いっそうの奮励を願うのが常だった。しかしこの年はそれが長かった。特別長かった。無理はない、青山に新築してから十五周年なのだ。訓辞も長いが貰い物もきっと奮発されることだろうと、一同はじっと足のだるくなるのを我慢した。

今や院長は、政治のことなんぞを話しだしていた。新しい時代はきたのだ。官僚軍閥の内閣が倒れ、政党の内閣が生れたのだ。その首相は誰《だれ》あろう原敬《はらたかし》、その蔵相は誰あろう高橋是清《たかはしこれきよ》、これすべて私の盟友である、と院長は臆面《おくめん》もなく言いきった。次に彼は世界情勢にまで触れた。わが帝国はいまや世界の一等国である。私がむかし外遊していた頃はそう呼ぶのに未《いま》だはばかるところがあった、しかし今は名実共に日本は世界の強国に伍《ご》したのだ。それから突然、あまり関連もなく彼は船成金の悪口を言いはじめた。彼らがあっという間に自分の何十倍も金儲《かねもう》けをしたことが面白くなかったのかも知れないが、基一郎はこう予言した。船成金たちには来年は苦しい年となるであろう。それにひきかえ、わが楡病院は地道に着実に発展の道を辿《たど》ることであろう。

そうして、彼は最後に病院にとってはもっと重要なことを発言した。すなわち楡病院は帝国脳病院との合体であるが、とうにその主流は後者のほうに傾いており、また私立の病院に帝国の名を冠するのはいささかおこがましいとの意見もある。この十五周年を機会に、来年正月元旦より病院の名称を統一するつもりである。その名は――ここで基一郎は極上の機嫌《きげん》で、はじめて真剣に耳を傾けだした一同を見まわした――楡脳病科病院という。脳病科とつけたところが私の斬新《ざんしん》な考案で、それは単なる脳病院よりずっと広い意味を含ませ、一般世間の狂人を収容する病院に対する誤解をとくに役立つであろう。

ははあ、そういうものかな、と聞いている一同は訳もわからずに合点《がてん》した。「私は」と、なおも院長はつづけた。彼は普通の会話では「ぼく」と言い、機嫌がよくなるにつれてよく「ぼかあねえ」と言ったが、それは決して軽佻《けいちょう》にはひびかず、充分にモダンで人の上に立つ者として可笑《おか》しくもなかったのである。しかし基一郎はこうした訓辞の際には「私」といったが、その「私」が「ぼかあ」というときとそっくりに尻上《しりあが》りに鼻にぬけて発音されると、なんともいえない奇妙な感じを与えるのだった。

私は、と彼はそんなことにおかまいなくつづけた。独逸国《ドイツ》はベルリン大学、或《ある》いはハレ大学に於《おい》て精神病学を修め帰朝して以来、ずっと精神病者のために尽力してきた。こうした努力は世間では往々低く見られがちである。しかし私は諸君と共に、身体がうごくかぎりこの困苦多い道に努めるであろう。そしていつの日かその功は認められ、私はおそらく男爵《だんしゃく》を授けられるであろう。

「男爵を授けられるであろう」と、事もなげに、それだけ得意然と彼は言いきった。

それはなんの根拠とてない基一郎一流の放言であったが、そのいい加減な言葉が一同に与えた効果は絶大なものがあった。ごく少数のいくらか教養のある連中は、またかというように、かすかに気づかれぬように頰《ほお》の筋肉をひくつかせた。院長のうしろに腰かけている若先生、龍子の夫徹吉はむっとしたように眉をしかめた。偉いことは偉いのだろうが、この養父の調子のよさが、彼にはまったく気性にあわなかったのである。一方、その膝《ひざ》に三歳になる男の子を抱いている龍子は髪の毛一本うごかさず、まっすぐ前を直視して坐っていた。そのとりすました表情は、父親がそう言うからにはむろん父は男爵になるに決っていると語っているかのようだった。

そして彼女の信念は、同時に大多数の従業員一同が抱いた気持だったのだ。ただ彼らは龍子のように冷静にその言葉を受けいれられなかった。みんなはあんぐりと口まであきかねない様子だった。彼らはびっくりし、畏怖《いふ》し、おずおずと正面の壇上を見あげた。そこでは未来の男爵楡基一郎が胸をそらし、我とわが言葉ににこやかに微笑し、しめくくりの訓示をつづけていた。そしてその瞬間、一同の眼には院長は断じて小男には映らなかったのである。

一方、椅子に坐っている家族のうちで、まだ喉に湿布を巻いている末っ子の米国《よねくに》は、そろそろ退屈さに辛抱できぬ様子だった。

「ああ、ああ、早くはじまりゃいいのに」と、彼はほとんど苦しそうに呟《つぶや》き、金壺眼《かなつぼまなこ》をくるくるとまわした。

「黙ってなさい。もう始まってんのよ」と、隣席の桃子は言った。彼女もすっかり退屈していて、しかし姉としての立場からのみこうたしなめたのである。

幸い、じきに賞の授与は始まった。まず勤続十五年の表彰が行われたが、楡医院時代からの者も少なくなかったから、もちろん十の指では足りなかった。青雲堂主人は、巻紙をひろげておもむろによみあげた。

「勝俣秀吉どの」

これは妙なものであった。院代は賞品を院長に手渡す役柄《やくがら》だったからだ。彼はかなり大きな箱包みを取りあげ、院長に渡し、すぐそれを自分で受けてお辞儀をした。しかし、それからあとはなかなか厳粛に事はすすんだ。

「加倉井多助どの」

それぞれ神妙にかしこまって、そっと列をぬけ、中央にひらかれた畳の上を進んでくる。実にさまざまな歩きぶり、段の登り方、表彰を受ける仕種《しぐさ》、そのどれ一つをとりあげても面白くおかしく、言おうようない興味と熱意をもって桃子は軀《み》をのりだした。

ところで、この賞与式のかげの人、院長夫人ひさは、二百三高地と渾名《あだな》のある丘のような髷《まげ》も下からは見えぬほど、少し上向き加減にまっすぐ顔を正面にすえたまま、彫像のように身じろぎもしなかった。鼠色《ねずみいろ》の縫紋に黒地のつづれに縫いのある帯をしめ、ほそい金鎖を長く胸にたらしている彼女はちょうど五十歳で、しかし得意然と賞品を渡しているその夫よりずっと老《ふ》けて見えた。長女の龍子よりももっと顔が長く頬がこけているため、どこかのっぺりした感じで、そのくせ鼻はするどく高貴に隆起し、龍子の倍の角度をもつ鷲鼻《わしばな》となっていた。親しみのもちにくいその老いた顔から、若い頃の容貌を想像することは難かしかったが、少なくとも個人的なものではないいかつさ、ある血筋がつもった年数によって現わすどうしようもない古めかしい品位が窺《うかが》われた。彼女は秩父《ちちぶ》の旧家、それも基一郎の実家のように零落していない、床柱もまだどっしりと黒光りのする庄屋の出だったのである。「大奥さまを見ていると、あっしゃあお殿様を思いだしますね」とある出入りの商人が評したが、たしかにひさの間ののびのした無感動さには、若々しいがさつさとか新興のいきいきとした活力とは縁が遠いものがあった。彼女の内心は露ほどもその表情に現われなかったし、一体怒っているのか喜んでいるのかさえわからなかった。昔からあまり口もきかない性《さが》でもあった。

だが、単にひさは、幾代もの血の淀《よど》みからくる古びはてた品位の中にしずまっている女にすぎなかったのだろうか。いや、とんでもない。一面からみれば、現在の楡病院をつくりあげたのは院長夫人だともいえるのだ。ひさと基一郎こと甚作がどんなふうにしてめぐりあい夫婦の契《ちぎ》りを結んだかは楡病院の誰も知らないが、基一郎が医院をかまえるのに妻の実家の援助があったのは確かなことだ。しかし、そのあと本郷界《かい》隈《わい》随一の流行医となり病院を築きあげていったのは基一郎の才覚ではないか。それはもちろんのことだ。だが表には目立たぬひさの内助の功がなかったなら、現在の楡病院は存在しなかったにちがいない。はじめは苦しかった。基一郎の派手好みは極端だったし、狭い医院には食客の書生たちがごろごろしていた。彼らが勝手気ままに香《こう》の物《もの》にかける醬油《しょうゆ》にすら、家計をあずかるひさは気をくばらねばならなかった。彼女は醬油を多量の水で薄め、塩を加えた。万事につけそのくらいの気苦労をしたのである。

そして基一郎の留学中はどうだったか。その留守中、医院の看板をしっかりと守り、雇いの医者を監督し、以前に劣らない形で帰朝した夫に引渡したのは誰の功績か。彼女の皺《しわ》、皮膚が白すぎるのとその襞《ひだ》が浅いためあまり目立たないとはいえ、一見おっとりと微動だもしない顔に刻みこまれた無数の皺こそ、その証明にほかならなかった。

今では楡病院は安定し、発展の頂に達し、――基一郎だけはそんなことは夢にも考えなかったが――ひさの苦労の種は大半失われた。といって、彼女はなお「奥」にあって厳然と、目立たず陰に籠《こも》って、病院の屋台骨をささえていたのである。基一郎は天来の野方図な直感のままなにやかやと計画する男だ。その計画は必ず達成されたが、そのかげでひそかに金の心配をし、誇大になりがちな夫の夢を現実的にしっかりと裏づけてやったのはすべてひさの力である。それゆえ内情を知っている院代などは、正直にいって院長より大奥様のほうが煙ったかった。毎週院代は、神経質な大石の手による病院の会計簿を「奥」に持参するわけだが、基一郎はろくすっぽ手をふれようともしなかった。が、院長夫人のほうはいつの間にか確実に細密に目を通しているのだ。こういう事情は病院じゅうあまり人の知らないことであった。なぜなら、ひさは決して表に立たず、無口に感情を現わさず、常にひっそりと「奥」にこもっていたからである。それでも例外中の例外として、奥づとめの女中の一人が、院長と大奥様が諍《いさか》いをしているのを耳にとめたことがある。それはどうやら院長の女癖に関することのようだった。院長は珍しく狼狽《ろうばい》して、それだけいっそう優しくなだめすかすような口調で言っていた。「わかった、わかった、ひさ。みんなおまえが偉いのだ。おまえ一人で倹約して金をためて病院を建てたのだ。そうとも、この病院はみんなおまえの手柄だ。みんな、みんな、なにもかもおまえの手柄だよ」

賞与式に関していえば、毎年この七面倒な儀式の実質をつかさどっているのは、実は院長ではなくてその妻であった。基一郎はただ得意満面となって賞を授与していればよいのだが、誰に何をやり誰には何をやる、その百に近い品物をきめ買い整えるのはすべてひさがかげでやる仕事なのであった。今年は十五周年で、十五年勤続者にはそれ相応のねぎらいをしなければならない。そう思ってひさは、昨年の選挙でかなり手元は苦しくなっていたのを、十数名の勤続者すべてにそれぞれに応じた着物を贈ることにしたのだった。彼女を悩ましたのは昨今の物価高である。米ばかりでなく、なにもかもが倍以上の値段になっていた。いやいや、楡病院をもってすればそんなことはなんでもないことだ。彼女を目には立たなかったが本当に憤《いきどお》らせたものは、基一郎の政治とやらだ。一体なんの必要があって夫は政治なんぞに首を突っこまねばならぬのだろう。彼女個人から見れば、政治はとめどない金の浪費としか写らなかった。夫はいつものように誰をも納得させる調子でこともなく言う。ああおまえ、金なんか出たって、それはまた戻《もど》ってくることだ、有形無形にちゃんと返ってくるのだよ。ところが地道一方の性格であるひさにはそうは思えなかった。現にいま基一郎は、新庄《しんじょう》の方に北海道の大農式をとりいれた開発会社をつくっている。それは彼の出馬の表看板でもあったのだが、ひさの冷静な玄人《くろうと》的な眼によれば、今までのところその会社はもりもりと札を喰《く》って泥《どろ》を吐きだす新機械トラクターとやらの化身にすぎなかった。

「松原伊助《まつばらいすけ》どの」

青雲堂の声がひびいた。ひさは――彼女は病院の従業員の名と顔を「奥」にこもっていながら一人残らずわきまえていた――あの穢《きた》ない伊助にまで上等な羽織袴《はおりはかま》を与えねばならぬのかと、しかしそんなことは表情にも出さず、まっすぐ正面を見つめていた。

しかし、桃子や米国の喜びようは大変なものであった。あのいつも煙突から這《は》いだしてきたような爺《じい》さんが、今日はどうだろう、一体どこから借りてきたのだろう、かなりよれよれで変色していたとはいえ、ちゃんと羽織袴に居ずまいを正しているのだ。顔にも手足にもちっとも煤《すす》はついていなかった。伊助はまるで怒ったような顔をして進みでてきて、大きな箱を鷲づかみにして受取った。しかし慣れぬ袴が足さばきを意のままにさせなかったとみえ、段をおりるところで目に見えてよろめいた。

「下田ナオどの」

青雲堂の声がひびき、桃子も米国もすんでのところで手を叩《たた》くところだったが、あの懐《なつ》かしい下田の婆《ばあ》やが姿を現わした。子供たちにとって生みの親よりも親《ちか》しい存在――もっとも楡家の場合世間一般に比べてその親は常にはるかに遠いところにいたが――温和に優しく肥満したその身体《からだ》の中にどこまでも埋没してゆきたい存在、その下田の婆やが、大勢の人の列の中から、今日だけは一人の奉公人として出てきたのだ。それはそぐわないことといえた。本当は彼女は舞台の上の家族の席にいて、手塩にかけた子供たちの世話をしていてよいはずであった。しかし賞与式は年に一度の式典であり、基一郎院長はたとえ自分の親にすら形式ばって賞を手渡してやりたい趣味を多分に有していたのだ。

下田の婆やが不似合にかしこまって、ひさが自ら選んだ着物のはいった箱をとりわけうやうやしくおし戴《いただ》いたとき、疲れたようにぼんやりと視線を下方にすえていた聖子の頬にも、かつて自分をあやしてくれた者への甘えのなごり、理窟《りくつ》をこえた感謝の微笑がおしのぼってきた。しかし、その隣に坐っている姉の龍子は、母親同様、ほとんど無関心といった態《てい》で、まっすぐ前にむけた顔の表情を崩さなかった。龍子にしても下田の婆やに対する気持に変りがあろうはずはない。だが彼女はそんな世間的な感情よりも、楡基一郎の方針、主義、理想をより重んじたのだ。父親の場合はそれは天来の性癖からでた、かなりの滑稽味《こっけいみ》をもって扱える余裕のあるものといってよかったが、それが龍子となると、父親の大いにはったり気味のある精神を抽象し、限局し、かたくなに形式化しているところがないではなかった。基一郎が賞与式を仰々しく挙行したい以上、彼女にとってももちろん賞与式は仰々しく厳粛に運ばれねばならぬのだ。

龍子の膝には、今年三歳になる峻一《しゅんいち》が抱かれていた。この一刻《いっとき》もじっとしていられぬ年齢の男の子、基一郎の初孫を抱いていることが、よけいに龍子の表情をこわばらせる一因でもあった。峻一はさっきからむずかり気味に足をばたばたさせている。窮屈な紋附《もんつき》などを着せられて、ただでさえ子供に甘くない母親にじっと押えつけられているのだから堪《たま》らないのは無理はない。といって、いやしくも楡病院当主の長女の長男である以上、たとえ三歳であろうが生れたてであろうが、晴れの賞与式の舞台には厳然とひかえていなければならない。それが基一郎の嗜好《しこう》であり、龍子にとっては神聖な信念なのであった。それゆえ龍子はさっきからまだ理《ことわり》もわきまえぬ幼児の耳へ、ほとんど威嚇《いかく》といってよい言葉を何回か囁《ささや》いていた。いよいよ峻一が膝からずりおちそうになると、彼女は表面はそ知らぬ顔で賞与式の進行を見守りながら、ひそかに子供の腿《もも》をいやというほどつねりあげた。気の毒な子供はべそをかいたが、しかし泣きだすことはしなかった。この母親がいざというときにはすこぶる厳しいことだけはわきまえているからだった。

一方、峻一の父親、龍子の夫である徹吉は、子供がつねられていることにも気づかず、満悦しきって賞を与えている養父のものごしを眺《なが》める気もしないまま、むっとした表情で天井の方角を見つめていた。彼の顔立ち、その姿全体には、いくら楡病院の後継ぎと定められているとはいえ、また少年時代から言葉ものごしを基一郎夫妻にきびしくしつけられてきたとはいえ、どこか消しがたい素朴《そぼく》さ、よくいえば誠実で、わるくいえば田舎じみた朴訥《ぼくとつ》さがこびりついていた。彼がその妻と並んでいるところを見るとますますその印象は深まるのだが、龍子が他の事を冷淡に無視して楡家の家風を重んずるのと同様、徹吉も学問に対しては似たような没入を示したもので、その点からみれば、ある種の近似があるといえるのかも知れなかった。しかし、それでは夫妻仲はもとよりしっくりというわけにはゆかないのである。

三歳の幼児までが賞与式に参列を強《し》いられている反面、この席には二人の家族が欠けていた。一人は長男の欧洲《おうしゅう》で、ちょうど仙台《せんだい》の高等学校に在学中だったからである。

もう一人は家族と呼ぶにはためらわれる存在だったが、とにかく基一郎が事実上の養父となっている或《あ》る特別の少年で、しかもその本尊は現にちゃんと楡病院にいたのである。しかし、さきほどみんなで彼をこの席に連れてこようとしたところ、たいそうな勢いで逃げ、今ごろはおそらく病院の蒲団《ふとん》部屋かどこかに隠れひそんでいるはずであった。

打明けていえば、それはたまたま造化の神のやる悪戯《いたずら》、赤子のころから目を見はるほどの発育をとげた怪童、現に小学校六年生で六尺一寸になんなんとしている辰次《たつじ》であった。彼は基一郎の郷里の村からもっと山奥の炭焼きの子として生れた。怪童は身体のままに大飯を食い、貧しい父親がどうにも養いきれずにいることを聞きつけたのが基一郎である。彼は辰次を戸籍上では郷里の親戚《しんせき》の家の養子とし、東京へ出して世話をしてやると言った。辰次は父親に連れられて上京し、父親は三日東京見物をしたあと、困るほど図体《ずうたい》の大きい息子が寝ている隙《すき》に山形へ逃げ帰った。あとで辰次はすばらしい声量で泣いた。その泣き声は楡病院の敷地のみならず、近隣四方までひびきわたり、のちのちまで人々の噂《うわさ》になったところでは、「ライオンの吼声《ほえごえ》」そのままであった。

基一郎の目算は、もとより辰次を相撲《すもう》とりにすることであった。懇意にしている出羽ノ海親方がやってきて、この怪童に玩具《おもちゃ》をくれた。部屋に連れていって稽古を見せ、さまざまに御馳走《ごちそう》した。これが何回か繰返されたあとで、どうだ辰次、相撲とりはいいぞ、おまえ力士になるか、と基一郎が訊《き》くと、辰次はふくれあがった顔をのろくさと横にふった。彼は桃子たちの行っている小学校とは別の、青山小学校の五年生に編入されたが、そのぼそぼそ語るところによると、将来自分は医者になるつもりだというのである。とにかく彼は図体の大きいわりに気が小さく、身体ばかりふくれあがってしまったため言語動作がはなはだにぶかったが、相撲とりになれという勧誘だけには断じて首を縦にふらなかった。彼がどう考えているのかは傍《はた》からおし測ることは難かしかったが、辰次が人並はずれた自分の肉体を羞《は》じていることだけは確かなようであった。基一郎が当時よく得意になって、「ぼくはねえ君、日本一頭のよい男と、日本一身体のでかい男を養子にしたんだよ」と客に話したように、基一郎はなにかといえば辰次を人前に出させたがったが、それは往々不成功に終った。現に今日の大事な賞与式にしても、みんなの説得にもかかわらず、辰次はついに出てこなかったのである。さすがに無理強いもできなかった。なにしろ力はあるし、ふだんはぼそぼそ聞きとれないほどの声でしゃべるくせに、いったん泣きだしたとなれば、近隣四方にひびきわたってしまうのだから……。

その間にも、賞与式は休みなく進行していた。とうに十五年勤続の表彰はすみ、なにやら口実をもうけた種々の功労者の表彰もすみ、あとは有体《ありてい》にいえば十把《じっぱ》ひとからげの、例年なら手拭《てぬぐい》一本組の、しかし今回は特に桐《きり》の下駄《げた》がはいった紙箱の授与に移っていた。これは人数が多かった。いつまでたっても終りそうに見えなかった。

「田中吉五郎どの」

「佐藤城作どの」

「波山まさどの」

青雲堂の声にもさすがにときどきむらがでてきていた。ひびわれたり、真ん中辺でしゃがれたりした。しかし院代はあくまでもとりすまして、決して急ぐことなく紙箱を院長に手渡していた。基一郎となれば、これは時とともに生気をおび、ますます泰然となり、とりわけゆっくりと箱を与え、おもおもしく胸をそらして挨拶《あいさつ》を受けた。満足しきった鷹揚《おうよう》な微笑を口元に浮べ、相手がしゃちこばって段をおりるのを最後まで見送った。その間に彼は指先でごくそっと、丹念に手入れをされたカイゼル髭《ひげ》の先をまさぐった。そしてようやく「次」というようにうなずいてみせた。幾度も唾《つば》を呑《の》みこんで喉《のど》をととのえた青雲堂の声がひびく――「徳井定子どの」

これでは永久に賞与式は終りそうになかった。

起立している連中の足はだるく、大火鉢《おおひばち》が四方の隅《すみ》に置いてあるものの寒気は百二十畳の畳から湧《わ》きあがり、坐《すわ》っている家族の者たちの顔にもはっきりと疲労のかげが貼《は》りついてきた。基一郎の式典にもっともひたむきに精神的に参加しているはずの龍子さえ、さっきまで毅《き》然《ぜん》として前方を見すえていた顔が、目に見えて眠たげになった。ただ一人、桃子は疲れ知らずに青雲堂の声を愉《たの》しみ、もし青雲堂のおじさんが病気になったらこの役はビリケンさんにやらしたらよかろうと考え、進みでてくる人々の恰《かっ》好《こう》を一々可笑《おか》しがり、お辞儀の仕方ひとつにも深甚《しんじん》の興味を抱いた。その間、隣ですっかり退屈しきって身体をゆすったり流感のなごりの咳《せき》をしたりしている弟を、じろりと見やったりもした。

突然、その二つ違いの弟米国が、まるで咳の発作に襲われたように喉から妙な呼気を吐きだしはじめた。それればかりではない、広間全体にひそやかな、しかしどうにも堪えられない忍び笑いがひろがってゆく気配がした。

「なによ、あんた」

桃子は蓮《はす》っぱに弟を突つきかけ、ひょいと視線を前に戻すと、こういう現象が目に映った。

左右に人々が並んでいる真ん中の通路を、伊助とはまた異なったふうに風態《ふうてい》のわるい門番の豊兵衛爺《とよべえ》さんが凄《すさ》まじい勢いでやってくる。そう、豊兵衛は名前を呼ばれたのだ。一度呼ばれ、二度呼ばれ、三度呼ばれてはじめて自分のことだと気がついた。そこで彼は滅法慌《あわ》てて、末席からまわりの人を押しのけるばかりにして中央の通路に出てきたわけなのだが、おそらくあまり急ぎすぎて、通路に出てきてから行きどころを見失ってしまったらしい。彼はきょろきょろと不安そうに視線をさ迷わせた。すんでのところで舞台とは反対に歩いてゆきそうにもなった。それからやっと方角を見定めるや、滅法もない速度で歩きだしたのだ。常々彼はがに股《また》で名を売っている男である。しかし、このときほどそのがに股が目立ったことはなく、平家蟹《へいけがに》が異常直進でもしだしたようなその姿は、賞与式の席に列していることを瞬間人々から忘れさせるに充分であった。忍び笑いは伝染してひろがり、もちろん桃子もその恰好を一目見たとたんに吹きだし、なんとか笑いをこらえようと自分の腿《もも》やら手の甲やらを懸命につねった。

しかし、半ば目のくらんだ豊兵衛は、とてつもない足音を立てて段をとびあがり、まだ院代が賞品を院長に手渡してもいないのにずいと手を突きだした。基一郎は騒がなかった。いやご苦労ご苦労というように二、三度うなずき、特別しずしずと賞品を差しだして大切な賞与式の品位を保とうと試みた。だが豊兵衛は、さながら強奪するかのように紙箱をひったくった。お辞儀も何も忘れてしまってくるりと向きを変え、ふたたびどたどたと段をきしませると、前にもまして物凄《ものすご》い電光石火のがに股で退出した。

もう桃子はこらえきれなかった。彼女は泣き上戸《じょうご》であると共に笑い上戸でもあったのだ。泣くほうは造り物のような大粒の涙を奇術のように分泌《ぶんぴ》するだけで声は立てないが、笑うほうはまったく節度のないげらげら笑い、ころがって苦しむほどの莫迦《ばか》笑いになりがちである。彼女は懸命にこらえた。そのため無理に体内に押しこめられた衝動は、彼女のただでさえ愛嬌《あいきょう》のありすぎる顔をむざんに歪《ゆが》めた。喉元は痙攣《けいれん》し、その辺りから、なんだか拷問《ごうもん》にでもかけられたような、まさに断末魔ともいえるばかりの不気味な音声が洩《も》れた。

「桃さま」

隣席の聖子がたしなめた。しかし家族の中で一番しとやかなはずのその聖子も、あまりにも大形《おおぎょう》な桃子の苦しがりようを見ると、知らず知らず自分も頤《あご》が胸につくくらいうつむき、小刻みに肩を痙攣させはじめた。が、彼女ははっと我にかえり、しゃんと首を起した。隣に年もゆかぬ子供を抱いている姉、楡家の子女は女のほうがしっかり者で出来がよいと噂される中での代表者、自分自らそれを自覚し、かたくななまでに基一郎の法螺《ほら》がかった形式主義を肯定し実行している龍子の、普通では気づかぬほどかすかな身ぶりを感じとったからである。それは一つの警告、ややもすれば楡病院という多人数の環境がもたらす自堕落さから聖子を救済し、この姉を見習えという警告なのであった。

龍子はまっすぐに身体を起していた。さきほどのやや眠たげな疲労はその顔からすっかりぬぐいさられていた。年に一度の楡病院の神聖な式典が、今やつまらぬ土足で冒瀆《ぼうとく》されようとしている。門番の爺やのがに股が問題なのではない。桃子のような出来損《そこな》いが笑う笑わないのが問題なのではない。父基一郎がもったいぶって挙行したいと望んでいる式典は、当然仰々しく厳然ととり行わねばならないはずだ。それは狭いだけに容易に変更を許さぬ一つの意志といえた。その心意気は龍子の顔をひときわ冷たくけわしくさせた。彼女は、膝の上で母親の毅然とした精神を感じたらしくすっかり温和《おとな》しくなった幼児をぐいと抱きなおし、まだいくらか笑いの余波の残っている広間を、まるで挑戦《ちょうせん》でもするような目つきできっと見すえた。

第三章

「いやいや、ぼくは酒はやらないんで。さあ黒田君、さあ三瓶《みひら》、あなた方でやって……。ぼくはねえ君、これを飲む。これはボルドーといってね、ボルドー、こりゃあ名前がいい。ぼくはこれが一番でね」

そう言って基一郎は自分のコップにはボルドーをつがせた。ボルドーといっても、ボルドー酒とは縁もゆかりもない飲料である。アルコール分は全然なかった。それは当時売りだされた赤い色をした甘いサイダーのことなのだ。透明なコップにそそがれた赤い液体はシューッと音を立て、炭酸ガスの泡《あわ》が底からたちのぼってきた。それを基一郎はごくおいしそうに飲んだ。ひと息にコップ半分ほどをぐいとやり、残りはさらにおいしそうにちびちびと飲んだ。知らない人が見たとしたら、単なる色つきサイダーを飲んでいるのだとはとても思えなかった。

そこは「珊瑚《さんご》の間《ま》」であった。

珊瑚の間はちょうど「奥」の階上にあたり、隣には「貴賓室」がある。こうした名称はすべて基一郎の発案、いや発明ともいうべきで、「貴賓室」といってもただの洋風の応接間なのである。政治に関係する客などあれば——基一郎はつまるところ田舎代議士にすぎなかったから名のある政治家が訪れることもなかったが——院長は貴賓室で応対する。山形県から上京してきた客などあれば——田舎代議士といっても彼が内務大臣になにごとかを囁《ささや》けば県知事が更迭《こうてつ》されてしまうといった時代であったから、いろいろと陳情にやってくる客は絶えなかったのである——基一郎は珊瑚の間に泊めてやり、彼らの度胆《どぎも》をぬくという寸法なのだ。

珊瑚の間は十二畳の日本間であった。黒塗りの格天井《ごうてんじょう》、鳳凰《ほうおう》の透彫《すかしぼ》りの欄間《らんま》、高麗《こうらい》べりの備前畳などに基一郎好みのこけおどしの精神が充分に示されていて、かつ障子《しょうじ》の外は洋風のテラスになっていた。珊瑚の間という名称は、床の間の壁一面に珊瑚がちりばめてあるところからきていたが、この珊瑚も実は模造品なのである。だが基一郎はすべての客にこう説明するのにちっとも羞恥《しゅうち》を覚えなかった。

「なにねえ、ぼくのちょっとした趣味でねえ、ここに珊瑚をちりばめてみましたよ。ですから、まあこの部屋を珊瑚の間といっているわけで」

それと共に人目を惹《ひ》くのは、違い棚《だな》にもその下にも、幾つかの大小の飾り戸棚があって、その中には基一郎が外国から持って帰った品物がこまごまと陳列されていることだった。オランダの陶器もあればフランスの銀器もある。なかでももっとも品数の多いのは独逸《ドイツ》製品であった。独逸は基一郎が二年余をすごした地であるし、また彼の贔屓《ひいき》の国なのである。しかし飾り戸棚に収めておくのはいぶかしい品物まであった。ゾリンゲンのナイフから鋏《はさみ》から、さては爪切《つめき》り、毛抜きに至るまでが陳列されていた。一体どこに爪切りや毛抜きを麗々しく飾っておく家があろう。だが「奥」へ行ってみれば独逸製品はもっと跋扈《ばっこ》していたのである。基一郎夫妻の使用しているダブルベッドもそうであれば、「貴賓用」と記してあって一般の者は使用できない手洗いの西洋便器まで基一郎が持帰ったものであった。こうしてみると、彼は一体学問をしに留学したのか、輸入業者として出かけて行ったのかわからなくなってくる。

違い棚の上方の壁には議員が下賜《かし》される御真影がかかっていたが、基一郎は不断はそれにむかって頭をさげることは全然なかったくせに、相手が地方からの客となるとこう説明するのを忘れはしなかった。

「あの御真影は陛下からじきじきに賜わったものでねえ」

こうして珊瑚の間に泊められた客は、おどおどしてろくすっぽ眠れはしないのである。

珊瑚の間は平生《へいぜい》はあまり使用されはしなかった。ここで食事をすることは異例なことで、まして家族一同が揃《そろ》って珊瑚の間に集まるのは、賞与式と元旦《がんたん》くらいのもののであった。

今年は特別長くかかった賞与式をすまし、夕刻から娯楽室で始まった慰労の席に顔をだしたあと、基一郎はついさいぜん、珊瑚の間の家族の晩餐《ばんさん》に加わったところだった。それはごく内輪のささやかな祝宴であり、客と呼ぶほどの者とていなかったが、それでも不断は見られぬ顔も二、三あった。

一人は慶応病院の教授をしている黒田で、彼は基一郎とベルリン時代一緒に下宿していた仲である。彼の名前は楡《にれ》病院の門の前にある立看板に記されているのだが、実際は診療を手伝っているわけではない。表面を飾ることが好きな基一郎が名義だけそれ相応の礼をつくして借用しているのだった。もう一人は子供たちが「秩父《ちちぶ》のおじさま」と呼んでいる頭の禿《は》げあがった青木徳太郎で、彼はひさの兄なのである。最後の一人は生れてはじめて昨日山形から上京してきた三瓶城吉であった。丸顔の、日焼けした、太い眉《まゆ》と無骨な口元に真正直なきかん気を現わしている、山形弁丸出しの青年で、遠慮もなく酒をいくらでも飲み、ときどき奇妙な大声をだして、末席にいる桃子や米国《よねくに》を面白《おもしろ》がらせていた。ところが彼は徹吉の弟なのである。血のつながりはなくても楡家の子供たちの兄弟格なのである。

「ほうか、お嬢ちゃん、ほんなに泣虫《なきむす》か。ほだな、おれんどこじゃ寝小便《ねしょんべん》する奴《やつ》を小《しょん》便《べん》むぐしといってる、ほんならお嬢ちゃんは涙むぐしだべ」

彼はすでに額の辺りを真赤にほてらし、はるか席のへだたっている桃子にむかってそう言うと、卓の上の小皿《こざら》が振動するほどの笑い声をたてた。さきほどまで彼はおどしてあまり口もきけないでいたのだった。無理はない、彼ははじめて上野駅に着き、兄が養子になっている目の玉を丸くするほどの病院に連れてこられ、仰々しい賞与式に参列し、なんちゅう部屋だっぺと腹の中で思った御殿のような「珊瑚の間」とやらに案内されてしまったからだ。

そういう彼をこの席に呼んだのは基一郎の意向である。城吉はずっとむかし兄が東京へ行ったあと、やはり上《かみ》ノ山《やま》町の高松屋という旅館に婿養子《むこようし》に貰《もら》われていったが、最近そこの当主が死に、城吉があとを継ぐことになっていた。高松屋の主人といえば小さな町では顔役の一人である。将来病院をつがせるつもりの徹吉の弟ではあるし、これは次回の選挙に役に立つと基一郎が考えたのにふしぎはない。しかし城吉はすこぶる飲《の》ん兵衛《べえ》のようであった。いったん酒がはいったとなると、さきほどまで小さくかしこまっていたのが遠慮もなにもなくなってしまった。彼は真正直で好人物でそしてかなり粗野で、こんなたいそうな病院、たいそうな部屋、たいそうな料理を前にしては、せいぜいあびるほど酒を飲まねば損だと考えたらしかった。

一体どのくらい飲めるのかと訊《き》かれたとき、彼はぶ厚い唇《くちびる》をなめて言ったものだ。

「ほだなっす、まず塩なめて一升だべなあ。こだな立派な料理があれば、そりゃあ二升でも三升でも。いやあ、まずまず」

そしてぐびりと盃《さかずき》を干し、それが茶碗《ちゃわん》でないのをいぶかるように舌打ちをしたが、

「おれが兄貴に勝てるのは酒ぐらいなもんだな。これはおれの出来がわるいんではなぐて、兄貴の出来がよすぎたべ？　こりゃあかなわねえ。子供のときから兄貴にはかなわねえとこがあった。神童だったたっぺ、兄貴は？　ただ酒だけはそうはいかねえ」

城吉がしゃべりだすと勢い一同の視線はそちらに集まったが、龍子《りゅうこ》だけは端然とそ知らぬ顔をしていた。一体どういう理由でかような人物が、楡病院の中でも高貴な珊瑚の間にまぎれこんできたのか理解できなかった。彼女は理解しようとも思わなかった。こういうときは頭から無視するにかぎるのである。無口なひさも、このほうは龍子のように意識的ではないものの、その感情を相かわらず表に現わさず、城吉の酔声が聞えているのかどうかもわからないといった様子で、しずかに柔らかいものを選んで箸《はし》をうごかしていた。

一方、城吉の兄、今では東北の片田舎とは遠く離れ、楡病院の二代目院長を約束された、基一郎のはなはだ貴族的な――と彼は思わざるを得なかった――長女龍子を妻と

している徹吉は、一言でいえば困惑と索寞《さくばく》とした孤独の感情にとりかこまれていた。さきほどまで息子の峻一《しゅんいち》が座にいたときはまだよかった。彼にとって養父基一郎は恩人ではあったが、年が経《た》つにつれどうにも生理的に肌《はだ》にあわぬ人物と思えてきたし、楡病院自体はもっと肌にあわず、わずかに三歳になった息子が泣いたり障子をやぶったり紙きれに出鱈目《でたらめ》な絵をかきなぐったりするときにのみ、なにかほっとした、自分自身の感情にひたれる時間をすごせるような気がした。妻でさえ、本心を打明ければ彼には自分のものとは思えなかった。なるほど四年まえ、彼がこの養父の長女を妻と呼べるようになったとき、彼はたしかに感激したのを記憶している。龍子は自分のような者からあきらかに一段高い場所にいる、生粋《きっすい》の都会育ちの学習院出の令嬢なのだ。しかしいま、懐《なつ》かしい血をわけた弟が無礼講に東北弁を吐きちらかしているのに対し、ひややかに無関心をよそおっている妻を眺《なが》めていると、それが寝室を共にする女どころか、今まで一度も会ったこともない、芯《しん》の芯まで赤の他人のように思えてくるのをどうするわけにもいかなかった。彼女はたしかに自分のものではなかった。龍子はあくまでも楡家の、基一郎のマニアじみたはったりとひさの目に見えぬ古い血の織りなせるあやしげな意志にあやつられている女なのだ。せめて峻一がここにいたなら。あの子には少なくとも半分自分の血がまじっているはずだ。しかし、さきほど基一郎はその初孫を抱きあげ、まるで彼の地盤の有権者に対するように、調子のよい愛想《あいそ》を言ったものだ。

「おお、重い重い、大した重さだ。おまえは本当にえらいねえ」

そして、それきりだった。この席に結局は邪魔になる幼児は下田の婆《ばあ》やの手によって連れ去られていったのだ。基一郎に果して孫に対する愛情があるかどうかはすこぶるあやしい。が、とにかく彼は頑是《がんぜ》ない孫にさえひとことのお世辞をいうのを忘れない男だったのである。

これがひさとなると、一体峻一をどう思っているのか想像もつかなかった。そばに近づけようともしなかった。世間の爺《じい》さん婆さんは、孫という存在には、たとえ目玉が三つあろうとも溺愛《できあい》をそそぎがちなものである。しかし楡家では、祖父は偶然の機会に見えすいたお世辞をいい、祖母は孫が存在しているかどうかも関知せぬといった無表情に閉じこもっている。一体こんな家庭があってよいものなのだろうか。家庭？徹吉の感覚によれば、楡家は断じて家庭などというささやかな暖かみを持った存在ではなかった。それはずっと殺風景にひろがったいかがわしい機構にすぎなかった。いや、まあいい。こうした酒席でこんなことを考えるのがそもそも間違いなのだ。そう一人うなずいて、徹吉はしばらく手をつけずにおいてすっかり酒も冷えてしまっている盃に手をのばした。

本当は彼は弟と胸襟《きょうきん》をひらいて語りたかった。弟がどんなに酔っぱらっても、思う存分酔わしておき、その呂律《ろれつ》のあやしい懐かしい故郷の言葉を聞き、自分もその故郷の言葉で応じたかった。徹吉は以前、実母が死んだとき帰省して以来、ずっと故郷を訪れたことがなかった。だが、彼もまた特殊な立場にしばられている存在である。そうした個人的な願望は楡病院の記念の晩餐に対しては席をゆずらなければならない。そのことを徹吉はよく理解していた。なにはともあれ彼は、山形の僻村《へきそん》を離れて、東京に、楡病院に、すでに二十年余をすごしてきた人間なのだ。

徹吉は基一郎の生れた村の隣村の農家に生れた。決して貧農というほどの家ではない。しかし村のどの家でも、二男三男は機会さえあれば養子にやるのが半ば定まった風習であった。分家をさせれば本家の田畠《でんぱた》を減らすことになるからである。幸い徹吉には身分不相応な話がきた。この少年が附近数カ村始まって以来の秀才だということを聞きつけて、この辺りの立身出世者、東京の繁昌《はんじょう》開業医楡基一郎が手元にひきとるといってきたのである。徹吉は父親に連れられて上京し、東京の中学校に入れてもらった。彼が十五歳のとき、明治二十九年のことである。といって徹吉の身分はそれほど保証されているわけではなかった。口ではごく簡単に養子といっても、それは基一郎のお家芸の調子のよさが多分にあった。東北の僻村の神童も東京の学生にまじったなら凡才と化してしまうかも知れない。徹吉が本郷の楡医院に暮すようになったとき、基一郎夫妻には龍子がいただけであったが、のちになって長男の欧洲《おうしゅう》が生れた。徹吉の立場は微妙だったともいえる。しかしそんな世俗的な考えに囚《とら》われる年齢ではなかったし、なにより東北人特有の粘り強さで彼は勉強をした。まだ本郷にあった楡医院の書生部屋の薄暗いランプの下で、ほかの書生たちが立川文庫に読みふけったり焼芋を食ったり吉原《よしわら》の女の話をしているかたわらで、彼は辞書をくり数学の公式を写した。勉強、そして決して功利的なひびきのみではない立身出世の夢、この中学生はランプの下で当時兵隊に行っていた郷里の兄に――この兄はやがて日露戦争で戦死をした――こまごまとした文字で真剣に手紙を書いた。

「愚生事も四月の学年試験も相終り成績は非常に悪《あ》しく有之《これあり》何とも申訳も無之次第に御座候《ござさうらふ》。受験者二百人程にて十一号にて有之候。最初は二号其次《そのつぎ》は四号此度《このたび》は十一号嗚呼《ああ》何ぞ愚痴の甚《はなは》だしきや神明も為《ため》に怒るらむ、然《さ》れども亦《また》何ぞ志をひるますに足らむと存じ居《を》り申候」

またこんな手紙もある。

「余の一身上には何も障害無之次第にて候也《なり》。病院にては一室ありて勉強するの外は業とてもなければ幸福の至りと存じ居候。嗚呼前途尚《なほ》遠し、男児生きて志を学界に委《ゆだ》ね孤燈の下勉強しつつあるものが、いかでか養子等の事に関係せむや。只今《ただいま》は修業時代也、今より如何《いか》なる変遷《へんせん》あるやも知るべからず。然れども父母等はよく余に注意を加へて勉強をうながし給《たま》へるは実に有難《ありがた》き事と存じ居り候」

一方、医学というもの、患家の信用の絶大な楡医院の診療室からみる医術そのものは、徹吉の目に最初から、ほとんど肉感的に偉大な、一生を捧《ささ》げて悔いないものと映じた。たとえば夜中、ひきつけを起した幼児がかつぎこまれてくる。寝巻姿の基一郎がちょっとした処置をほどこしてやる。すると見るまに生気のなかった幼児が息を吹きかえし、けたたましい泣き声をあげる。途方にくれていた母親は院長の手をおし頂いて感謝の涙にくれるのだ。むかし基一郎は医科百般をなんでもやった。気管に異物がつまった少年が、二、三の医者をまわってどうしてもとれず楡医院に連れてこられる。すると基一郎は奇妙な器具をとりだす。骨でつくった棒のようなもので、曲った先のほうになにやら毛のようなものがついている。それを苦しがっている少年の喉《のど》に突っこむと、そっと覗《のぞ》いていた徹吉は思わず目を見はったのだが、一分とたたぬうちに異物はとれたのだ。そのあと基一郎が附添《つきそ》いの親にこんなふうに自慢するのも徹吉の耳に決して奇異にはひびかなかった。「これはねえあなた、ぼくの発明した器械で、日本に一つきりない。自分でいうのもなんだが、ぼくは名医、つまりオーソリティなんですからな。ここにいらしたのは実際運がよかった」名医である養父に、医学そのものに、純朴《じゅんぼく》な憧《あこが》れの念を抱いて徹吉は勉強した。彼は首尾よく一高《いちこう》に、東京帝国大学医学部に入り、そしてその成績はかつての神童の名を恥ずかしめなかった。養父は機嫌《きげん》よくそのたびに言った。「徹吉、おまえはえらい。ひとつ金時計をくれてやろう」なに、それは調子のよい言葉だけのことだった。もう五つばかり貰っていてよいはずなのに、徹吉はまだ一つも金時計を所有していなかった。時計はどうでもいい。基一郎が二回の洋行をし、楡医院は青山の大病院となり、まして院長が代議士なんぞになろうと計画しだしたとき、徹吉はもう以前のように養父を尊敬の念だけで眺められなくなっていた。彼は養父の意に従い、精神科の医局にはいり、基礎的な学問をしながら楡病院の診療をも手伝っていた。だが専門医となった彼が養父の診察ぶりを見ていると、どうもときどき首を傾けざるを得ないことがある。基一郎の腕がわるいというのではない。養父はたしかにすぐれた臨床医であった。しかしその調子のよい口説《くぜつ》は往々にして行きすぎになりがちのように徹吉には思えた。

基一郎は普通の診察のほかに患者の頭に聴診器をあてるのである。心臓の音や肺臓の呼吸音をきくときと同じように頭を聴診するのである。そして院長は自信にみちて患者に告げるのだ。

「いや、君の脳はわるい。たしかにわるい。ぼくのあげる薬をのみなさい。これは日本一の薬なんだから」

もっと驚いたことに、院長はものものしく耳鼻鏡を額につけ、患者の耳の穴を覗きこむことがある。耳のわるい患者ではない。頭のわるい患者の耳をだ。

「ああ、あんたの脳はただれている。腐りかけている。ちゃんとそれが見えている。こりゃ入院しなけりゃいけませんな。まあぼくにまかせなさい。腐った脳をちゃんと癒《なお》してあげる。ぼくはねえ君、ドクトル・メジチーネでねえ、専門家、オーソリティなんだから」

早発性痴呆《ちほう》その他の精神病には一般に自覚が欠如している。それゆえ患者にまっとうな医学知識を説くのが正しいやり方でないのはもちろんのことだ。ときにはいい意味で患者をだますこと、妄想《もうそう》にかこまれている病人になんとかして医師を信頼させるようにしむけることは不可欠なことだし、意味のある口説療法《ムント・テラピー》なのだ。ところが基一郎はそんな必要もない普通の神経衰弱患者にも、田舎の物分りのにぶいお婆さんどころか立派なインテリの学校の先生にさえ、この流儀でおし通すのだ。そしてその結果はどうだろう、院長は断然彼らの信頼をかちえてしまうのである。まっとうな診察、正当な理論的な説明よりも、ずっと患者たちはこのカイゼル髭《ひげ》を生やした小男の医者を信用し、また癒りも早いのである。なんにしても不思議な人物なのだ、この楡基一郎という男は。

実際不思議な人物だとしか徹吉には思えなかった。彼は養父を以前のように尊敬もできなかったが、といって軽蔑《けいべつ》もできなかった。たしかに基一郎には一種の力がある。その新しがり屋もわるいことではない。楡病院では新薬でも新式器具でもいちはやく取入れられるし、ジアテルミーを輸入したのは本当に日本一早かったかも知れない。だが、あのラジウム風呂《ぶろ》は？　徹吉の知識によれば、あの浴槽《よくそう》の曲りくねったパイプからラジウムが発生するとはどう考えても理窟《りくつ》にあわなかったし、その風呂が楡病院入院案内に説明されているほどの効用があるとはとても信じられなかった。だが基一郎は得々として客にまで言うのである。「ぼくのとこのラジウム風呂にはいってみるんですな。そんな頭痛なんぞいっぺんにとれてしまうから」

だが、徹吉が養父をどう考えようとも、基一郎はもっと大局に立ってこの養子の成長をじっと見守っていた。そして徹吉がひとかどの、いや確かに頭角を現わす医者になると見極めをつけたとき、長女の龍子を与える決心をきめたのである。それには長男の欧洲が病院を継ぐには年齢が若すぎることと、あまり出来がよくないことも一因にちがいないが、徹吉をいよいよ楡病院次代院長と内心できめたとき、基一郎はこういうことを言った。
「徹吉《てつきち》、おまえの徹吉という名はどうも田舎くさい。これからは徹吉《てつよし》と名乗りなさい」

自分の姓から名前から平気でがらりと改造してしまう養父の命とあれば仕方なかった。徹吉《てつきち》先生でなく今後は徹吉《てつよし》先生と呼ばなければいけない、と院代を通じて病院じゅうに布告がなされた。しかし長年の習慣がそうすぐ変えられるものではない。人々はやはりうっかり徹吉《てつきち》先生と呼んでしまった。そこで基一郎はひさの意見を入れ、今度は若先生と呼ばせることにした。これはどうやら成功した。が、徹吉自身はこの呼称がいやでいやでたまらなかった。彼はそれほど若くもなかった。今から四年まえ龍子と夫婦になったとき、彼はすでに三十三歳であった。そうして三十七歳にもなった今、彼はまだ博士になっていないのだった。養父がなにやかやと病院以外のことに手をだす結果として、病院を手伝わねばならぬため研究の時間を奪われてしまったし、なにより学究肌の彼としてはいい加減な論文をつくりたくはなかったからである。養父はよく言った。「徹吉、おまえはえらい。洋行させてやる」だがそれも金時計と似たようなもので、そのうち世界大戦が勃発《ぼっぱつ》してしまった。しかし今はそれも終った。

徹吉にしてみれば、雑事の多い現在の環境でより、やはり近代精神医学発祥の地独逸《ドイツ》で落着いた仕事をやりたい心算《つもり》であった。が、とにかく彼はむかし自分が子守をしたこともある、十二歳年齢のちがう龍子を妻に与えられたのだった。このことは彼の幸不幸とは別問題だが、彼の地位がもはや楡病院において不動のものになったことは事実である。一方、龍子の側からみれば、あまり風采《ふうさい》のあがらぬ徹吉を夫にすることにおそらく喜びも感じられなかったろうが、ある偏狭な意志に自らすすんで支配されている彼女は、一言もいわず父の意に従ったのである。なぜなら基一郎は常々言っていたではないか。「ぼくはねえ君、日本一頭のいい男を養子にしたんだよ」それが「日本一身体《からだ》の大きい男」だったらまた話は別かも知れないが。

その「日本一身体の大きい男」のことは、そのときちょうど話題になっているところであった。

「どうですか、その辰次《たつじ》君とやらは？」と、基一郎同様好角家《こうかくか》の黒田が訊《き》いた。

「いやそれがねえ君、非常に人見知りをするのでねえ」と、基一郎はソップをスプーンですくった。

基一郎は固形物をあまり食べない。ボルドー酒ならぬボルドーを飲み、ソップをすってばかりいる。彼はスープのたぐいをすべてソップと呼び、従って楡家では誰《だれ》もがソップという言葉を使っている。基一郎はそのソップばかりをもう三杯もお代りし、卓上の菜《さい》にはほとんど手をつけなかった。さいぜん彼は幼い子供たちにソップをのむときの外国仕込みの作法をきかしてやったばかりであったが、それなのに本人がそれをのむときは、なんとしたことだろう、あきらかに耳につく音響がひびきわたった。おまけに丹精こめた自慢の髭の先にまでそれははねかかっているではないか。

基一郎はそんなことにおかまいなく、今度は赤い甘いサイダーをいかにもおいしそうに飲み、

「あれを学校に入れるときが君ねえ、大変だったよ。なにしろ図体《ずうたい》が大きいんで、机も椅子《いす》もあうのがないんだ。ぼくはそれで、特別あつらえの机と椅子を寄贈せにゃあならんかった」

基一郎の言葉には山形弁のなごりのかげさえなかった。といって東京弁というわけでもない。一種独特の発音であり発声なのである。未知の者が、先生の御郷里はどちらで？　と訊くと、基一郎はときにはこんなふうに答えた。ぼくにはねえ、郷里なぞというものはありませんよ、なに、ぼくの言葉？　ああ、これはベルリン訛《なま》りでしょう。

「それでまた相撲《すもう》とりになるつもりはないのかね？」と、黒田が訊いた。

「それが君、辰次はどうしても医者になるというんだ。あの身体でねえ。あれに医者になられたら困る。あんな医者が現われたら、これは君ねえ、患者さんがみんな逃げてしまうよ」

一同は笑った。

「だが、まあ見ていてごらんなさい。辰次は自分でもわかってきていますよ。普通の世界に自分が住めないってことをねえ」

基一郎は自分はなにもかも見通しで、自分の立てた計画に齟齬《そご》はないというようにうなずき、片手でソップのついた髭の先をひねりあげた。黒田が言った。

「すると君は、いずれ横綱の父親ということになるね？」

基一郎はまんざらでもなさそうに破顔し、一座の者もそれぞれに笑い声を立てた。しかし、さすがに龍子の笑いはいくらかこわばっていた。いくら父の好みとはいえ、戸籍のことを知らぬ世間の人々に、あの化物のような辰次を自分の弟と思われるのはあまり嬉《うれ》しいことではなかったから。

「辰次を……伊助《いすけ》がほんとうに可愛《かわい》がって……」

と、それまでまったく口をきかなかったひさが、すぼまった口からぼそぼそと言った。彼女はまったく無表情でおりながら、それでも一座の話にはちゃんと耳を傾け、人並以上に気をくばっているのだった。

「伊助というのはうちの病院の飯炊《めした》きでね。これは日本一の飯を炊きますよ。……さあ、それをねえ君、どんどん食べてくれたまえよ、さあ三瓶《みひら》」

自分はボルドーとソップばかり口にしている基一郎は、すっかり赤い顔をしてもっともよく飲みもっともよく食っている城吉に食卓のものをすすめたが、珊瑚《さんご》の間《ま》の晩《ばん》餐《さん》というからにはどんな珍味があるかと思うと、実のところはそうではなかった。楡病院の食事は多人数を対象とする賄《まかな》いが中心であるから万事が大まかである。「奥」では別のものを食べてはいるが、これも奥づきの女中がいい加減につくるものだから洒《しゃ》落れた料理にはほど遠い。この夜の食卓にも品数だけは出されていたが、どれもこれも見掛けだおしで、不統一で、缶詰《かんづめ》からそのまま皿《さら》にあけたようなものが多かった。といって、上ノ山町から出てきたばかりの城吉には、途方もない山海の珍味と映ったのはもちろんである。

基一郎はそういうところをよくのみこんでいる男であった。

「さあ三瓶、それを食べてみてくれたまえ。それはコンビーフというものだ。アメリカ製だよ、君」

「ほだか、ほんならちょっくら食ってみっか」

城吉は輪切りにされたコンビーフを自分の皿に移すと、あっという間もなく、皿にあふれるほどのソースをだぶだぶとかけた。

「さあ、桃子、米国《よねくに》、おまえたちももう少しボルドーを飲むか?」

基一郎の機嫌は殊《こと》のほかよく、小さな子供たちにまで愛想《あいそ》をふりまいた。

桃子にしてみれば、不断は大っぴらにはいることを許されぬ珊瑚の間に、大人たちにまじって席を与えられていること自体、わくわくするような得意と緊張のいりまじった体験である。姉たちはよく「奥」で両親と共に食事をする特権を有していたが、桃子や米国にはそんな機会は滅多になかった。姉たちが「奥」の子であるのなら、下の子はいわば「賄い」の子なのだ。なんだか桃子たちは日蔭《ひかげ》の子かなにかのようであり、その父親はたいへん高貴な身分で滅多に姿を現わさず、たまたま桃子たちを見かければ、なるほどあれもわしの子だったなというわけで、相好《そうごう》をくずして、大きくなったな、偉い偉いと讃《ほ》めるのである。

桃子ははしゃぎ、自分でボルドーのびんを大切そうに傾け、赤いサイダーがコップに泡《あわ》を立ててゆくのを大きく瞠《みひら》いた眼《め》で見守った。

「ぼくも、ぼくも自分でつぐよ」

弟が流感のなごりのがらがら声で主張した。

「だめ、あんたはこぼすから」

桃子はボルドーのびんをひしと抱きしめて絶対渡すものかという気がまえをみせたが、聖子になだめられて渋々びんを渡した。そして今度は、米国がつぎそこなってテーブルをびしょびしょにしないものかと、眼を皿のようにして弟の手元を注視した。

「ときに欧洲君はまだ仙台《せんだい》で？」と、秩父《ちちぶ》の青木徳太郎がきれいな禿頭《はげあたま》を桃子たちのほうにむけて、つまり基一郎のほうをむいて尋ねた。

「あれはまだ試験が終らないのでねえ」と、楡家の当主は答えたが、彼はこの大層な名前をもつ長男にあまり期待を抱いてはいなかった。欧洲は体格こそ彼の子にしては珍しいほど恵まれて育ったが、それだけ鷹揚《おうよう》にこせこせせず、すでに二回落第を記録していた。しかし基一郎はそうは口に出して言わない。

「欧洲はなかなか人望があってねえ。どこか親分肌《はだ》のところがあるんで、いろいろと活躍していますよ。たしか柔道部で……」

「剣道部でございますわ」と、龍子が冷淡に訂正した。

「そう、剣道部でねえ。対抗試合にもみんな勝ってしまう。なかなか偉いところがありますよ」

基一郎は席にいもしない自分の息子にも世辞をいうのである。しかし龍子は、決して身内を卑下してみせるわけではなく、ごく客観的に他人を批評する口調でけんもほろろに言ってのけた。

「あの人はそれこそ総領の甚六《じんろく》です」

なんだかその口調には、楡家の息子は名前だけものものしくてまったくろくでなしだ、だからこそ女の自分がしっかりしなければならぬのだと改めて納得しているようなおもむきがあった。しかし龍子は事実、父親が平生《へいぜい》の人をおだてる調子ではなく、どこか嘆声にちかい声で「龍子、おまえが男の子だったらなあ」と呟《つぶや》くのを昔から何回も聞いて育ってきたのである。

龍子があまりきっぱりと欧洲のことを葬《ほうむ》りさってしまったので、秩父の徳太郎は今度は基一郎の次女のことに話題を転じた。つまり、しばらく見ないうちに聖子さんはすばらしいお嬢さんになった、その花嫁姿を見たら自分のような禿頭も――とここで彼は自分の見事な光沢のある顱頂《ろちよう》をつるりと撫《な》でた――きっと夢中になってしまうであろう、と述べたのである。聖子はややあおざめた頰《ほお》に急に血の色をみせてうつむき、大人たちはそれぞれに肯定の微笑を洩《も》らした。誰がどう見ても聖子はそうからかわれるだけの価値を有しているように思えたからである。

すると、こういうことが起った。秩父の徳太郎はずいぶんの大声で――なぜなら土地には「秩父の高声」という言葉があるとおり自分は声が大きいのだと彼は前にも説明したことがある――この冗談を言ったのだが、それよりも更に大きな胴間声《どうまごえ》で、城吉がそれに賛成の意を表しだしたのである。城吉は一目見たときから、兄の嫁御を敬遠したが、その妹には感嘆の眼を見張っていたのだ。しかし口にだしてそれを言う勇気がなかった。今や一升の酒はその勇気をかもしだし、きっかけが与えられたとなると、その訥々《とつとつ》たる弁舌には岩をも微塵《みじん》にする力があった。幸い甚《はなは》だしい東北弁は大部分の人たちの理解を不可能なものにしたが、さすがに聖子は羞恥《しゅうち》と困惑の中に今にも消え失《う》せそうな風情《ふぜい》をみせた。

基一郎はそんな聖子の姿をこちらからちらちらと見やった。はたして彼はこの一番の器量よしの娘にも世辞を言ったろうか。いや、彼は黙っていた。無言で自らにうなずくように、片手で訳もなく髭《ひげ》の先をまさぐっていた。ぴんとはねあがった髭の先端を二度ひねり、三度ひねった。こういうとき、彼は余人の追従を許さぬ先見の明と斬新《ざんしん》さを誇る計画をねっているか、あるいはすでに軌道を走りだしている計画を改めて反芻《はんすう》し、我とわが考えに会心の笑みをもらしているのである。このときは後者の場合であった。彼の水白粉《みずおしろい》で化粧された顔にはまざまざと満ちたりた微笑がうかんできた。なぜならこの次女の婚姻、当然楡家になにものかをつけ加えるべき結婚の相手は、まだ誰も知らないことであったが、すでに決定していたのである。基一郎がもはやきめてしまったのである。

相手は家柄《いえがら》であった。代々御殿医をし、現在もその一族の者には名のある医者が幾人もいた。臨床医ではないが、ひとつの学閥に勢力をもつそうした家と親戚《しんせき》関係を結ぶことは、楡脳病科病院の将来にとって益のないはずがない。当のその青年はまだ医学生の身ではあるが、成績もすこぶる優秀のようだ。相手が名もない家であったなら、基一郎はもちろん彼を養子に望んだであろう。だがこの場合はやむを得なかった。しかし花婿《はなむこ》も花嫁もまだ学校を出ていないのでは、こういう話は早すぎはしまいか。いやいやとんでもない、というのが基一郎の意見であった。時計は遅れているのより進んでいるほうがよいし、物事も早ければ早いほどいい。結婚は将来でもよいとして、とりあえず婚約だけでもさせましょう。この計画はもう親同士の間で決められてしまっていて、あとは本人同士をひきあわすことが残っているだけであった。そして基一郎にしてみれば、本人同士なんて言葉はもとより眼中になかったのである。

基一郎は満足の笑みを洩《も》らした。それから何喰《なにく》わぬ顔で、すっかり酔っぱらってしまった弟を懐《なつ》かしいながらも面目なく感じてますますむずかしい顔をしている徹吉にむかって声をかけた。

「徹吉《てつよし》、おまえもいずれ留学せにゃならんのだから、独逸の事情なんかをいろいろと黒田先生に訊《き》いておきなさい」

なに、黒田の知っている戦前の事情なら自分で話してやればよいのだから、これはむろん黒田に対する世辞と解すべきである。

次に基一郎は、女中に命じて隣室の貴賓室から一冊の本を持ってこさせた。それは『神経衰弱の治療及健脳法』と題する書物で、その著者は誰かと言うに、『楡病院帝国脳病院長　ドクトル・メジチーネ　楡基一郎著』とそこに記してある。その本は貴賓室の硝子戸《ガラスど》のついた書棚《しょだな》にはいつも何十冊となく並んでいるのだ。

基一郎は本を手にとると、高松屋旅館の若主人にむかって言った。

「三瓶、これはぼくが書いた本でねえ。これを特別に君にあげよう」

ところが、三瓶城吉は酔眼をひらいて表紙の文字を苦労して読んだ挙句、胴間声でこう答えた。

「こだいむずかしい本は、おら要らねえ。大体おれは神経衰弱《すんけいすいじゃく》でもないし」

しかし、その兄がかたわらから慌《あわ》ててなにかとりなしたので、城吉はぺこりと頭をさげた。

「ほうか、ほんなら有難《ありがた》く貰《もら》っておくべ。読めはすねえかもすんないが」

そのやりとりを眺《なが》めていた黒田は、思わず笑いを誤魔化すために咳《せ》きこんだ。黒田自身は友人基一郎からすでにその書物を数回も貰っていたもので。

しかし決してインチキな本というわけではない。巻をひらくとまず「緒論」とあって、

「肉を離れて霊なく、霊を去ツて肉無し。霊肉元是《こ》れ一如《いちによ》。霊豈《あに》無形と云《い》はん、肉必ずしも有形ならんや」

と、堂々とした、少々堂々としすぎる文章が書かれているのである。もう少し先へゆくと、「此《こ》の摩訶《まか》不可思議なる神経系は、大哲人ショウペンハウエルをして、『絶対不可思議器官』と叫ばしめ、又《また》悟道の覚者をして、『墨絵に画《か》ける松風の音』と唱せしめたが……」と、東西にわたる学識が披瀝《ひれき》してある。そして著者は嘆じているのである。「進歩の裏には退歩ありとか、見よ先の迷信時代、宗教時代は既に過ぎ去り、今や正に科学的時代に入り、幾多神秘の宝庫は此の鍵鑰《けんやく》に依《よ》つて開かれ、無線電信通じ飛行機成り『ラヂウム』出《い》で『スピルヘーテ』露《あら》はれ、開物成務の目的は幾何《いくばく》ならずして彼岸に到達せんとする趨勢《すうせい》を示し居《を》るにも拘《かかは》らず、人心漸《やうや》く危《あやふ》く肉体日に虚弱ならんとするは何故《なにゆゑ》であらう乎《か》……」それゆえ著者は欧米精神医学の知識を説きさり説きたり、それに加うるに、貝原益軒の養生訓、白隠禅師の遠羅天釜《おらてがま》、若生形山禅

師の精神清潔法、平田篤胤《あつたね》の鍛錬法などの智慧《ちえ》に至るまで列記してやまないのである。これを良書と呼ばずしてなにが良書か、といわんばかりの本なのだ。

たしかに摩訶不可思議なところのある男だ、と黒田は基一郎のことを考えた。いや、ショウペンハウエルに従えば絶対不可思議な男とでもいうべきかな。

それから黒田は、基一郎の二度目の洋行、彼がアメリカへ船出するときの事件を憶《おも》いだして、今度は咳ばらいだけでは足りず、どうしても天井に顔をむけてにやにやせざるを得なかった。

そのとき黒田は通知状を受け、相当に多忙だったにもかかわらず新橋駅まで見送りに出むいたのだった。なぜならその大判の通知状には、ドクトル・メジチーネ楡基一郎は今般何月何日横浜港出港のかなだ丸にて渡米することとなったが、万一お閑《ひま》である方は横浜まで御来駕《ごらいが》あらせられたく、そうでない御仁《ごじん》は何時何分新橋駅発の汽車を見送って頂ければなんとも幸甚《こうじん》である、という意味のことが圧倒的な美文調で印刷してあって、いやでもせめて新橋まで送りにいかねば罪悪感にかられるような気分に襲われたからである。

黒田は時間に遅れそうになり、人力車を急がせて新橋駅に着いた。ところがとうに時刻がきているのに、一向に基一郎の姿は見えない。あとでわかったことなのだが、基一郎はその「何時何分」に詐欺《さぎ》といってよいほどのさばをよんでいたのである。そんなことは露知らぬ黒田は、待てど暮せど当人が現われぬので、駅前の店へ行って電話を借り、基一郎の病院にかけてみた。すると院長先生の一行はもう二時間も前に出発されました、おっつけ駅に到着するころでしょう、という返事である。仕方なく黒田はいらいらしながら待っていた。ついにしびれをきらして駅前の電車通りに出た。すると、「行列」が彼方《かなた》からやってきたのである。

あれは一体なんなのだろう、とはじめ黒田はいぶかった。しかし間もなく、先頭をきる紺の法被姿《はっぴすがた》の男がおしたてている大幟《おおのぼり》の文字が目にはいった。そこには墨くろぐろと大書してあったのだ。「祝　楡基一郎先生御渡米」それは決して茶番とは映らなかった。あまりにも徹底した愚行はむしろ厳粛でもある。そのとおり行列は粛々と進んできた。大幟のあとにはやはり法被姿の男が数名、それから相撲とりが何名かいた。もちろんぺいぺいの下っ端《したっぱ》なのだろうが、そのひときわとびだしたざんぎり頭はたしかに行列に異彩を加えていた。次に数台の人力車がつづいた。先頭の人力には、この日の立役者楡基一郎がフロックコート姿でおさまっていた。彼は貴族のように悠然《ゆうぜん》と、こんなことは日常茶飯事だといわんばかりに軽くなにげなく背をもたせていた。そして思いだしたように片手をそっと優雅にあげ、髭の先をひねりあげているようだった。

人力車のあとには二十名ばかりの人たちが従っていた。いずれも羽織袴《はおりはかま》で、かなり疲労したような気配が漂っていたが、それでも列をくずさず粛々と進んでくるのだった。そこにも法被姿の男たちがまじっていて、先頭のものよりは小さかったが、三本ほどの幟をかついでいた。そしてこの一行のまわりやうしろを、ときならぬ為体《えたい》の知れぬ行列を珍しがって、大勢のその辺りの子供たちがぞろぞろとついてくるのだった。

……

いやはや絶対不可思議な人物だ、と黒田は腹の中で呟き、もう一度出てきた笑いを口の中で嚙《か》み殺した。

食卓にはもう茶菓がだされていた。自分では何も食べない基一郎はなおも城吉にすすめていた。

「さあ三瓶、ひとつ食べてみてくれたまえ。これは長崎のカステーラというものだ」

「ほだか？　ほんなら食べてみんべえ」

小さな子供たちはくすくすと笑った。殊に桃子は莫迦《ばか》笑いを起しそうになり、それを堪《こら》えようと無茶苦茶に顔をゆがめた。

と、そのとき、下手の唐紙《からかみ》があいて、下田の婆《ばあ》やが顔を見せた。が、彼女は部屋にはいりきらず、廊下に残っている何者かを、しきりにすかしたり誘ったり叱《しか》ったりしているようだ。で、ついにその渋っていた主は珊瑚の間に姿を見せた。ぐずぐずと、いかにも厭《いや》そうに、まるっきり首をたれて。

それは大きすぎて大飯食らいで、とうとう東京の楡家の養子となったあの山形の怪童であった。その並外れた図体《ずうたい》は決して恵まれた良質の発育の結果とは見えなかった。むしろ一種の畸形《きけい》、自然に反した異常発達、脳下垂体ホルモンの分泌《ぶんぴ》不均衡による肉体の滑稽《こっけい》な膨脹《ぼうちょう》と思われた。しかも彼はまだ小学六年生なのである。これからの身長の雪だるま式の増加は保証されているといってよかった。

「おお、辰次か」と、基一郎は自分のためこんだ宝物の一つを見るように、満足しって少々だらしのない声をだした。「さあ、こっちにきなさい」

だが怪童はうごかなかった。着ている特別あつらえの学生服もすでに窮屈げであった。彼は部屋にはいってきたものの、ほとんど敷居の辺りにべたりと坐《すわ》ってしまい、自分の不恰好《ぶかっこう》なまでに大きな膝頭《ひざがしら》に目を落していた。その頬は丸くふくれあがり、大きすぎさえしなければあどけないといってもよかった。だがそれは少年時かぎりのものので、おそらく時とともにその顔は長く、丈ののびると同じように縦にのびてゆくにちがいないことが予想できた。頤《あご》の骨はすでに目に見えて下方に張りすぎていた。

「辰次、こちらにきて御挨拶《ごあいさつ》をしなさい」

滅多に唇をひらかぬひさが、ぼそぼそと重い口をうごかした。彼女の低い聞きとりがたい声は、往々院長のなめらかな舌の動きよりももっと人々を従わせる秘められた権威を持っているのだ。

が、それでも怪童はべたりと坐ったままであった。彼の身体《からだ》に逆比例した小心と内気、これまで過してきた人生が彼にあびせてきた好奇と嘲笑《ちょうしょう》が、この少年に自分の身長を能《あと》うかぎり人に示すまいとする習性をさずけてしまったのだ。郷里では大飯ぐらいのでくの棒、楡病院にきてからは基一郎の虚栄心を満足させる道具、そういう事情を辰次がわきまえているわけではなかったが、本能がたしかに彼にこう命じたのである。辰次、おまえは立つな。おまえはなにしろ大きすぎる。

すると、基一郎はこういうことをした。卓上のカステラのはいった皿《さら》をとりあげたのだ。

「辰次、そら、この菓子をあげる」

辰次の頭蓋骨《ずがいこつ》は人並の大きさであった。つまり頭部の上半分は身体の異常発達についてゆかなかったのだ。そのことと年齢とが、彼をひょいと立ちあがらせた。人々の視線には目もくれず、カステラの皿をめざしてずかずかと進んできた。彼が立ちあがったとき、はじめて彼を知る者はあらためて目を見張った。坐っているとき予想していたより、怪童ははるかに上背があったからである。黒田は生真面目《きまじめ》に評価するように腕を組み、思わず「ふうむ」とうなった。秩父の徳太郎も高松屋の城吉も、自分たちより遥《はる》かに背の高いこの気味のわるい小学生を、あっけにとられたように見あげていた。一方、龍子はまるで醜悪なものでも前を通るように、視線をまったく別の方角にむけた。

辰次は基一郎の手から菓子皿をうけとると、またその場にべたりと坐った。珍しい菓子を貰ってはみたものの、これから一体どうしてよいかわからぬといった様子だった。しかし事実上の養父は言った。

「辰次、勉強をしているか？……よしよし、もうむこうに行ってよい」

辰次は菓子皿をかかえて実にすばやく退場した。このでかい養子は、賄《まかな》いのそばにある伊助爺《いすけじい》さんの小さな煤《すす》けた住いに暮しているのである。

「いや、もし力士になったら、これは本当に横綱じゃ」

秩父の徳太郎が、独り言のように、しかし独り言にしてはずいぶんと高い声で言った。

基一郎は相槌《あいづち》を打たなかった。ここにもひとつ自分の卓抜な計画が軌道にのって進んでいるのをひそかに愉《たの》しむように、半ば無意識に髭の先をまさぐりながら、自分自身にうなずいているようであった。

客たちは煙草《たばこ》を吸いはじめた。徳太郎も城吉も――城吉は煙管《きせる》だったが――さっきから煙草を吸っていたが、黒田もはじめてこのときシガレットケースをとりだした。

と、基一郎もなにか合図でも受けたように、自分も懐《ふとこ》ろから銀のケースをとりだした。ぱちんと蓋《ふた》をあけると金口の巻煙草が並んでいる。一本をくわえて火をつける。そして彼が煙草をふかすところを観察してみると、これがまた一種独特なものであった。彼はぜんぜん煙を吸いはしなかった。口をすぼめるようにして、くわえた煙草を二、三度すぱすぱと忙しくふかす。吸うというより、先端の火を吹きたてるのである。ひとしきり煙を立てると煙草を口から離し、灰が卓上に落ちようが畳に落ちようが、すましかえって何喰わぬ顔をしている。ややあってようやく煙草を口にもってゆき、やたらと忙しくぷかぷかと煙をたてる。

実は基一郎はまったく酒を嗜《たしな》まぬのと同様、煙草もふだんは喫《す》いはしないのだ。彼は単に、客に対する愛想のためにのみ金口の煙草をくわえてみせたのである。

第四章

戦捷《せんしょう》と物価騰貴《とうき》とスペイン風邪の年は暮れた。

楡《にれ》病院では二十八日に餅《もち》つきをする。出羽ノ海部屋から上は十両どころの力士が七、八名やってきて、賄《まかな》い裏の広場に大きな焚火《たきび》を焚き、素裸となって勇ましい掛声と共に、昼から夕刻までかかって大量の餅をつく。そのあと彼らはふるまい酒をのみ祝儀《しゅうぎ》を貰《もら》って帰ってゆくのだが、楡家の図体《ずうたい》のでかい養子はやはりどこかに隠れていて姿を見せなかった。

大晦日《おおみそか》には病院じゅうの大掃除をする。これにはたいてい夜中までかかる。基一郎は天井の隅《すみ》にも塵《ちり》ひとつなく、床はどこからどこまでぴかぴかに磨《みが》きたてるのを好んだからだ。電燈からガス燈からすべての燈火がつけられ、その光の下で病院じゅうが動員されてせっせと掃除をする。真夜中の広いがらんとした廊下を磨き終ってほっとすると、もう除夜の鐘が鳴っている。

一夜が明ければ正月だ。大正八年の元旦《がんたん》は、うすく曇ってどことなくおぼろな光のみちている穏やかな朝に始まった。まったく珍しいことに、ここ何年か大戦のうまい汁《しる》を吸っていた人々に争いがたい不景気の到来を暗示するように、この元旦の夜、突如風速十五メートルの風雨が襲来したのだったが、少なくともその朝はそんな気配のかげすらなかった。

楡病院、いやこの朝から『楡脳病科病院』となって看板のかけかえられた門から眺《なが》めると、御大層な円柱のならぶ病院の前景、殊《こと》に正面玄関の附近は、曇り空にもかかわらずほとんど晴れがましく、にぎにぎしいといってよかった。実におびただしい人がその辺りに集まっていたからである。家族をはじめ病院の主だった医師職員、看護婦や看護人やさては患者に至るまでが威儀を正して整列しているのだ。これから衆議院議員の院長先生が宮中に参内《さんだい》するのを見送るというわけなのだ。

玄関の前にはT型フォードがすでにエンジンをかけ、光り輝くばかりのシルクハットにフロックコート姿の院長が乗るのを待っていた。ところが基一郎はなかなか乗りこもうとしなかった。片手に純白の手袋を握った彼は悠然《ゆうぜん》と居並ぶ誰彼《だれかれ》に愛想《あいそ》を言ったり髭《ひげ》をひねりあげたりしていて、充分以上にこのかけがえのない気分を味わい愉《たの》しもうとしていた。まるで自分がそのころ講和特使として欧洲《おうしゅう》に旅立つ西園寺《さいおんじ》公《こう》にでもなったかのようである。

かたわらに立っている菅野《すがの》康三郎《こうざぶろう》は気が気でなかった。彼は基一郎の実家の遠縁に当る家の出で、山形の農学校に入学していたこの青年は、つい半年まえ基一郎の呼出状によって上京してきたばかりであった。役に立ちそうな男は一人でも多く楡病院にかき集めるのが基一郎の方針である。そして前々日、康三郎は院長からいきなり、「元旦はぼくは宮中に参内しなけりゃならんのでねえ、菅野、ひとつ君、伴《とも》をしてくれたまえ」と言われたとき、彼はほとんど気が遠くなりかけたのだった。宮中、参内、そういう言葉は田舎育ちのひょろ長いこの青年の胆《きも》を奪い、なるほど代議士というものは大したものだと嘆じさせ、昨夜は緊張のあまりほとんど睡眠をとっていないのだった。彼ははらはらするほど悠然とかまえている院長の横で、借着のため身体《からだ》にあわぬ紋附《もんつき》の袖《そで》を幾度もひっぱった。

ようやくのことで基一郎は殊さらゆっくりと車に乗りこんだ。しゃちこばって康三郎もあとにつづいた。いよいよ車は動きだそうとする。時期を待ちかまえていた院代勝俣秀吉《かつまたひできち》は、このとき小さな身体をせい一杯のばし、両腕をこれまたせい一杯上にのばして、奇妙に甲高い鼻声でこう叫んだ。

「院長先生、ばんざあい！」

実際、青雲堂の主人でも呼んでおくべきだったのだ。院代の声も演出もこの場面にふさわしくなかった。それに整列した人たちも、まさか万歳をやるとは思っていなかったので、唱和する声がすぐにはつづかなかった。それでも、ぽつぽつと、実に不揃《ふぞろ》いに、人々は口々に叫びたてた。

「万歳、ばんざあい！」

基一郎は車の硝子《ガラス》ごしに莞爾《かんじ》と微笑《ほほえ》み、いやご苦労ご苦労というように、しかし光り輝くシルクハットが落っこちない程度にうなずいてみせた。そしてにぶい音を立てて箱型フォードは動きだしたのだが、実にこのとき、信じがたい事件が出来《しゅったい》したのである。

ただでさえ固くこちこちになっていた康三郎は、今度こそ本当に胆をつぶし叫び声をあげそうになった。なにか自動車の屋根の上にどさりと相当の重量の物体が落下するにぶいひびきがしたと思うと、いきなり屋根の半分をおおっている幌《ほろ》をつきぬけて、まがいようもない人間の足が二本、にゅっと、彼の目のまん前に突きでてきたのである。

二階のバルコニーから一人の男がとびおりたのだった。そこは元来が特等患者だけが遊歩できる場所なのだが、できるだけ大勢の観客の前を出発したかった院長は、今日は特にその豪華なバルコニーを開放し、大して病状のわるくない患者を選んで居並べさせたものだった。その一人が突然の万歳の声に神経系統をゆさぶられたものか、訳もない衝動に身をまかせ、ごてごてと飾りのついた石の欄干を乗りこえるが早いか、ひらりと宙に軀《み》を躍《おど》らせたのだ。そして喜劇映画そこのけの偶然によって、今しも宮中へ向おうとする院長の自動車の上に的を射当てたように落下したのである。

狼狽《ろうばい》と混乱は大変なものであった。瞬間茫然《ぼうぜん》としていた大勢の男たちはばらばらと止った自動車をとりかこみ、屋根に半分埋まっている病人をひきずりだそうとあせった。看護婦たちは悲鳴をあげ、応急手当の道具を持ってこようと右往左往した。医者は——幸い医師の数には事欠かなかった——ようやっと自動車の屋根からおろされて昂奮《こうふん》のあまり手足をばたばたやっている男をその場に寝かせ、骨が折れていはしまいか、打ちどころが悪かったのではないかと撫《な》でまわした。一方、院代たちは院長先生にお怪我《けが》がなかったかと顔をひきつらせ、口々に自分でも意味のわからぬ吃《ども》った言葉を言いあい、辻褄《つじつま》のあった行動をとる者は一人もいなかった。

基一郎一人が泰然としていた。彼はまだ自動車の座席に何事もなかったように腰かけていた。ちっとも衝撃を受けたようなところは見られなかった。落着いた声でこう言った。

「代りの自動車を」

なるほど上部の幌には大穴があいていて、宮中に伺候《しこう》するに相応《ふさわ》しいとは言えなかった。院代が息せききってこの命令を伝え、書生の一人が近所の自動車屋へ電話をかけるために走っていった。そのとき報告がきた。まったく僥倖《ぎょうこう》にも、今しがたとびおりた男はかすり傷ひとつ受けていないというのである。男は昂奮を鎮《しず》めるため注射をされ、もうむこうへ運ばれてゆくところであった。これを聞くと院長はゆっくりうなずき、はじめて車の外へでた。

楡基一郎はこの突発事件におどろくほど冷静にかまえていたが、それでもさすがに、先ほどまでの上々の機嫌《きげん》を損じたであろうか。折角の晴れの舞台が滅茶《めちゃ》々々になったこと、縁起でもないこの一年のはじまりに対して、いささかなりとも眉《まゆ》をひそめたであろうか。いやいや、彼はそんな男ではなかった。病院として大いに外聞のわるいこの不始末に舌打ちし、従業員の監視の行きとどかぬことを説諭したりして、一同をますます恐縮させてしまうようなことは決してしなかった。人々が少しばかり薄気味がわるくなったことは、院長は騒ぎが静まったあと、時と共ににこやかに、底ぬけに、機嫌がよくなっていったことだ。

その院長の上機嫌は、まもなく依頼した自動車が到着し、今度は万歳もしなかった代り、つつがなく病院の門を出発できてからもずっと続いた。基一郎は、まだ動悸《どうき》が収まらぬ康三郎にむかって何度も繰返したのだ。

「菅野、今日はとてもいい日だ。患者さんが落ちても怪我ひとつしない。これは君ね え、奇蹟《きせき》だよ。自動車に穴くらいあいたってなんでもない。いや、今年はとてもいい年になるよ」

東京生活半年足らずの菅野康三郎は思った。いやこの院長先生は人物だ。なんにしても偉い人だ。これでこそあの大病院も経営できるし衆議院議員にもなれるのだ。そして彼は、車が大内山に近づくにつれ、このすぐれた人物に従って参内する光栄と感激にふたたび軀《み》をふるわせたのだった。

しかしこの考えは、いざ宮城に着いてみるとかなり裏切られねばならなかった。康三郎は自分はどこかに待たされるのだろうが、少なくとも院長ははるか彼方《かなた》からでも陛下に拝謁《はいえつ》を賜わるのであろうと想像していたのである。ところがそうではなかった。車は二重橋を渡ってはいってゆき、ずっと奥まった御殿のところでとまる。そこには戸外に天幕がはってあり、ずらりと記帳台が並べてある。基一郎はそこに歩いていって署名をし、それで参内はおしまいなのであった。もうあとは帰るばかりなのであった。康三郎は昨夜からろくろく寝ていないばかりでなく、今朝ほどから幾度も苦しいまでに動悸を高めていたあとだったから、どうもなんとなくだまくらかされたような気持になったのもやむを得ないと言わねばならなかった。……

元旦の患者飛び降り騒ぎはしばらく病院中の語り種《ぐさ》となったのは勿論《もちろん》だが、事は小さくても語り種となるような事件は跡を絶たなかった。なにしろ大世帯《おおじょたい》ではあるし、事の大小よりそれが皆の胸にどうひびくかが肝腎《かんじん》なことである。

たとえばさいづち頭の看護人が朝、残り物の魚の頭を食べて太い骨を喉《のど》に立てたとき、たしかにこれは賄いだけの範囲にとどまらず、薬局から医局へまで騒ぎが波及したものだ。その骨はいかにも所を得て突き刺さったものらしく、みんなが背を叩《たた》いたり御飯を大量に呑《の》みこませたり呪《まじな》いをかけてみたりしても効がなかった。次に医局に連れてこられて居合せた医者が三人も代る代るこれを除去しようと試みたが、これまた益がなかった。院長でもいれば二十余年前の新発明の器械でも取出して往年の腕を見せてくれたかも知れないが、この日もいくつかの会合のため不在であった。ついにこれは楡脳病科病院ではどうにもならんということになり、さいづち頭の看護人は眼《め》に涙をためてよその専門の病院へ行かねばならなかった。魚の骨は八時間の余、彼の喉から離れなかったのである。

また感冒ワクチン事件というものも起った。流感は年が更《かわ》っても一向に衰えなかったもので、新しがり屋の基一郎は、さっそく当時できたてのワクシン——ワクチンではなくワクシンと箱には書かれていた——を従業員全員に使用することを命じた。ところがワクシンを注射された健康者はすべて腕が赤く腫《は》れあがってしまったばかりか、幾人かの発熱者まで出た。飯炊《めした》きの伊助《いすけ》だけはなんともなかった。彼は例によって注射されるとき姿を隠していたからである。

病院の中ばかりでなく、世間でももちろん事件は起っていた。このほうは存外みんなの話題にのぼることは少なかったが、何日か経《た》ってからビリケンさんがその新聞の記事を朗読するのを妨げるわけにはいかなかった。新年早々、島村抱月《しまむらほうげつ》のあとを追って松井須磨子《まついすまこ》が自殺をした。「梁《はり》へ緋縮緬《ひぢりめん》の細帯を掛け髪の毛一筋も乱さず美しく化粧したるまま縊《い》死をとげをり……」と、ビリケンさんはとりわけ声を高めて読みあげ、桃子は小鼻をうごかしながらうっとりと聞き入り、ちょうど隣室で下田の婆《ばあ》やに帯を結んで貰っていた聖子もまたこの朗読を耳にしたのである。彼女は婆やにむかって「いやあねえ」というようにかすかに眉をひそめてみせた。しかし聖子は、近くの青山斎場で須磨子の葬儀が行われた夜、見物に行った病院の者が婆やに噂話《うわさばなし》をしたと聞いて、なぜかその有様を尋ねたい様子を示した。ごくそれとなく、ほとんど完全な無関心をよそおって。

しかし、すぐと華やかに大相撲《おおずもう》が始まった。相撲好きの院長に習って、人々は「栃《とち》木山《ぎやま》は稽古《けいこ》で左の足首を傷《いた》めたそうだ」などと噂した。病院の主だった連中は一度はまた天幕ばりの下で行われる場所を見に行かされるのだった。たまたま聖子が行った七日目には、切《きり》の大錦《おおにしき》と大戸平《おおとひら》の一番にたいへん長い物言いがついた。いつまで経ってもらちがあかず、聖子は先に帰ったが、その父親は悠々として客と話していた。「いやねえ、君ねえ、あれは明らかに大錦の勝ですよ」ところがこの物言いは、一時間四十分もつづいた挙句、大錦が踏切りを自ら認めてけりがついた。すると基一郎は悠々としてのめもしない煙草《たばこ》をすぱすぱやった。「君ねえ、踏切りがあったなんてことは初めからわかっていますよ。しかしああさりそれを認めちゃいかんねえ」

わずかな日数のうちにさえ、病院の内にも外にも数々の事件が起る。そのたびごとに、人々は仰天し、あるいは可笑《おか》しがり、あるいは真剣な表情になる。しかし日が経ってゆく。週が、月が積ってゆく。一体あのときは何があったのか？　何かがあったことはわかっている。あのようなこと、このようなことが確かにあった。だが、それは刷られた活字のようなもので、あのいきいきとした感情のうごきはもはや帰ってこない。また新しい事件が起る。院長がみんなに議会の傍聴券をくばったのだ。衆議院議員楡基一郎が議会で演説をぶつというのだ。そこで菅野康三郎をはじめ何人かが、日比谷の木造の議事堂にそれを拝聴にゆく。康三郎はのびあがって目をこらす。たしかに、遥《はる》かむこうの壇上に、院長の姿が見える。上背が足りないのがいささか欠点だが、それでも胸をそらし、しきりにカイゼル髭をひねり、もったいぶって何事かを演説している。どういうことなのか？　それはほとんどわからない。傍聴席にまで声がとどいてこないからだ。康三郎は耳に手をあてがう。それでも内容はわからない。病院に戻《もど》ってきたあとで院長に会えば、たいへん結構な御演説でした、とでも言うより方法がない。院長はにこやかにうなずく。「そりゃねえ君、演説というものはああいう具合にやるものだよ」ずっとあとになって、彼の演説の梗概《こうがい》がわかった。基一郎は青山墓地移転説を唱えたのだ。都心にあのような広大な墓地を遊ばせておくのはもったいないから、宜《よろ》しく郊外へ移すべしと演説したのだ。

なに、院長の演説なんてどうでもよい。もっと人々の興味をそそる事件も起る。辰《たつ》次《じ》が、あの六尺三寸もある怪童が、とうとう相撲とりになることを承知したのだ。彼はこの年中学校へ入学していたが、おそらく今までの何層倍も好奇とひやかしの種にされたのだろう、自ら医者になりたいという志望を断念したのだった。自分のような者はしょせん相撲以外に身の置場所はないのだと気づいたのだ。基一郎の顔はほころびる。「辰次、おまえは偉い。なんでも買ってやる」大きすぎる少年を可愛《かわい》がっていた伊助爺《じい》さんは、信仰している大師《おだいし》さまのお守りをそっと与える。こうして辰次はわずかな荷物と一緒に出羽ノ海部屋にひきとられてゆく。まだまだ事件はたんと起る。「奥」でひっそりと計画され、病院の連中には気づかれぬ事柄《ことがら》もある。聖子が、父親が白羽の矢を立てた青年とひきあわされたのだ。どちらも否応《いやおう》はない。たとえ否応があってもそんなことは問題外だ。両家の間で事改めたやりとりがあったわけではないが、こうして二人は事実上の婚約者になる。もちろん二人が交際をするわけではない。両家が交際をするのだ。

一方、ひさが観菊会のためにローブ・デコルテとかいう御大層な服を作る。旧弊な彼女はそれまでずっとそうした会にも袿袴《けいこ》で通してきたのだ。それがモダン好きの夫の慫慂《しょうよう》によってとうとう怖《おそ》ろしい恰好《かっこう》をさせられたのだ。彼女は大きく襟《えり》をくった襞《ひだ》が無闇《むやみ》とある長い薄いドレスを着る。繻子《しゅす》に毛皮をトリミングしたストールを肩にかけ、つばの甚《はなは》だ広いボンネットをかぶる。どんな表情をしているのか、顔はレースにさえぎられてわからない。とにかく病院の連中はそんな姿を見たことがない。大奥さまは化けたのだ。西洋の魔法使いの婆さんだ。しかしひさは、いったん服を身につけてしまえばいささかも動じない。無感動に落着きはらって車に乗りこむ。満悦しきった基一郎が洋杖《ステッキ》を脇《わき》にかいこんであとにつづく。

とにかくさまざまの事柄が起る。だが、さて思い返してみると、一体何があったのか？　あんなこと、こんなこと、それは確かにあったのだ。しかし今は何時《いつ》だろう？　正月が、院長の参内が、あの途方もない事件が起ったのはついこの間のように思っていたのに、もう暮が迫っている。ふたたび賞与式が、餅《もち》つきが、大掃除が近づいている。一体この一年なにがあったのか？　伊助は十年一日のように煤《すす》だらけの恰好で大《おお》釜《がま》の飯をかきまわしている。門番の豊兵衛《とよべえ》はひどいがに股《また》で、院代先生は鶴《つる》そっくりの姿でひょっくりひょっくり歩きまわる。若奥さまはボアのショールに包まれて今日もお出ましだし、桃子嬢ちゃんは莫迦《ばか》笑いをしたあと大粒の涙をこぼし、末っ子の米《よね》国《くに》さまはまた風邪をひいた。この一年果してなにがあったのか？　なんにも。人々は変らない。楡病院は変らない。せっかく院長が斬新《ざんしん》な名称を考えたというのに、誰《だれ》もわざわざ楡脳病科病院とは呼びはしない。楡病院、あるいはもっと簡明に、脳病院。人々も病院も変らない。時計台の針は幸いなことに滅多に遅れず、たまに遅れれば事務員が慌《あわ》てて直しにゆく。五分ばかり進めてくる。大円柱はどっしりと大理石そっくりの光沢を放ち、尖塔《せんとう》は避雷針をにぶく光らせて聳《そび》え立っている。一体この一年なにがあったのか？　それはあった。朝鮮では万歳事件が、パリではヴェルサイユ条約の調印が、支那《しな》では五・四事件が。しかしそれがどうしたというのだ。人々は考える。なんにせよ一年が経ったのだ、と。そして人間も病院も変らない。幸い死んだ者とていない。病院は繁栄している。そしてその繁栄は永久につづくように思われる。円柱も七つの塔も永久に。

だが、それは錯覚というものだ。時間の流れを、いつともない変化を、人々は感ずることができない。刻一刻、個人をも、一つの家をも、そして一つの国家をも、おしながしてゆく抗《あらが》いがたい流れがある。だが人々はそれを理解することができない。一体なにがあったのか？　なんにも。そして暮の賞与式が近づいてくる。みんなは今年は何を貰《もら》えるか、おそらくは今度はずっと品物が落ちるであろうと考える。実際なんの変化もありはしない。一年くらいで人間はそう歳《とし》をとりはしない。本当に何事も起らなかったと同じなのだ。人々も、病院も。

しかし、誰にもそれとわかる一つの変化は意外に早くきた。大正九年五月十日の総選挙に、予想を裏切って楡基一郎は落選したのである。

この年、選挙は行われるはずではなかった。新年早々新装なった壮麗な国技館、もはや雨天順延などということのなくなった国技館の桟敷《さじき》を持った基一郎は、養子を未来の横綱として送りこんでいることもあって、上々の機嫌で客を招待したものだ。ところが片方では普選要求の声が激しくなっていた。普選を迫る民衆は演説会を開き、示威行進をし、衆議院、首相官邸に殺到した。この圧力に堪えかねた原内閣は、二月末、急転直下衆議院を解散したのである。

またぞろ、ひさの感覚とは相入れぬ選挙騒ぎだ。さすが感情を面《おもて》にださぬ彼女の眉も曇りがちとなり、しかしその夫は自信満々であった。ひとしきり山形から上京してくる客が殖え、ふたたび娯楽室にはずらりと机が並べられて無数の封書の発送がなされた。しかし、楡病院に於《お》ける騒ぎは、「奥」でひそかに金の心配をするひさを除いて、まずそんなものであった。いよいよ戦場は山形県に移っていたからである。基一郎は汽車でわざわざT型フォードを輸送した。さらに楡脳病科病院の縮尺模型を精巧な貝殻《かいがら》細工に造らせ、自分の髭《ひげ》にはいつもの二倍チックを塗りこみ、もったいぶった微笑をうかべて郷里元《くにもと》へ乗りこんだ。鎧袖一触《がいしゅういっしょく》、そう彼は信じた。果報は寝て待て、下っ端《したっぱ》の運動員すらそう思った。ところがなんぞ図らん、ものの見事に彼は落選したのである。

あきらかに過ぎた楽観が、安易さが、油断が、蹉跌《さてつ》の最大の原因といえた。候補者自身から悠々《ゆうゆう》としすぎていて、たとえばビリケンさんが読みあげた記事にあるように「一票を追ひて戸別に死物狂ひの突撃、足を擂粉木《すりこぎ》にして最後の狂奔」という気魄《きはく》に欠けていた。基一郎は持参の自動車を乗りまわし、自動車なんて見たこともない大人や子供がぞろぞろ尾《つ》いてくるのに向って髭をひねくり、すでにわれ勝てりとほくそ笑んでいた。勢い周囲の者も弛緩《しかん》した。先年のように上ノ山《かみのやま》町第一の旅館を借りきって選挙事務所に仕立ててからかなり経って、表の看板の文字が間違っているのが発見された。一人が慌てて駈《か》けこんできて言ったのだ。「あれではおまえ、衆議院議員候補でなく、象《ぞう》議院議員だべ」また基一郎が北海道の大農式と銘打った開拓会社があまり成功していなかったのも一因であろう。しかし田舎の――いやそうでなくても選挙は金が第一である。前回の選挙から基一郎は金持候補という評判を持たれていた。これも不利となった一因かも知れぬ。人々は期待し、期待のわりに金は湧《わ》いてこなかった。それでも金はたしかに流れたのだ、ひさが吐息をつくに足る金が。しかし間に立つ人間が習慣と楽観から、次々と半分ずつ懐《ふとこ》ろに入れてゆくうちに、いざ末端にたどりついたときにはケシ粒ほどに、あるいは無と同等ほどになっていた。だが、理由は何時《いつ》だっていくらもある。なにはともあれ、楡基一郎は予想を裏切って確かに落選したのである。

院長はしかし大して落胆もしないように見えた。少なくともそうした気配は露ほども人前には示さなかった。それまでと同じように愛想《あいそ》がよく、調子がよかった。

「いやねえ君、個人の問題じゃないよ、これは。もっと大きな立場から見んことにはね。政友会は市部じゃあまずかったが、郡部は圧倒的だ。二百七十名というと、これは君ねえ、絶対多数だよ。解散の理由も立ったし民意も徹底させたわけだ。今までもそうだったが、もうこれからは政友会の世界ですよ」

それだけ圧倒的な政友会公認候補として落選してはなお恥辱だろうが、基一郎はそうは言わなかった。

「ぼくの落選なんて問題じゃあない。落選といったって君ねえ、僥倖《ぎょうこう》という言葉があるだろう？ ぼくのは、まあ、それの反対みたいなものだからねえ」

むかし楡医院の書生をしていてその後ずっと楡家とは離れていたが、最近博士号をとった男が挨拶《あいさつ》にきた。今度開業するというのである。

「や、君、博士か。それは偉い。偉いねえ、君。それではぼくがひとつ記念に金時計をあげよう」

そう言って基一郎は自分がぶらさげている時計を取りだしてみせた。

「これは君、安物なんだ。君にはもっといいのを、ぼくが独逸《ドイツ》で使っていたのをあげる。今ちょうど修理にだしてあるが、あれが直ってきたら進呈しよう。しかしねえ君、まず人間を作らなけりゃいかんよ。そうでないと本物の金時計をしていてもまがいに見られる。ぼくくらいになると、これはたとえ鍍金《めっき》の時計でも本物に見られるからねえ」

それから基一郎はたいそう親切に開業に際してのこまごました注意を与えた。

「開業医というものは君、常に患者さんに感謝される医者じゃないといかんよ。ぼくはねえ、いつだって感謝されてきた。十年も経ってからまだ手紙をくれる患者さんはざらにいる。ぼくのところに入院している人はねえ、退院のときはよく写真なんか置いてゆくよ」

基一郎は立上って大きな文箱《ふばこ》を持ってきたが、その中にはそういう写真がぎっしりとつまっていた。多くは現在の楡病院の玄関横の円柱の傍《そば》とか階上のバルコニーの欄干にもたれ、さまざまな人物が、いかにも今こそ写真を撮られるぞというふうに、壮士風に腕組みをして身がまえているのである。裏を返せば墨くろぐろと、「呈楡院長閣下　楡病院入院患者島田巳之助《みのすけ》　明治四十三年二月撮影」と記されてある。この「院長閣下」が嬉《うれ》しくて、基一郎はこれらの写真を大切に保存しているのかも知れない。

だが、これは一つの衰退、衰退とまで言わなくてもここ三十年間楡基一郎が見せてきた卓抜な精力と着想、あとの尻《しり》ぬぐいはひさにまかせて常にとどまることなく奔放に野心満々として前進してきた一つの精神にとって、ある停滞を、彼の生涯《しょうがい》がすでに頂点に達してしまったことを暗示しているのかも知れなかった。少なくとも過去を、――彼が自分一個の頭脳で図面を引き大工たちを督励して築きあげたざらにない大病院の建物を背景にして、自分を閣下と呼ぶ患者が気ばった顔をして写っている写真を、基一郎はかなり長い間しげしげと眺《なが》めていたのである。その顔は写真の患者たちと同様に生真面目《きまじめ》であった。こうしたやや黄ばんだ写真にそういう表情で見入ること自体が、平生《へいぜい》彼が示すむしろ無邪気な虚栄、ごく天然自然なので文句を言う気にもなれぬ自画自賛《じさん》とは類を異にしたものと言えるかも知れなかった。

しかしながら、院長に逡巡《しゅんじゅん》のかげが見えてきたというなら、それはあやまりである。基一郎は落選したとはいえ決して政治から足を抜きはせず、政友会の院外団の常連であった。それでも代議士当時に比べてその外出の頻度《ひんど》はずっと減っていたから、ここしばらくいささか人まかせにしていた診療と病院の経営にふたたび身を入れるようになったのである。彼の立居ふるまいは以前どおりいきいきとしていた。雄弁というのではないが、その話しぶりは人をそらさなかった。診察室では熱心に病人の訴えを聞き、さらに熱心にいかに自分がオーソリティであるかを説いてきかせた。それから不意に手をのばして相手の頭に聴診器を当てたり、わざわざ耳鼻鏡をつけて相手の耳の穴を覗《のぞ》きこんだりした。

「ああ、脳の神経はべつに傷《いた》んでいない。君ねえ、これは君自身思っているほど悪くはないということですよ。これは単に神経衰弱、ベアルドのいうノイラステニイということにすぎない。ぼくのあげる薬を飲んでみたまえ。これは君ねえ、ケー・エヌ丸といってぼくの病院にしきゃない薬ですよ」

それはそうに違いない。その丸薬は基一郎の処方を自分の病院の薬局でつくらせたものだったし、ケー・エヌというのは自分自身の頭文字なのである。

また別の患者に対しては、

「ほう、そんなに首すじが凝る？　いやねえ、そんなことを気に病んじゃいけませんよ。怒れば気上る、喜べば気緩《ゆる》まる、悲しめば気消ゆ。これはあなた、貝原益軒の言葉です。病とは気病むなり。ブロイレルという学者にいわせれば有情的観念複合体という奴《やつ》です。なに、どうしても気にかかるというのなら、特殊マッサージをやってあげてもいい。これはただのマッサージじゃない。この器械はあなたねえ、日本でここにしきゃないのだから。じゃああちらで、うちのマッサージ主任に治療して貰《もら》いなさい」

患者が別室のたいそう掛け心地のよい椅子《いす》に坐《すわ》って待っていると、そのマッサージ主任とやらが現われてくる。彼もまたかなりの小男で、細ぶちの眼鏡をかけ、施術に現われるときにはいつも院長先生のお古のモーニングに身をかためている。手には誰だって見たこともない器具を持っている。片手で握る柄《え》があり、その先に二つの歯車がつき、そのまた先に薄い金属の円盤がつき、更にここから直角に折れた金属棒の先端には丸いゴム製の毬《まり》がついている。彼が片手でぐるぐると歯車についた把手《とって》をまわすと、なんだか複雑そうな連繫《れんけい》運動によって円盤はびりびりと振動し、ゴム製の毬はもっと微妙にびりびりと振動する。これを患者の首すじに当てがい、およそ二十分間ほどぐるぐると把手をまわすのである。この器具はなんでも目新しいものには手を出す基一郎がアメリカから持帰ったものだが、別段技術を要するものではない。この男も楡病院の書生の一人で、医者になれるだけの才覚はなく、かくて把手をぐるぐるまわすだけのマッサージ師となったのだ。主任といっても彼一人だけなのである。ところがこのマッサージはなかなか好評で、施療《せりょう》を受けにくる患者の中には彼に名ざしで菓子折をとどける者もあった。紙包みにはこう書かれてある。「楡病院マッサージ主任先生」

それから基一郎は大勢のお伴《とも》をひきつれ、病院じゅうを回診してまわった。小柄《こがら》な院長は疲れ知らずに歩きまわり、尾《つ》いてゆく若い医者や看護婦のほうがへとへとになった。

といって、基一郎が疲労を覚えなかったわけではない。五十七歳といえば当時の人間にとってすでに老境である。忙しく患者に対するとき、愛想よく従業員に語りかけるとき、胸をそらして客を迎えるとき、その顔には光沢と張りと活気があり、その頭脳は機敏に、その口はなめらかに動いた。

しかし朝、彼が目ざめるとき、常にその身体《からだ》はだるく、腰骨のあたりがしきりと固かった。意識全体が濃い霧の帳《とばり》のようなもので蔽《おお》われていて、自分はいま一体どこにいるのか、ここは一体どこなのかという漠然《ばくぜん》とした不安につきまとわれるのが毎朝のことだった。しかし基一郎が身動きをするのを感ずると、今までそれを静かに待っていた早起きの彼の妻が熱いにがい茶を立ててくる。基一郎はそれをすぐすすりはしない。かなりの猫舌《ねこじた》だったからだ。といってひさは茶をぬるめなかったし、基一郎も持ってこられるのは熱いのを要求した。彼は次第にはっきりしてくる意識のなかで、辛抱づよく、あるいはやむを得ず、茶がさめるまで待つのである。ようやく茶をすすり終るころには、平生の四分の一ほどの基一郎になっている。

基一郎は独逸製のダブルベッドからおりたつ。パジャマの上にガウンを羽織る。それから彼は入浴に出かける。小さな家族風呂《ぶろ》にではない。病院の裏手にあるラジウム風呂へだ。彼は「奥」を出、玄関の横から後方の病棟《びょうとう》へ通ずる大廊下を歩いてゆく。

大廊下がつきると中廊下をゆく。中廊下がつきると小廊下をゆく。そのまま行けば賄《まかな》いに出てしまう。そこで途中の小さな出入口から下駄《げた》をつっかけて外へ出、別棟《べつむね》の浴場へ行くのである。広い浴槽《よくそう》にはなみなみと湯がみなぎっている。院長先生ただ一人のための湯だ。小さな浴槽ではない。銭湯の湯船よりずっと大きな浴槽に朝から湯をわかすのはもったいないことにちがいないが、院長がどうしても朝湯にはいるとあれば仕方がない。基一郎に言わせれば、早朝から景気よく湯を立てるのは活気があって有意義なことなのだ。幸い彼は猫舌であると共にぬる湯好きなので、ごくぬるく湯を沸かせばよい。

がらんとした浴場に、基一郎はただ一人裸になる。広々とした浴槽に、外で身体を濡《ぬ》らしもせず、どことなく聖なる川にでもつかる信徒のようにそのまままずぶりとひたる。打明けていえば、彼はこのラジウム風呂を理論をとび離れて、だんぜん信じているのである。この湯こそ彼の活力の源泉なのである。彼はぬるい湯にじっと浸《つか》り、かるく目をつぶる。身体を洗いもせず、実に長いこと陶酔的に身動きもせずつかっている。だだっ広い浴槽、わずかな湯気をたてててひろがっている透明な湯、その片隅《かたすみ》にぽつねんと眼をつぶる小柄な老人、それはいくぶんポンチ絵に似た、それだけにむしろ陰気な、孤独な光景ともいえた。しかし、基一郎自身はもちろんそんなことを夢にも考えはしない。しずかに、時間をかけて、ぬるい湯が全身にけだるく沁《し》みこんでくる。それと共に霊妙なラジウムだかなんだかが、皮膚を通り、血管をひろげ、眠っていた脳細胞を目覚めさす。彼はうすく眼を開く。なお五分ほど湯の中に静まっている。手拭《てぬぐい》で顔をこするでもなく、手足をのばすでもない。しかし彼の頭脳は回転しはじめる。今日一日の、この月の、いやもっと遠い将来に対する計画と予見が、目まぐるしく訪れては去り、去っては訪れる。そして狭く強く意識を集中してそれらの考えを考えとおすとき、彼の五体に残っていた昨夜来の停滞、年齢のもたらす疲労は跡形もなくぬぐい去られている。少なくとも彼自身はそう感ずるのだ。あきらかにラジウム風呂が効いたのだ。

基一郎は別人のように慌《あわただ》しく湯をはねとばしながら風呂からあがる。ろくすっぽ身体をふきもしない。濡れた身体にふたたびパジャマとガウンをつけ、くるときと逆の道順をたどって「奥」へ戻《もど》ってくる。

それから彼の身だしなみが、お洒落《しゃれ》が、役者のような制作がはじまる。入浴したあとでも一向に血の気のささぬ肌《はだ》にクリームをすりこみ、水白粉《みずおしろい》をつける。ついで頭髪と髭《ひげ》に対する時間をかけた手入れ、それは少しずつ多くなってきた白髪《しらが》に対する配慮のため年と共に長い時間を要することになったが、基一郎は鏡にむかって実に丹念に黒チックをぬりブラシを用いるのだ。細心に神経を集中して彼は手をうごかし、鏡にむかって顔をうごかす。

「髭ブラッシを」と彼は言う。するとひさがそれを差しだす。

「髭チックを」と彼は言う。すると寡默《かもく》の妻がそれを差しだす。

基一郎は病的なまでの執念を見せて、最後に大切な髭を仕立てあげる。非の打ちどころないまでに、優雅に、かつ威厳を保たせて、その先をぴんとはねあげる。それから、ややほっとした安堵《あんど》の気持を抱きながらスプレーで香水をふりかける。こうして自信にみち、活力にみち、調子がよく愛想がよい楡基一郎院長ができあがるのである。どれだけ多忙な一日に対してもいささかも動じない基一郎が。

しかし、ごく最近になって、病院の者たちが記憶しているかぎり判を押したようだった院長の習慣にひとつの変化が起きた。院長は朝風呂だけでなく、屢々《しばしば》夜にも入浴するようになったのだ。

楡病院のラジウム風呂は、午《ひる》すぎから患者の入浴に当てられる。かなり病状のわるい病人もいることだから監督つきの集団入浴であるが、夕刻までにはそれが終る。夜にかけて、従業員もはいればあまり病気の重くない患者もはいる。それらの人にまじって院長がひょっこりと顔をみせるようになったのだ。一般の人たちにはほどよい湯加減も、彼にとっては熱すぎた。それでも基一郎院長は、「君、これは熱すぎぎはしないかねえ？　熱くない？　ほう、そりゃ偉いねえ」などと言いながら、一同にまじって入浴するのである。

彼の年齢が、朝一度のラジウム湯では効果が足りなくなったのであろうか。それもあるかも知れぬ。しかし院長は、こうしてみんなが一日の疲れを休めて垢《あか》の浮いた終り湯にひたっているときを狙《ねら》って、なお病院のために奮闘しているというのが真相なのであった。彼は一緒に裸になって湯につかりながら、従業員にお世辞を言ったりねぎらいの声をかけたりした。病人にも励ましの言葉をのべたり讃《ほ》めあげたりした。同時に、これは以前にはなかったことなのだが、病人——もちろん単なる神経衰弱くらいで自分の判断をくだせる人だったが——にむかって、入院料の請求までしてみせた。市の委託患者のほかは自費患者である。そしてかなり多数の者が入院料を滞らせたり全く払っていなかったりしたものだが、以前にはそんなことに院長はあまり関心を抱かなかったはずだった。少なくとも院代まかせ事務まかせであったはずだ。ところがどういうものか、この前代議士は近ごろ急にそんなことを臆面《おくめん》もなく口にするようになったのである。

「ああ君か。君はもうじき退院できるよ。ぼくが、オーソリティが保証するのだから大丈夫だ。まあ大船に乗った気でいなさい。ところで君、なんだよ、入院料はやはりちゃんと払わなけりゃいかんよ。今度うちの人がきたらちゃんとそう話すんだよ。それを覚えていられなくちゃ、君、これはやはり困るねえ」

ある夜、院長はまた風呂にやってきた。いつもに似ず、たった一人の男が湯につかっているばかりである。浴場の電燈は暗く、湯気がたちこめているため、その顔も定かではない。基一郎はかなり穢《きた》なくなっている湯に手拭をつけた。そう熱くはない。ゆっくりと身体を沈め、むこうに見えているあまり見なれない頭にむかって声をかけた。

「君、どうかね、元気かね？」

はい、元気でおります、と相手は答えた。

「このラジウム風呂はとても具合がいいだろう？　ぼくなんぞはねえ、このおかげでまだ若い者に負けないくらいぴんぴんしているよ」

はあ、とても、と相手は答えた。

「いや、いい湯だ。ときに君は入院料をためたりしてはいないだろうねえ？」

相手は困惑したように沈黙してしまった。基一郎はいささかもためらいを覚えずにこう言った。

「払えなかったら払わんでいいよ。しかし払えるんだったら、これは君、ずぼらをきめていては困るからねえ」

しかし湯気の中で相手の身体がうごき、こちらにまともに顔をむけたとき、さすがに院長もそれ以上入院料を請求することはしなかった。相手は当直にそのころ雇った医者だったのである。

ともあれ、基一郎は奮励していたのであった。迫ってくる老齢をラジウム風呂によって癒《いや》し、世間では倒産が相つぐ不景気の中にあって、以前にもまして精力的に機敏に頭をめぐらして、病院の一層の隆盛のために力を尽しているのであった。選挙による少なからぬ失費を回復し、彼の糟糠《そうこう》の妻の危惧《きぐ》を霧散させてやるために。そして楡脳病科病院は小ゆるぎもしないように見えた。円柱も尖塔《せんとう》も門の鉄柵《てっさく》も。彼の計画がどうしてゆらぐはずがあろうか。辰次は見込みどおり相撲とりになった。聖子が願ったりの夫を持つのも時間の問題だ。あとの子供たちにはまたそれぞれの方針を立てよう。そして次の選挙には……。

基一郎は確信していた。その確信、その自負が彼という男を今日まで盛りあげ成功させてきたのだった。今回の選挙のことはまず別として、それ以上自分の予想と計画が裏切られようとは夢にも考えてはいなかった。そんなことが、まさか、あとを追ってやってこようとは。

＊

「聖さま、なにを黙っていなさるんです？　まっすぐ顔をあげてわたしの顔をご覧あそばせ。ご覧になれないのですか？　それはご覧になれますまい。あなたはそれだけの恥知らずのことをなさったのですから」

龍子《りゅうこ》はどこからどこまで端然と正坐《せいざ》し、自分の前に首をうなだれ黙りこくるしかすべのない妹を、ひややかな憤《いきどお》りにみちて見すえていた。

彼女の言葉はいささか切口上めいていた。彼女は姉として妹に対しているのではなかった。むしろ母親として、否《いな》、楡家《にれけ》の代表者として、基一郎とひさを一緒にした精神の権化《ごんげ》として、八つ年下の妹を詰問《きつもん》し、なじり、その意志をひるがえさせようとしているのだった。それが彼女の義務であり、半ば自己暗示にかかった神聖な権利ともいえた。

そこは龍子と徹吉の居室、階下にはずっと年下の弟妹が住む二階の一室であった。もうそろそろ朝晩は冷えかかる季節で、かたわらの箱火鉢《はこひばち》の上では達磨堂《だるまどう》の鉄瓶《てつびん》が澄んだ音を立てていた。そしてまぎれこんできた蟋蟀《こおろぎ》が部屋の隅《すみ》で翅《はね》をすりあわせていた。病院の裏手には草むらも多かったし、崖《がけ》から下は一面の竹藪《たけやぶ》になっているくらいだから、室内にはいってくる虫数も少なくなかったのである。

聖子はうちひしがれた絶望の中で、たった一つのかたくなな想《おも》いにすがりついていた。そうしてひたすら畳の面《おもて》を見つめている彼女の耳に、蟋蟀の声はたしかに伝わってきた。どこか別世界からのごとく、遠く、絶えることなく……。一方、龍子のほうは、むろんのことそんなかぼそい声など聞いてはいなかった。

「あなたには本当にわかっていなさるのですか？　御自分がなさろうとしていることがどんな大それたことかを？　わたしはあなたを見損《みそこな》いました。あなたは自分一人のものじゃありません。楡家の一員なんです。一体そのことを本当に考えなさったことがありますか？　あなたはお父様もお母様もお許しになったと思っていなさる。いいえ、お許しになったのではありません！　諦《あきら》められたんです、見捨てられたのです！　いいえ、あなたがお父様たちの御意志を裏切って、そう、ほんとに考えようもないやり方で裏切って、どこの馬の骨かも知れない男と……。いいえ、そんなことはわたしが許しません。許せないことです、恥ずべきことです！」

一体何が起ったのか？　何が龍子をこれほど憤らせ、少なからず芝居がかった口をきかせているのか。

龍子に言わせれば、それは信じがたい屈辱、破廉恥《はれんち》極まりない醜聞なのであった。聖子が、自分と同じく学習院を出た次の妹が、事もあろうに、立派な婚約者がいるというのに、どこの誰とも知れない一英語教師に愛を捧《ささ》げたというのだ。ずっと下の出来損いの弟妹ならば話は別だ。聖子だけは、楡家の子女として恥ずかしくない娘と思っていた。自分と一緒に楡病院を背面から守《も》りたててゆくべき立場、いわば龍子が目にかけている輩下であり同僚であるはずであった。それがどうだろう。まったくそこらの下町娘同様に、言うもけがらわしいことに、一人の男を愛し結婚する……それはいくらでも愛し結婚するがよい。だが折角の有意義な婚約を御破算にして、結婚したいという相手は……それが楡病院になにほどかをつけ加えるであろうか。その逆だ。どこからどこまでその逆だ。婚約者の家に対しても、世間に対しても、父基一郎の顔を丸つぶれにさせ、うしろ指をささせ、蔭口《かげぐち》をきかせるだけなのだ。なんの言い分も立ちはしない。なんの申し開きもできはしない。こんなことは堕落した家に於《お》いてのみ許されることだ。いやしくも楡、この滅多にない姓を名乗る家に於てはあり得ない、あってはならぬことなのだ。

龍子の昂《たか》ぶった巫女《みこ》にも似た精神はそう感じ、そう嘆じ、うつむいて唇《くちびる》を嚙《か》むしかすべのない妹を、ますます芝居がかった口上で叱責《しっせき》してやまなかった。しかし、実はそのときすべてはもう終っていたのである。

先日聖子がそのどうにもならぬ心を母親に打明け嘆願したとき以来、愕然《がくぜん》とした基一郎もひさも能《あと》うかぎりの手を尽したのだ。聖子を監禁同様にし、詰問したり、すかしたり、おどしたりした。一つにはかなり功利的な立場から、一つにはもっと単純にわが子を思う親の立場から、あるいは秩父《ちちぶ》のおじさまが呼びだされ、あるいは昔の学校の教師が依頼された。相手の男に対しても早速調査がなされた。佐々木というその男は何年かアメリカにいてつい一年前に帰国した聖子より十二歳年配の男で、専門学校の教師をしていたが、二人は当時流行のダンス場で知りあったのである。基一郎がひそかに願ったように、彼がアメリカ帰りを鼻にかけた女たらしでもあったなら、また事態は別の収拾を見せたかも知れない。だが佐々木はべつに聖子を一時のなぐさみものにしたわけではなく、正式に人を立てて聖子を貰《もら》い受けたいと申し込んできたのだ。もちろん二人が愛しあっていようが、相手の男が龍子がいきり立って罵《ののし》ったようにどこの馬の骨ともつかぬ男とは違っていようが、基一郎がそんなことを重要視するわけはない。しかし、もっとも肝腎《かんじん》な聖子の気持が、いかなる説得にも頑《がん》として動かなかったのだ。その顔立ち同様、基一郎の子女の中ではもっとも気立ての優しいはずの聖子が、このようなてこでも動かない強情さを示すとは信じられぬことであった。

娘の思いつめた気持が尋常のものでないとさとったとき、基一郎はどんな手段に出たであろうか。二人を引離すためになおも術策を弄《ろう》したろうか。いや、彼はそんな男でもなかった。彼は世間一般の父親よりむしろあっさりと諦めたのである。こうなったら致し方はない。聖子には好きなように結婚をさせる。自分はこの娘のために、病院のために、できるだけの手は打ったのだ。その配慮がなにかの天運によって無に帰するのなら、それはそれで仕方がないことではないか。

しかし、基一郎はつい昨日のこと、「奥」に呼びだした龍子にむかってこう語ったのだった。

「龍子、今度のことは仕方がない。娘の不始末は親の不始末だ。お父さんは頭をさげておわびをしなけりゃなるまい。なに、頭をさげるなんてことは、場合によってはなんでもない。だがねえ龍子、今度ばかりはお父さんはがっかりしたんだよ、まあお前にだけ言うのだが……」

それからなおつけ加えて、

「ダンスなんてものは、あれは龍子、よくないものだねえ。これから先、そう、お前にももっと子供ができるだろうが、ダンスだけはやらせないようになさい。子々孫々、ダンスなんてものはいけない」

基一郎のダンスについての感慨はひとまずおくとして、この語りかけは以前ときどき聞かれたような、「龍子、お前が男だったらなあ」という台詞《せりふ》にも似たいかにもしみじみとした口調だったので、父親を絶対視しているその娘は、平生《へいぜい》にもましてまっすぐに毅然《きぜん》と首すじをそらしたのであった。

たしかに、すでに父親が放擲《ほうてき》し母親が諦念《ていねん》した聖子のことを、この楡家の長女は断然許す気になれなかった。その妹が自分の後継者としてつつがなく育ってき、そのゆえにこそ聖子一人を桃子たちから区別して一種特別の情をそそいできただけに、その落胆、その憤りは根強かったといえる。

龍子はなおも妹をなじり、かきくどいた。無抵抗に一言も口返答をしない聖子が対象というよりも、なんだか誰《だれ》もいない空間にむかって自分の信念を吐露しているようなおもむきがあった。

わたしたちの父親がいかに日夜寝る間もなく病院のために骨身をけずってきたか、誰もが知っている通り楡病院は先年創立十五周年を迎えた、だがそれは青山に新築してからのことだ、本郷に医院をかまえてからは三十何年がとうに経《た》っている、その間わたしたちの母親はどうしていたか、どんな苦労をなめたか、お母さまは夫が養っている大勢の書生たちの醬油《しょうゆ》を水で薄めたのだ、自分はたくわんの尻《し》っぽを齧《かじ》ったのだ、そうしないと医院はつぶれてしまうところだったのだ、と龍子は、その頃《ころ》は自分だってせいぜい赤ん坊だったことを棚《たな》にあげて説きすすめた。そう、そうした父母の努力によって現在の楡病院はできあがったのだ。しかしこの規模の大きな病院はどうなるのか。基一郎だからこそこの隆盛をみることができたのだ。凡庸な院長ならば、五人かかっても現状を維持できまい。まして他人は当てにならない。どうしても親族の、それも有能な医者が必要なのだ。そういう父親の願いを、長年の求めを、あなたは一人勝手にふり捨てることができるのだろうか。それも恥知らずの、無節操な、罰当りの、まっとうな家なら耳をふさぎ目を閉ざすであろう下賤《げせん》ないかがわしい事柄《ことがら》のために？

「よくお聞きなさいまし」と、龍子はつづけた。「一体誰か一人でもあなたの味方になった人がありますか？　みんなあなたより世間をよく知っている人たちです。みんなあなたのためを思って反対したのです。そう、たとえばもし徹吉《てつよし》がいたとしても、あの人はお父様とはまるで逆の性格ですが、もちろん賛成しはしなかったでしょう。当然のことです」

彼女の言葉の中にもあるように、その年の初夏、龍子の夫徹吉は前からの念願どおり渡欧したのであった。横浜を出る船に見送りにきた基一郎の言葉を借りれば、「万里の波濤《はとう》を越えて」妻子を置いて究学のために旅立っていったのだ。もっとも基一郎はそのあと一同を見まわし、「いやねえ、ぼくが向うへ行ったころはこれはたしかに万里だったが、今はせいぜい三千里くらいのところだ。なに、そのうち飛行機に乗って十日もあればヨーロッパに行けるようになる」銅鑼《どら》の音が鳴りひびき、見送り人は船から降りた。数多《あまた》のテープが投げかわされ、あるものはむなしく油の浮いた海に落ち、あるものはうまく相手に摑《つか》まえられ潮風にもつれあってたなびいた。基一郎は満足気に、ほほう、なかなか活気があってわるくないなというほどの顔をして、しかしテープには手を触れようともしなかった。「ぼくはねえ、こういうことは周りの者にさせることにしている。あんなものを摑んで、うっかり海に引きこまれると危ない」

一方、夫を見送る龍子は、船のペンキの匂《にお》い、潮風の匂い、そしてときならぬ別離の騒ぎに昂奮《こうふん》しておしっこがしたいと言いだした六歳になる息子をきびしく叱《しか》りつけ、怒ったような厳粛な表情で佇《たたず》んでいた。夫と別離することよりも、徹吉が洋行すること、楡病院の二代目院長にふさわしい箔《はく》をつけて戻《もど》ってくるであろう、ただそのことへの誇りと期待が、彼女の顔を殊《こと》さら厳粛にさせたのだった。

そして今、うなだれて、そのくせ固く強情に殻《から》の中に閉じこもっている妹を前にした龍子は、それまでの他人行儀なきびしいとりすました態度を急に和らげた。毅然として相手を見おろしていた姿勢をくずすと、仲のよい朋輩《ほうばい》になにか冗談事でも話すように、声の調子に微笑さえ加えてこう言った。

「ねえ聖さま、あなたはまだ若すぎるのよ。なにも知らなすぎるのよ。それは好きな人と結婚できればと、誰だってそう思います。でも結婚ってそんな単純なものじゃないわ。長い生活、それは一人々々のいっときの事柄じゃなくて、家とか世間とかと共に一緒に進んでゆくものなのよ。聖さま、あなたはこのわたしが喜んで徹吉の妻になったのだとお思い？　打明けて言いますとね、わたしは厭《いや》だったわ。こんなことは、わたしはあなたにしか話しません。でもわたしは、一言も言わずにあの人の妻になったのだわ」

話しながら龍子は、相変らずこわばった表情で畳を見つめている聖子を探るように見た。

「わたしにはあなたが羨《うらや》ましいくらい。なぜって、わたしは徹吉の妻になるように初めから決っていたようなものですもの。わたしは楡病院の後継ぎを夫に迎えなけりゃならなかったのですもの。もし欧洲がもっと早く生れていたら……いいえ、それでも駄目《だめ》、欧洲は落第ばっかりしているのですからね。でもわたしは、といって厭々結婚したのでもないの。なぜかおわかり？　お父様がいつもおっしゃってました。ぼくは日本一頭のいい男を養子にしたよって。日本一というのはもちろんお父様の十八番です。まあ日本で千番目か一万番目か、そこいらのところでしょう。それでも秀才は秀才です。あんなふうに田舎者くさいところはとれなくっても、楡病院を引継ぐ人はあの人しきゃいません。だからわたしも……自分の口から言うのもなんですが、わたしはそれほどおかしな御面相じゃありません。もっと若いころは……正直いって引手《ひくて》数多《あまた》というところだったのよ。それでもわたしはお父様からそう言われたとき、ちょっとだってためらわなかったわ。むしろ喜んで徹吉と一緒になったのです。誇りをもって……なぜって、わたしは楡家の娘なんですからね。あなたはわたしにくらべたらずっと楽な立場だわ。わたしにはほんとにわからない。どうしてまたあなたが、あんな佐々木なんていう素姓《すじよう》もわからない……」

そのとき、聖子が軀《み》をうごかした。ふいに、身体《からだ》の奥をはじかれたように顔を起すと、いつもよりもっと血の気のない、目立つほど頰《ほお》のこけた、それだけにいっそう黒くきらきらとする眼をまっすぐに姉にむけ、わなわなと唇をふるわせながら、低い、そのくせはっきりと聞きとれる声でこう言った。

「おやめになって。あの人はそんな人じゃありません」

瞬間、龍子はまじまじと妹を見つめたまま、とっさに反応を示し得なかった。これほどきらきらと黒く輝く、これほど依怙地《いこじ》でひたむきで無我夢中な、まるで挑戦《ちょうせん》するような瞳《ひとみ》を妹が持っていようとは今の今まで知らなかった。しかし、すぐと前にもました憤激がおし寄せてきて、龍子は全身をきっと緊張させると、知らず知らず高まった声でこう叫んだ。

「まだ、あなたにはおわかりになりませんか？」

ほんの一秒か二秒、この姉妹は睨《にら》みあった、片方は厳然と、片方は痛いほど唇を噛みしめて。しかし長くはつづかなかった。すぐに聖子の抵抗はくずれ去った。折れるようにうなじがたれた。そのうえに容赦なく姉の声がひびいた。

「聖さま、あなたは少しもわかろうとなさらない。あなたの思っていなさる結婚がどういうものかわきまえておいで？　親からも親戚《しんせき》からも見捨てられるのですよ。何不自由なく育ってこられて、英語教師の給料でどうやって暮してゆくおつもり？　あなたは一ぺんだって御飯を炊《た》いたことがおあり？　手鍋《てなべ》さげてもというのは唄《うた》の文句です。どんなみじめな……よくお聞きなさい、あとになってどれほど欺《あざむ》かれて後悔なさってても後の祭りですよ」

龍子は自分自身も御飯の炊き方も知らないのを棚にあげ、硬直して黙りこくったままの聖子を、なおしばらくの間かきくどいた。なんとかして妹を翻意させ、救出しようと試みた。だが無駄《むだ》であった。かたくなな沈黙、身じろぎもしない強情さがそれに報いた。

「最後に申しておきます」とうとう龍子はきっと眼をすえて言った。「あなたはまさか甘く考えていなさるのではないでしょうね？　お父様たちがお許しになったというその意味をわきまえておいででしょうね？　あなたは二度とうちの、そうです、楡家の門をくぐれないのですよ？　当然です、当り前のことです！　たとえ許されてものめのめと顔見せできないはずです！　それはお父様は偶然あなたと会えばお笑いになるかも知れなくってよ。しかしあなたを娘と思ってじゃありません！　お父様は捨猫《すてねこ》にだって笑顔をおむけになるのですからね。それだけ、単にそれだけです。お母様はあなたが目の前にいても知らぬ顔をなさるでしょう。話しかけられても顔をそむけられるでしょう。いいですか、それでも宜《よろ》しければ、お好きなようになさいまし。親の顔に泥《どろ》を塗ってままごと遊びをなさいまし。……聖さま、それでいいの？　もう一遍考えて……」

しかし彼女は口を閉ざした。さっきからまったく同じ姿勢、同じ沈黙で妹は坐《すわ》っていた。強情に、かつての聖子とは信じられぬほど強情に、微動だもせぬ拒絶の意を秘めて。

怒りが、急速に龍子の胸にこみあげ、だが彼女は最後にもう一度言った。

「ひとこと御返事をなさって。……どうしてもお気持は変らないのですね？」

龍子は妹をじっと見下ろしていた。ほんのかすかな変化、たとえ髪の毛一本のうごきに対しても、もっと違った言葉をかけようと待ちかまえていた。しかし、同じことだった。ふいに龍子はしゃっきりと首を立て、取りつく島もなく憤《いきどお》りと軽蔑《けいべつ》にあふれた声で宣告した。

「よござんす。それではこれできまりました。あなたはもうわたしの妹じゃありません。赤の他人です」

彼女はすいと立上った。ちょっと隣室へ行きかけたが、くるりと向きを変え、障子《しょうじ》をあけて廊下へ出ると階段をぎしぎしいわせながら降りていってしまった。

姉の足音が聞えなくなり、なんの気配もしなくなってから、かなりしばらくの間聖子は身じろぎもしなかった。それからその華奢《きゃしゃ》な身体は急激に畳の上にくずれおちた。堪《こら》えに堪えていた屈辱と苦痛、よりどころのない不安と絶望的な反抗心、そしてすがりつくように念じているただ一つの恍惚《こうこつ》、それらが入りまじり重なりあい、彼女の肩を小刻みに震わせ、間歇《かんけつ》的な嗚咽《おえつ》を喉《のど》から洩《も》らさせた。無意識に畳に爪《つめ》をたて、また次には指先までを死んだようにぐったりさせながら、彼女は長いこと突っ伏していた。

ふいに、彼女はおやと思った。時をおいておしよせてくる抗しがたい針のような悲しさの中で、或《あ》る記憶が、或る奇妙な節まわしが、ひょっこりと浮んできたからだ。それはたしかにあのビリケンさんの声にちがいなかった。その声は言っていた。「……夫人菊子は臨月の身にて夫を助け……」「風流貴公子岩倉具張《いはくらともはる》氏が……遂《つひ》には母を捨て妻を捨て子を捨てて……」「……梁《はり》へ緋縮緬《ひぢりめん》の細帯をかけ……髪の毛一筋も乱さず美しく化粧したるまま……」

聖子はそんな場違いな記憶のいたずらにほんの瞬間気をとられて、ふと涙にぬれたあおざめた顔を起した。だが、すぐとその顔はふたたび畳に伏せられた。畳の冷たさを頬に感じ、その表と頬のすれあうかすかな音を耳の奥の方で意識しながら、彼女はまたひくひくと肩を背を痙攣《けいれん》させはじめた。

その年の初冬、またぞろ一月も経《た》てば賞与式がやってくるというある日、菅野《すがの》康三郎は「奥」に呼ばれた。

珍しく風邪気味の院長は昼から床をとらせていた。院長はダブルベッドのある寝室に寝ていなかった。軽い病気のときはスプリングなどない畳の上に蒲団《ふとん》を敷いて寝たほうがよい、そのほうが気に張りが出て、病気に打勝つ抵抗力も増すのだ、と彼は言ったものだ。それが真理かどうかは神さまだけがご存知だが、基一郎が言うといかにも真理らしく聞えるのである。

平生はあまり使用しない八畳の間の中央に床をとらせて院長は寝ていたが、康三郎が顔をだすと、いつものように人をそらさないにこやかな笑顔をむけた。

「ああ、菅野、もうぼくは癒《なお》ったよ。なに、少しばかり疲れたものだからわざと寝ているのだ。ときに君、油を少し持ってきてくれたまえ」

「油と言いますと、どんな油でしょうか、先生？」

菅野康三郎が楡病院にきてからすでに二年半が経っていた。この頃では彼はなかなか丁寧な東京弁を話した。院長夫妻、殊にひさが東北弁を嫌《きら》ったからである。といって、文字で書けばわからないが、ある抑揚、話し方の節々に、郷里の調子が離れがたくこびりついているのはやむを得ないことであった。

「どんな油でもいいよ。そう、この間病棟《びょうとう》の壁にペンキを塗らせたろう？ あのペンキを溶いた魚油でよい」

「油をどうなさいます？」

「天井に塗るのだ。ここの天井にずうーっと塗って欲しい」

「天井に？」

「そうだ。天井一面に、鴨居《かもい》のところもずーっと。このままではどうも寂しい感じがするからねえ」

院長の命令とあれば仕方がなかった。康三郎は魚油を持ってきて、踏台に登り、刷《は》毛《け》で天井に塗りはじめた。基一郎は片隅《かたすみ》にのけた蒲団に、横になったまま、康三郎の手元をすこぶる熱心に注視していた。そうしながら彼は唐突に話しかけた。

「菅野、今夜もまたくるかねえ？」

「はあ？」

「そら、西軍の飛行機だよ。また照明弾を落すかねえ」

ちょうどその頃、東宮御統率の下に大演習が華々しく行われていたのである。西軍のサ式、ニ式の飛行機が大挙して――といってもせいぜい十機ほどであったが――代々木上空に襲来してきたし、昨夜は昨夜で「魔のエフ十六型」機が巨大な姿を探照燈の光芒《こうぼう》の中に現わしたりしたのであった。

「飛行機というものは怖《おそ》ろしいよ、君、闇夜《やみよ》に乗じてやってこられたら防ぎようがあるまい？」

「それはそうで」

康三郎はいい加減に返事をした。踏台の上にせい一杯のびあがって刷毛をもつ手を動かしていたから、それどころではなかったのである。

「ツェッペリンか」基一郎は連想のおもむくまま、独り言のように呟《つぶや》いた。「ツェッペリンというのはどうも名前がいい。菅野、日本もどうしてもあれを作らにゃあいかんねえ」

「はあ」

康三郎は生返事をした。といって彼は、この院長を純朴《じゅんぼく》な気持でずっと崇拝してきたのだった。ときに騙《だま》されたような気がしたり、ときにおやおやと思うこともないではなかったが、楡基一郎はやはり滅多にいない人物、カイゼル髭《ひげ》をもう一対《いっつい》くらいつけてもったいぶってもいい資格を有する人物だと彼には思えた。事実、院長が話すこと放言することはぴたりと実現することが多かったのである。

つい先日、ほんの半月前、世間のことにあまり関心もない病院の連中もさすがに愕《がく》然《ぜん》とするような惨事が、まして政友会に関係する院長にとっては寝耳に水の不祥事が起った。東京駅構内で原首相が暗殺されたのである。

「莫迦者《ばかもの》がいるねえ、世間には」

と、基一郎は慌《あわただ》しく外出の支度をしながら康三郎に言った。

「しかし政治をとる身はいつだってそういう危険を覚悟しなけりゃならん。畳の上で死のうとは決して思わぬと原さんは前から言っておられたよ」

院長は自分もまたその一人であるとでも言うように髭をひねりあげたが、残念なことに彼のところにはべつだん刺客《しかく》も現われそうになかった。基一郎は最後にこうつけ加えた。

「見ていたまえ。今度は是清《これきよ》だよ」

そしてその通りになった。西園寺公《さいおんじこう》は結局腰をあげず、前蔵相高橋是清が次代首相と決ったのである。

康三郎は以前からときどき高橋邸へ院長の親書をとどける役目をおおせつかっていた。表町の宏壮《こうそう》な私邸の、秋草の六曲屏風《びょうぶ》や寿老人《じゅろうじん》の立像などが所狭しと置いてある応接間にしばらく待たされ、それから書生に案内されて芝生のひろがる庭に通される。庭の一隅《いちぐう》の籐椅子《とういす》に背をもたせて、達磨《だるま》のような是清翁《おう》が和服姿で英字新聞を読んでいる。康三郎が近づいても目をあげようともしない。こちらは、その白い達磨髭の布袋腹《ほていばら》の老人が基一郎院長の親分格の人物だとわきまえているから、かしこまっておそるおそる待っている。ややあって相手が新聞をおろしたとき、ふるえる手で手紙を差出す。是清は封をきり、なにか知らないが基一郎が毛筆でこまごまとしたためた手紙をごく簡単に読み終る。書生が硯箱《すずりばこ》を持ってくる。是清はさらさらと、ときにはほんの一行か二行したためる。その手紙を康三郎がうやうやしく持って帰ると、院長はいかにももっともらしくうなずいて言うのだ。「いや、ご苦労ご苦労」

菅野康三郎はそんな追憶にふけりながら、手と肩を大いにだるくさせた挙句ようやく天井一面を塗り終えた。粗悪な魚油の臭《にお》いは室内一杯にたちこめ、康三郎は息がつまるほどだったが、院長は至極満足した様子で床の中からいくらかの金冠のある歯並びを見せた。

「ああ菅野、綺麗《きれい》になったねえ。この部屋はどうも平凡だった。しかし、これで確かに見違えるようになった」

「院長先生、この臭いはどうも。唐紙《からかみ》をあけますか」

「なに、臭いなんてなんでもない。ちょっとした発明でこんなふうに見違えるようになる。光沢《つや》があって重みが出るだろう？　いや、なかなか綺麗だよ、君」

康三郎がいささかいぶかしく思ったことに、院長は魚油の臭気などまったく意に介そうとせず、床に仰向いたまま、妖《あや》しげな方法で面目を一新した天井を眼をほそめて実に長いこと見渡していた。にこやかに、上機嫌《じょうきげん》に、しかしどことなく疲労の淀《よど》んだような眼差《まなざ》しで、いつまでも。

第五章

桃子の少女時代は、気ままで、なんのかげりもなく、好き勝手なふるまいの許される、あまり上品とはいえないが小さな女王のそれにも似ていた。人がそう評したのではなく、主として自分でそう思いこんでいたのである。

よく汗をかく丸まっちい小鼻と下ぶくれのした愛嬌《あいきょう》のある頬《ほお》をもつこの末娘は、礼儀作法とはまず縁がなく、病院のとりどりの従業員が発する決して上等とはいえぬ言葉をすべて吸収して、下町っ子さながらに活潑《かっぱつ》に遊びほうけていた。賄《まかな》いで看護人と一緒に食事をしながら莫迦《ばか》笑いをするかと思うと、猫《ねこ》にしつこく紙袋をかぶせようとして手ひどくひっかかれたりした。

もちろん彼女はそのみやびやかならざる言動を、学習院出の貴族的な姉たちから叱《しか》られればそのときはしゅんとなった。姉たちと自分とは身分が違うこと、たとえ同じ屋根の下に住んでいても、彼女らは「奥」の子であり、自分は「賄い」直属の子であるという観念は、物心がついたときから桃子の頭の隅《すみ》にこびりついていた。幸い姉たちはこの妹を半ば無視していたからうるさく監督されることもなかったし、桃子は下田の婆《ばあ》やの庇護《ひご》の下にまずは太平楽に暮していた。両親はあまりに遠い存在であった。稀《まれ》に「奥」に呼ばれて両親と一緒に食事をするとき、桃子は箸《はし》のあげさげまでをひさに監視されるのを感じ、ろくに食物の味さえわからなかった。基一郎はといえば、顔を会わしさえすれば実にいい優しい父親なのである。

「おお、しばらく見ないうちに大きくなったな、桃子。おまえ大きくなったら何になりたい?」

「ピアノひきになりたい」と、桃子は答える。

「ああ、そうかそうか。よしよし、ピアノを習わしてあげる」

絵描《えか》きになりたいと言えば、

「ああ、いいとも、いいとも。それでは絵の先生を呼んであげよう」

もっともこれは会っているときだけの話であり、決して実現されないことであり、悲しいことにそのあと桃子は滅多に基一郎の顔を見ることもないのである。

母親のほうは、それと裏腹に厳格であった。彼女は娘に笑顔ひとつ見せたことがなかったし、稀に口をひらけば、陰にこもったぼそぼそした声で、「なんです、そのお言葉は?」と言ったまま、すっと顔を元《もと》に戻すのだった。実際この母親の前には出たくなかった。母親という感じすらしなかった。単に煙ったい峻厳《しゅんげん》な存在、自分とは別世界の格式の高い「奥」の御霊《みたま》にすぎなかった。

しかしその「奥」と、それに従属する姉たちの居室を除いたすべての世界が、桃子がのびのびと呼吸できる素敵な天地として残されていた。

そこにはなんでもあった。面白《おもしろ》い気のおけない人たちがいた。誰《だれ》もが、この少々だらしのない嬢ちゃんを可愛《かわい》がったりからかったりし、彼女の言うことはたいてい大目に見られ通用した。「奥」では息がつまるけれど、ここでは桃子は大威張りでとびはねることができた。病院の外でもそうだった。楡《にれ》病院の娘であることがわかると、あちこちの店のおかみさんは彼女に特別な待遇を与えてくれた。そのため桃子の小さな頭には、自分は姉たちよりはずっと劣等ではあるが、それでも相当に名の通った人気のある人物なのだという観念が植えつけられた。たとえば小学校に入学して受持の女教師から、

「楡さんのおうちはどこ?」

と尋ねられたとき、桃子はびっくりし、芯《しん》の芯からふしぎそうに相手の顔を見つめながら言ったものだ。

「ああら先生、そんなこと知らないの?」

彼女はどこにでも出没した。看護婦部屋へ行ってカルタをとり、書生部屋へ行って

焼芋を貰《もら》った。薬局へ行って「頭がいたい」と嘘《うそ》をつくと、白い上っぱりをつけた薬剤師は赤葡萄酒《あかぶどうしゅ》をちょっぴり入れた水に砂糖をまぜて飲ませてくれた。ちょうど父親が愛飲するあのボルドーと似たような色合だった。

小学校の友達が遊びにくると、桃子は得意になって、病院の中でも一番ものものしい部屋、貴賓室や珊瑚《さんご》の間《ま》へ連れていった。これは大っぴらというわけにはいかなかった。院代などに見つかると、彼は縁なし眼鏡を光らせて鶴《つる》のような歩き方で近づいてきて、「ここでおいたをすると、お母様にまた叱られますよ」と猫撫声《ねこなでごえ》で言うのだった。

それでもうまく高貴な部屋にもぐりこめると、そこには友達に見せびらかすに足る品物がたんとあった。貴賓室の片隅にはこれも独逸《ドイツ》製のピアノが飾ってあった。飾ってあるというのは、誰もこれを弾く者がなかったからである。昔は龍子《りゅうこ》が、そのあとは聖子が、これをポンポンと鳴らしたことはある。頭髪がむく鳥の巣みたいな痩《や》せたピアノ教師が通ってきた頃《ころ》もあったのだ。ところが楡家の子女たちは音楽の才能があまりないこと、というより滅多にない立派な音痴であることが判明しただけであった。今ではこのピアノはその上にセーブルの磁器などを飾るための台であるにすぎなかった。

しかし桃子は誇らしげに友達にむかって言うのである。

「あたしが女学校にはいったら、お父様がピアノの先生を呼んできてくれるのよ」

それから彼女は、基一郎のさまざまな土産品を、父親そこのけのもったいをつけて見せびらかした。ナイフやフォーク、さては毛抜きや爪切《つめき》りに至るまでを見せた。

「これ、なんだかわかる？」と、彼女は一抱えもあるような古くなって黄ばんだ丸い物体を指して小鼻をうごめかすのである。「駝鳥《だちょう》の卵よ。これでオムレツを作ったら何十人前もでききんのよ」

「駝鳥の卵なんておいしいの？」

「おいしいのよ。ほっぺたが落っこちそうだってお父様が言ってたわ」

次に彼女は貴賓室の書棚《しょだな》から、ぶ厚いアルバムを幾冊も取りだしてきた。

「ほら、これ外国の写真よ」

「どこの外国？」

「どこだか知らないけど外国よ。ほら、これ、外国の女の人よ。この帽子、へんでしょう？」

それは基一郎の滞独時代のもので、微細なペン画を思わせるいろんな都市とか風景の絵葉書が貼《は》りつけてあった。昔年《せきねん》の伯林《ベルリン》、カイザー・ウィルヘルム記念寺院の尖塔《せんとう》は楡病院の塔の二倍もとんがり、シュロス橋の上には一頭立てあるいは二頭立ての馬車が輻輳《ふくそう》していた。クリスマスとか謝肉祭のきれいな色つきのカードも貼ってあった。なかには基一郎自身の姿もある。多くは日本人クラブなどの記念写真で、若かりし基一郎はすでにカイゼル髭《ひげ》をぴんと立て、胸をそらし心もち顔を横にむけ、大抵一同の中央どころにすましかえっている。胸に薔薇《ばら》の花をさし白の蝶《ちょう》ネクタイをした、どこの俳優かと思われるポーズをとった基一郎単独の写真もあった。横の空白には彼の実に読みがたいペン字でこう書かれてある。

「明治三十四年九月十三日ハ余ノ誕生日ナルヲ以《モッ》テ記念ノタメ写真ヲトリ之《コレ》ヲ以テコノ画端書《ヱハガキ》ヲ作ラシメシモノナリ。又コノ月ハ余ガ試験論文ヲ始メテ作リシ月ニシテ大イニ将来記念トスルニ足ルベキモノ也《ナリ》。西暦一千九百〇一年九月於独乙国《ドイツ》ハレ大学

楡基一郎」

しかしそんな写真よりも、桃子はアルバムをくって更に驚くべき写真を捜しだした。おそらく基一郎が年の市かなにかの見世物小屋で買った絵葉書らしく、その一つには全身刺青《いれずみ》だらけの女が写っていた。首から下、足のつま先に至るまで奇妙な男女の顔とか古代の地図にあるような記号めいた図案が一面に彫られている。もう一つには、なんと首が二つある人間が両方の頭をそれぞれ左右に傾《かし》げており、基一郎の読みづら

い文字でこう説明してあった。

「此《コ》ノ二頭人間ハ女ニシテ、右ノ方ヲエルフヰイ、、、左ノ方ヲベアンカ、、、カト言ヒ、其《ソ》ノイヅレカノ名ヲ呼べバ一方ノ頭ノミ返事スルナリ。年齢十七歳ナリシト言フ」

また大きな酒びんと並んでいる小人の写真には、

「独乙国ライプチヒ市ビンテミーレルノ料理店ニ於《オ》ケル丈三尺体重五貫二百匁《モンメ》年齢三十四歳ノ給仕人ノ図ハ即《スナハ》チ之ナリ。記念ノタメ之ヲ求ム」

まだまだ写真はたんとある。しかし桃子はそこらでアルバムをいじくるのをやめ、今度は友達にオルゴールを鳴らしてきかせた。大きなラッパのついた蓄音機もあったけれど、これを鳴らすと音が大きすぎて、きっとうるさい大人たちがやってくるにちがいないからだ。それは鉄の円筒型のオルゴールで、ねじをまくとぐるぐると廻《まわ》りだし、沢山の穴のあいた鉄板の不可思議な作用によって、妙《たえ》なる楽の音をひびかせるのである。

「どう？　素敵なものが一杯あるでしょ？」

「そうね」と、相手の女の子は羨《うらや》ましそうに口をとがらせた。「でも、これ、あんたのものじゃないじゃない」

「今はね」と桃子は言った。「でも、あたしが大きくなったらお父様があたしにくれるわ」

「だって、あんたには兄さんや姉さんが何人もいるじゃないの」

「それでもこれだけはあたしのものよ」と、桃子は断乎《だんこ》として主張した。「このオルゴールと駝鳥の卵はね。それよりあんた、こっちにきてごらんなさいよ」

彼女は相手を珊瑚の間の床の間へ連れていった。

「あれは珊瑚よ。珊瑚って高いのよ。これみんなで百円の何倍も何倍も……きっと千万万円くらいするわ。この半分はあたしが貰っちゃうんだから」

少なくとも、「奥」から解放されているとき、この楡家の末娘は幸福そのものといえた。病院の中では遊び相手にも事欠きはしない。裏の長屋に住んでいる従業員の子供、近所の子供、それに弟の米国《よねくに》をまじえて、彼女は男の子よりもずっと活潑に遊びほうけた。崖《がけ》の竹やぶをくぐり、ぐみの樹《き》に実がなれば口を真赤にしてほおばった。なかでも彼女の気に入ったのは探偵《たんてい》ごっこという遊戯である。一人が悪漢になって逃げまわるのを探偵たちが追跡するのだ。捕えると樹の幹に帯でぐるぐる巻きにゆわえつけてしまう。下田の婆やが自分よりも米国を可愛がったようなとき、彼女は弟を悪漢にしたて、いやというほどきつく木にしばりつけた。可哀《かわい》そうな米国はどうしても自分で紐《ひも》をほどくことができず、しまいに通りがかった女中が見つけてくれるまでしくしく泣いていなければならなかった。

彼女はよく青雲堂へ遊びに行った。病院の門を出てしばらく行くと元ノ原という原っぱがある。そこを斜めに突っきってゆくと交番があり、電車通りに出る少し手前に青雲堂の小さな店がある。賞与式には欠くべからざる喉《のど》をきかせるおじさんが、いつもにこにこと彼女を迎えてくれる。同じように小柄《こがら》なおばさんも優しくお茶を入れてくれたりする。ここは言ってみれば天国のようなものであった。青雲堂は帳面《つけ》になっていたから、なんでも無代《ただ》で買えるのだ。赤い色をしたゴム毬《まり》、画用紙からノート、色鉛筆を五十本かかえこんだとしてもお金は要らないのだ。しかし桃子があまりに上等な写生帳を持っていこうとしたりすると、青雲堂のおばさんは優しく、「桃さま、あなたはまだお小さいのですから、それはもったいなさすぎます。ね、こちらになさい」ととがめるのだった。この夫妻は楡病院に長くいたから、やはり桃さま、聖さまなのである。桃子はちょっとふくれて、それでもこのおじさんおばさんの言うことはよくきいて、その代り特別大きな消しゴムも紙袋に入れてもらって帰ってくる。彼女は毎月たしかに十箇《こ》の消しゴムを買った。しかし気前よく——なぜなら自分では少しも痛痒《つうよう》を感じなかったもので——みんな友達にくれてしまうものだから、いつも消しゴムには不足していた。

桃子は家では小遣いというものを貰えなかった。お金がなくても別に不自由はないはずだが、それでもやはりお金は欲しかった。正月とか盆の納涼会のときに病院の従業員一同は金一封を渡され、桃子も一緒にそれを貰ったが、しかし袋には十銭しかはいっていなかった。基一郎のところにくる親類の者とか客などがたまに子供たちに小遣いをくれ、それが桃子の大切な収入源といえた。秩父《ちちぶ》の禿頭《はげあたま》のおじさまは桃子のような子供に大枚五十銭をくれ、彼女はおじさまを大好きになったが、もっと屢々《しばしば》訪れてくるその弟のおじさんは秩父饅頭《まんじゅう》しか持ってこなかった。山形からくる客たちも大抵はけちで、名産ののし梅しか持ってこなかった。のし梅はいつも楡病院にあふれ、桃子はのし梅の顔を見るのも厭《いや》なくらいだった。彼女はいつもお金がなくってぴいぴいしていた。なぜなら彼女は相当の浪費家で、青雲堂でとればすむものを別のお金の要る店で買ってしまったり、食べるものも不足していないはずだのに一人で駄菓子《だがし》を買いこんだりする癖があったからである。

賄いの隅で、みんなからナベと呼ばれている古い患者が、ときどき小鍋《こなべ》で牛肉のこま切れをぐつぐつと煮ていることがあった。彼もビリケンさんと同じく市の委託患者の一人で、ふだんはなんでもないのだが、一月に一遍ほどの割合で癲癇《てんかん》の発作を起すのである。ナベさんは賄いの菜《さい》で足りないとき、牛肉のこま切れを五銭買ってきて、賄いが空いているときに一人で煮てひそかに食べるのである。

あるときまたナベさんがたった一人でぐつぐつなにか煮ているのを見かけて、桃子がそばへ行ってみると、彼は鍋から湯気のたった肉の小片を割箸《わりばし》でつまみ、ぺろりと食べてみせて言った。

「嬢ちゃん、これ、うまいんだぞう」

桃子は唾《つば》を呑《の》みこんだ。なんとしても一口食べてみたかった。

「ねえ、ひときれちょうだい」と、思いきって彼女は言った。

「あげないよう。とってもうまいんだから」

「それじゃ、一口だけ売ってよ」

と、その頃外で買食いの味を覚えた桃子は、三銭しか残っていない自分の全財産を思いうかべながら、一息に言った。

「この肉は高いんだぞう」

「いくらなの？」と、彼女はおそるおそる訊《き》いた。「三銭じゃ足りない？」

「三銭か」と、ナベさんは言った。「三銭じゃ、せいぜい三きれだな」

桃子はとびたつ思いで家へ駈《か》けてゆき、三枚の一銭銅貨を握って駈け戻り、醬油《しょうゆ》で煮しめた牛肉のこま切れを貰って食べた。それはおそろしく固かった。が、それでも彼女は滅多にない御馳走《ごちそう》を味わったような気がしたのである。

また彼女はお金がたまったとき、病院の廊下に売店をだしている天理教に凝った小《お》母《ば》さんのところへ行き、牛肉の缶詰《かんづめ》を買いこんだ。この小母さんは客がないときは店の後ろについている小部屋へ行き、「たあすけたあまえ天理王のみこと」と太鼓を叩《たた》くのである。その音はどうしてもかなり遠方まで響きわたったから、病院の中で店をやらせるには不適当だという意見に対して、院長は平気で常々こう言っていた。

「なに、あれは活気があっていいものだよ。それに天理教のお祈りで癒《なお》る患者さんだっていくらかはいるかも知れんしねえ」

この店で売っている缶詰にはたしかに「牛肉うま煮」と書かれてはあったが、実は鯨の肉なのであった。しかし桃子はお金を払ってこれを買ってひそかに一人で食べ、世の中にこんな美味なものがあるかしらんと思った。いくら彼女が楡家の子供たちの中で下《した》っ端《ぱ》だとはいえ、ふだんはもう少し上等の肉を食べていたにもかかわらず。

まだまだ彼女の出費の種は尽きなかった。青山の電車通りを五丁目から四丁目のほうへ辿《たど》ると、善光寺という寺があり、毎月一回この附近に縁日がでた。桃子は下田の婆《ばあ》やに連れられて出かけて行った。アセチレン燈が特有の匂《にお》いをたてて点《とも》り、その光の下で、ほかほかと暖かい鯛《たい》焼《や》きを売っていた。金魚が洗面器の中で群れをなして泳ぎ、小さな亀《かめ》が這《は》いでようとして首をのばしていた。こちらでは威勢よくバナナを売っていたし、あちらではゼンマイ仕掛けのブリキの人形がひょこひょこ動いていた。いや、まだまだ、たとえば指の中から色つきハンカチの出る手品が、五色の砂が、だんだら飴《あめ》が、きれいな絵本が売られていた。ああ、欲しいものは山ほどあった。そして懐中はあまりに乏しかった。あのきっと千万万円もする珊瑚が自分のものであったなら。あの珊瑚のひとかけらを壁からほじくりだして、いま目の前にぴよぴよ鳴いているこの雛《ひよこ》と交換することができたなら！　桃子は胸が一杯になり、どきどきして、目がまわりそうになった。下田の婆やにとめられたのをふりきって、思いきって紙の着せかえ人形を買いこむと、それでもうお金はなくなってしまった。するとほそい硝子《ガラス》の管の中にはいった色つき水がとりどりの色をして並んでいた。鼻をたらした男の子がおいしそうにそれを吸っている。桃子は駄々をこねだした。いけないと言われると地蹈鞴《じだんだ》を踏み、ついには大粒の涙をぽろぽろとこぼした。下田の婆やもこうなってはは仕方がなかった。そんなものを飲ませたことがわかったら彼女の立場はなくなるであろう。「内証ですよ」と念を押して、婆やは一本の色つき水を買ってくれた。桃子は涙のついた下ぶくれした顔を急にほころばし、ちゅうちゅうと音を立ててほそい管から橙色《だいだいいろ》の水をすすった。かすかに甘い味がした。そしてそれきりのことだった。

楡脳病科病院の名物患者の一人に島田さつきという中年の女がいた。彼女はビリケンさんやナベさんのように外へ出てはこなかった。彼女は誇大妄想《もうそう》をもつ患者の一人で、自分の前に平身低頭する者以外にはたちどころに居丈高な乱暴を働くのである。そのためずっと鍵《かぎ》のかかる部屋に入れられていたが、その中で彼女はせっせと札《さつ》を作っていた。毛筆で紙にいい加減な図案を描き、五円、十円、百円と記した。下の方には、島田さつきこれを作る、全世界に通用するものなり、と書かれてあり、彼女は機《き》嫌《げん》のよいときには百円札であろうが惜しみなく人にくれてやるのである。楡病院の内部に於《お》いてはもうずいぶんとこの札が流布《るふ》されていて、桃子も幾枚か持っていたけれど、さすがにこの札で夜店の品を買うというわけにはいかなかった。米国《よねくに》が小さいときには、彼女はこれで弟をだました。全世界に通用する十円札で、うまうまと彼からお八つの菓子を購入したりしたのである。

ところがやがて米国も日本国で本当に通用するお金の種類を覚えるようになった。貨幣の単位を覚え、彼もときたま秩父のおじさまなどからお年玉を貰ったりするようになると、桃子のだらしのない浪費ぶりとは断然逆の精神を発揮しはじめた。小学校の三年にもなると、彼は立派なしまり屋、堂々たる勤倹貯蓄家に変じていた。下田の婆やに買って貰った貯金箱の中に、じゃらじゃらというほど銅貨白銅貨を蓄えていて、五厘《りん》たりとも使おうとしなかった。ただで物の買える青雲堂以外の店は彼には眼中にないのであった。

あるとき桃子は縁日で変ったものを買ってきた。それはセルロイドで兎《うさぎ》だの亀だの
の型ができていて、そこに色のついた砂糖が流しこんである。すぼりととると動物の
形をした砂糖菓子が食べられるのである。桃子は少し食べてみたが、単なる砂糖の味
しかしない。もう飽きてしまっていると、米国が欲しそうにやってきて、ぼくにも食
べさせて、と言った。

「いやよ。買うなら売ってあげる」

珍しいことに、しまり屋の弟は、もし安いのならお金を出してもいいと言った。

「これは十銭もしたのよ。半分しきゃはいってないから五銭でいいわ」

ところが大金持のはずの弟は、五銭なんてとんでもない、まあ二銭ならと主張した。

「駄目よ。絶対に五銭よ」

「そんならぼく要らないや」

吝嗇家《りんしょくか》の弟はあっさりと諦《あきら》めてしまった。そうなると急に桃子は惜しくなった。せ
めて二銭でも手にはいればそれだけ得ではないか。とうとう彼女はその条件で承知し
たのだが、米国はそれでもって更にうまい商売をした。彼は砂糖菓子を食べてしまう

と、残ったセルロイドの型に青雲堂からただで買ってきた粘土をおしこんで兎や亀の形をこしらえた。彼はなかなか手先が器用であり、絵具で綺麗《きれい》に彩色をした。それを見ると、桃子は急にまたそれが欲しくなった。ついに彼女は動物一つを一銭で買いこむ羽目になったのだが、計算をしてみると、型は六つあったから六銭も弟にまきあげられてしまったわけである。……

このような買食いを、金銭のやりとりを、母親や姉たちに見つけられたらどんなに叱責《しっせき》されたか知れないが、幸い楡病院に於ては親子兄弟の間にたぐい稀《まれ》な距離があった。上の姉たちに比べて文句なく平民的な桃子は従業員たちに人気があり、大手をふって好き勝手な場所に出没した。

彼女はよく四百四病と渾名《あだな》のある瀬長という書生のところへも遊びに行った。瀬長はやはり医者志望の青年なのだが、医者になるより先にまず彼自身が病気の巣といえた。それも本当に身体《からだ》がわるいというより、今でいうノイローゼ、やたらとさまざまの症状を自らつくりだしては気に病まずにいられない性格なのであった。楡病院に寄宿する身であれば薬など病院の薬局から貰《もら》えばよいだろうに、この男は乏しい財布をはたいて売薬を片端から買いこんでくる。新聞広告を見るたびに、彼はこの薬こそ自分を悩ます疲労感、頭痛、胃腸の不順を解決してくれるものと思いこみ、矢も楯《たて》もたまらず買ってきてしまうのである。そしてその効能書を読んでいる間が、彼の日常のうちもっとも気力の充実した時間といえた。

それゆえ彼の広からぬ机の上には、とりどりの薬の箱が溢《あふ》れるばかりに並んでいる。『かっけ新薬　銀皮エキス』というのもあれば、『ブルガリン』と称する薬はメチニコフ博士唱導とやらの乳酸菌製剤で、彼の胃腸はこれによって辛《かろ》うじて蠕動《ぜんどう》をつづけているのである。また『ピータ』というのは、「青春の泉」と銘打たれた滋養強壮料であり、同じく栄養強壮剤『鉄フィチン』には、「仏国の碩学《せきがく》ポステルナック博士の創製せるフィチン酸の鉄塩にして神経系疾患、身体虚弱、貧血、生殖器衰弱等の特効新薬なり」と説明が附されている。その中にまじって、『七日つけたら鏡をごらん　色白くなるゲンソ液』などというびんも置かれている。瀬長はそのほか伊助爺《じい》さんの教示に従って、大師《おだいし》さまのお守りこそ試さなかったが大量のかつお節の汁《しる》を飲んでもみたが、彼をとりかこみ彼を悩ます数限りない症状はいささかも改善されはしなかった。

瀬長は薬に関する雑誌新聞広告の切抜きを沢山持っていた。その一つを彼は桃子に読んできかせたが、それは仙丹《せんたん》という薬の会社が贋物《にせもの》の横行に業《ごう》を煮やして、新聞一頁《ページ》の大広告を出したものであった。その文章は桃子にはむずかしすぎたが、四百四病の瀬長は、これを平易に念をこめて熱っぽく解説してきかせたものである。

「商標の侵害に関し敢《あ》へて天下に檄《げき》す」

と大きな活字があり、贋物の顚末《てんまつ》を述べたあとで、

「……以上は一例なるも尚《なほ》全国に渉《わた》りて探査せんか其数幾何《いくばく》なるも知るべからず。かくして猶《なほ》放任せんか、啻《ただ》に我仙丹の声価を失墜せしむるのみならず、満天下仙丹愛好諸彦《しよげん》に対する本舗の責任を如何《いかん》せん。則《すなは》ち断乎涙を揮《ふる》うて馬謖《ばしよく》を斬《き》るの決意に出《い》で、次の方法に依《よ》り国法の制裁を仰ぎ、仍《よ》つて以て之が鏖滅《あうめつ》を期し、本舗の重責を全うせんとす」

と、まるで一国の宣戦布告の大詔でもあるかのような文句が連ねられている。その方法というのは、もし贋物を発見された方は五包を買いとり本舗顧問弁護士まで郵送されるならば、実費のほか金壱円乃至《ないし》壱百円の謝金を呈す、というのである。

瀬長は最後にため息をついて言った。

「この贋物を見つければ大したお金が貰えるんだよ。そうすればぼくはもっともっと鉄フィチンを飲んでもう少し人並の身体になれるのだが……」

「ほんと？　だったらあたしもその贋物を捜してみるわ」と、桃子は大いに乗気になって受けあった。

しかし桃子は、『色白くなるゲンソ液』にもやはり関心を抱いた。このあまりしと

やかでない楡家の末娘は、一言でいえばある部分だけかなり早熟で、というよりあまり芳《かんば》しくない知識欲が旺盛《おうせい》だったからである。

　雑多な人間のたむろする、そして監督者がいなければずいぶんと野卑な言葉もとびかわす楡病院の賄《まかな》い界隈《かいわい》は、彼女の成長する環境としてはたしかに適当とはいえなかった。誰《だれ》と誰があやしいとか、日本性学会主催の『性と恋愛との講演会』を傍聴に行った書生の報告とか、少女が聞くにふさわしくない会話がそこでは屢々《しばしば》交わされていた。おまけに桃子嬢ちゃんはうっかりすると、小鼻をひくつかせながら大層な興味をもってそれに聞きいったものである。

　ビリケンさんがさまざまな記事を朗読したあとで、ときどき一、二枚の新聞を持っていってしまうことに桃子は気がついた。そしてそれは、新聞にのっている芸妓《げいぎ》の写真、甲子家《きのえねや》の東造とか金廼家《かねのや》のきぬ若とかいう女の写真を切抜くのが目的であることを彼女は知るようになった。

「それどうするの？」と彼女は訊いた。「その女の人が好きなの？」

「うんにゃ」と、ビリケンさんは慌《あわ》てた。「そりゃいろんな顔があるから、見くらべてみるだけのことだよ」

　たしかに桃子は、性と恋愛とやらについて津々《しんしん》たる興味を抱いたようだった。門番の豊兵衛《とよべえ》爺さんがなぜあのようながに股《また》で歩くかも彼女は聞き知った。おそらくは脱腸かなにかで、爺さんのあそこは物凄《ものすご》く大きい、狸《たぬき》の八畳敷だというもっぱらの噂《うわさ》であった。桃子は一目でよいからそれを見たいと念じた。豊兵衛は夏、よく着物の裾《すそ》をはしょって腿《もも》を丸出しにして歩くことがある。なにげない顔をして桃子はついて行った。ところが相手は、彼女の欲するところをちゃんと知っていたらしく、爺さんはいきなりくるりとこちらに向き直ると、ふんどしに手をかける恰好《かっこう》をして言った。

「嬢ちゃん、見せてやっか?」

さすがに桃子はあとをも見ずに逃げた。息せききって逃げてから、そのあと彼女はたいそう惜しい気がしてたまらなかった。

しかしながら桃子のそうした日々、——男の子そこのけに探偵《たんてい》ごっこに夢中になったり、ピーッと蒸気の音を立てて車を引いてくる煙管《きせる》直し「ラオ屋」が落すぴらぴらした紙を拾うためにどこまでも蹤《つ》いて行ったり、狸の八畳敷とは一体どういうことになっているのかと首をひねったりした自由気ままな子供の日々は、意外に早く過ぎて行った。

年と共に、彼女が成長し自分の周りをいくらか落着いて眺《なが》めわたすと共に、彼女の有頂天なおっちょこちょいの精神はかなり傷つけられた。自分と姉たちとの隔差、待遇、身分の相違があまりに甚《はなは》だしかったからである。といって、いつまでも下田の婆やに甘えているわけにも行かなかった。敵役《かたきやく》の米国よりもっと幼くて強力な相手、龍子の長男峻一《しゅんいち》が大いに婆やの手と時間を奪ってしまったからだ。

そこで桃子はひがんだ。大いにひがんだ。誰も自分をかまってはくれない。自分は本当に楡家の娘なのだろうか。姉たちは若奥さまでありお嬢さまであるのに、自分は腰元、下女、賄いの落し子にすぎないのではないか。姉たちの言種《いいぐさ》はいつもこうであった。

「お寝《やす》みなさいとはなんです？　お寝みあそばせとおっしゃい」

「さようなら、というのは下品なお言葉です。御機嫌よう、とおっしゃるものよ」

へ、さようでございますか。それはあなた方は学習院出のお姫さまでございましょうからね。へ、てめえら、いってえなにほざいてやがんだ？　出入りの大工の巻舌《まきじた》の方がはるかに桃子には覚えやすかった。

小学校を卒業する間近になって、基一郎があまり当てにもしないような調子で言った。

「桃子、おまえも学習院を受けてみるか？」

桃子は自分がどういう学校へ行こうがちっとも関心がなかったが、父親にそう言われてみると、急に学習院とやらへ行ってみたくなった。そうすることによって、今は楡家の子供たちの中で数にも入らない自分もひょっとしたら姉たちの仲間入りができるのではないか？　しかし学習院の編入試験は競争率が高かった。競争、――ああ、毬《まり》つきと探偵ごっこなら自分は誰にだって負けやしないのに。のし梅よりも嫌《きら》いな勉強、それを人一倍しなければ学習院にははいれない、そう思うと桃子は大きな梅干を種《たね》ごと呑《の》みこんだような気がした。おまけに姉たちは少しも期待も同情も示してくれなかった。気立ての優しいはずの聖子も、あきらかな軽蔑《けいべつ》の口調で皮肉まじりにこう言った。

「桃さま、あたしは誰にも自分の妹が学習院を受けるなんてことをひとことも言ってありませんよ。そんなに遊んでばかりいて、……五十人に一人の割で、あたしなんか神経衰弱になるくらい勉強したものよ。言っておきますけど、あなたはとても受かりっこありませんからね」

へ、さようでございますか、どうせそのとおりでございましょうよ、と桃子は心の中で舌を出した。それで基一郎が頼んだ家庭教師がきてみると、この楡家の末娘は探偵ごっこをしに行っていて行方不明というのが毎度のことであった。

自他の期待にそむかず学習院の編入試験を落第したあと、桃子はちょうど同年配の親類の子浜子――と桃子は思っていたが、実は基一郎がある女に産ませた子であった――と一緒に、手当り次第あちこちの学校を受けてまわった。当時は受験日が別々になっていたから、彼女にふさわしく何回でも受験できたのである。雙葉《ふたば》、三輪田《みわた》、聖心と彼女は次々と試験を受けてまわり、同じように片端から落第した挙句、ようやくのことで下田歌子が校長をしていた実践高等女学校に合格した。彼女は小鼻をひくつかせたろうか。いやいや、この学校の制服には桃子はうんざりした。それは下まで裾のある長い紺の袴《はかま》で、紺の色によって本科と実科を現わし、もっぱら専売局の女工と渾名《あだな》をつけられるのもやむを得ないといわねばならなかった。

こうして女学校へ行くようになってからも、彼女の楡家に於《お》ける地位は少しも上昇しはしなかった。その姉たちの何分の一すらも、「奥」では桃子を重要視する気配がなかった。「制服がいけないのだ」と桃子は考え、せっかく入学した学校へゆくのも厭《いや》になった。

今では下田の婆やはすっかり峻一にかかりきりになっており、その腹いせにあるとき桃子は、夜店で皮がすっかり黒ずんだバナナを買ってきて、身の白い部分は自分で食べ、変色した部分を小憎らしい甥《おい》の口に突っこんでやった。ところが、この楡家の三代目である小さな峻一は、いやに嬉々《きき》として腐ったバナナをごくおいしそうに呑みこんだものだ。

桃子はせい一杯の軽蔑の表情で鼻の頭に皺《しわ》を寄せた。

「いやあねえ、この子ったら、まるで餓《う》えてるみたい」

平生《へいぜい》姉たちから自分に向けられる眼差《まなざ》しを、彼女は能《あと》うかぎり真似《まね》ようと努力した。

「ほんとに下町っ子そっくりだわ。これで龍さまの御長男が聞いてあきれるわ」

すると、こういう声がした。

「なにが下町っ子だ」

かなり野太い、しかしいかにも面倒臭げな、その当の本人からして出しても出さなくてもどちらでもよいと言いたげな、投げやりで眠たげな声であった。

もう一人の人物がその部屋の畳の上に寝ころんでいたのである。それは基一郎夫妻の長男、ずっと仙台の高等学校へ行っているため滅多に楡病院では顔を見ることのない欧洲《おうしゅう》であった。

彼は常々典型的な往時の高等学生の恰好をしていた。といって、垢《あか》まみれの弊衣破帽でもない。基一郎の血はどこか争えず、彼はなかなか外観を重んじた。その紺がすりの着物にしても、様子よくほころびればそのまま着用したが、いったん彼の美の基準にそむいたとなれば、惜しげもなく捨て去ってしまう。朴歯《ほおば》の鼻緒にしても、一般に売られているものではなく、わざわざあつらえて作らせた直径一寸もある代物《しろもの》であった。

桃子の記憶の中では、この兄は遥《はる》かむかしから高等学校の生徒であり、現在も同様であれば、これから先も永久に高等学校に在籍しそうな気配がした。欧洲はときどき冬夏の休暇にだけ戻《もど》ってくる。しかし長く家に滞在することはなかった。柔道部の合宿とやらへ行ってしまうからである。いつぞや基一郎が「欧洲は柔道部で……」と言って龍子に訂正されたことがある。そのときはたしかに彼は剣道をやっていた。ところがそのあと、柔道の試合に選手が足りなくて無理やりひっぱりだされたところ、体《たい》躯《く》抜群の欧洲は一同があっけにとられる力量を示した。以来彼は柔道部に移り、今ではその主将ともなっているのである。

「なにが下町っ子だ」

と、ふたたび欧洲は、不機嫌《ふきげん》げな、かつ面倒くさげな声を出した。

「お前は一体、ここの家がどんな大層な家だと思ってるんだ？」

桃子はびっくりして沈黙した。この兄とはあまり口をきいたこともなかったし、なによりその朴歯の鼻緒に怖《おそ》れを抱いていたからである。

「いいかね、お前の姉貴らは、どこのお家柄《いえがら》といったふりをしてるが、あんなものは猿芝居《さるしばい》だぞ。いくら身なりだけ整えたって、おれんちはもともとどん百姓の出だからな。桃子、お前も学習院かぶれなんぞするんじゃないぞ。下町っ子なんて言うんじゃない。おれたちはといえば、これはどん百姓にすぎないんだからな」

学習院に対する意見はもっともとしても、どん百姓という言葉は桃子には不満であった。彼女は言った。

「でも、家《うち》はお金持なんでしょう？」

「金持であるものか」

と、滅多に顔を合わせぬため、ビリケンさんやナベさんよりもずっと他処者《よそもの》の感のする兄は断言した。

「お前は病院が大きいからそう思ってるのだろうが、教えてやるが家《うち》には金なんぞ少しもない。みんなこけおどしだ。桃子、ここの地所だって借物なんだぞ。親父《おやじ》が選挙で大損をするしな。本当をいえば、金なんぞ一文もないといってよいくらいだ」

もとより怪童の辰次《たつじ》とは比べものにならないが、早くもでっぷりと贅肉《ぜいにく》がついたようにも感じられる楡家の長男は、なんだか嬉《うれ》しげに、いつになく饒舌《じょうぜつ》に、「うちは一文無しだ」と繰返した。

「それなのにあの女郎《めろう》どもは、いつだって帝劇だ三越だとぬかしおる。いいか、桃子、この家がどん百姓の証拠に、たとえば誰ひとり芸術を解する者がいない。ピアノだって弾けやしない。芝居を見たってなにがわかるものか。まともな本ひとつ読む者がいないじゃないか。まったく猿芝居そのままだ」

桃子は息をのみこんだ。思いがけぬ衝撃を受けたのである。緊張のあまり小鼻をひくつかせてから、おそるおそる訊《き》いてみた。

「それなら……どんな本を読めばいいの？」

高等学校五年目の貫禄《かんろく》者はこたえた。

「それはだな。たとえば、西田博士の『善の研究』とか、夏目漱石の『出家とその弟子』とか、……まあそういったものだ」

言い終ると、欧洲はぐるりと身体のむきを変え、幅の広い背中をこちらに向けた。もはや問答を打ちきったのである。

しかし、桃子は最後にどうしてもこう尋ねずにはいられなかった。本の話はどうでもよいとしても、「うちは一文無し」という言葉はそのままに捨てておけなかった。小さな声でこう言った。

「でも、あの珊瑚《さんご》は……」

「なんだって？」

「珊瑚よ。珊瑚の間の珊瑚よ。あれはずいぶんと高いものなのじゃない？」

すると、彼女の考えもしなかったこの家の秘密をいろいろと知悉《ちしつ》しているにちがいない兄は、ぎくりとするほどの大声を立てて笑いだした。その豪放な、突拍子もない、無責任な笑い声の中に、「莫迦《ばか》だなあ。あれはみんな擬物《まがいもの》さ」という言葉がたしかに桃子の耳を打ち、彼女は一瞬奈落《ならく》の底に突き落されたような気がした。……

幾日か桃子は悩んだ。深刻に悩んだ。もとより上の姉たちの境遇は望むべくもないが、いつかは自分も味わえると思っていた綺麗《きれい》なお召、自動車に乗っての外出、そういったものへのきらびやかな幻想が音を立てて崩壊してゆくようにも思えたのである。彼女は、米国《よねくに》がいつも大事に抱きかかえている貯金箱の内容まで連想してみた。こうなっては夜店でうかうか物を買うどころではなかった。

彼女は四百四病の瀬長のもとを訪れ、利殖の道を講じようとしたほどだ。

「ねえ、いつかのロシヤのお札《さつ》、まだ売ってるかしら」

瀬長は仙丹《せんたん》の贋物《にせもの》を発見し損《そこな》ってから、オムスク政府発行の留《ルーブル》紙幣を幾枚も買いこんだりもしたのである。それは新宿の――当時はまったくの場末にすぎなかったが――大道などで売られていて、一ルーブルがわずか数銭であった。もとは邦貨一円以上の価値がしたものが、戦争の結果相場が下落したのである。しかし大道商人の言によれば、「これさえいま買っておけば、やがて五十割の利益は確実」ということであった。

だが瀬長は、桃子の質問に、情けなそうに首をふった。

「駄目《だめ》だよ。嬢ちゃん、あの札はやっぱしもうなんの価値もないんだよ。ただの屑紙《くずがみ》同然なんだ」

鉄フィチンはじめ数多《あまた》の薬の効もなく、この男は最近ますます各種の症状が昂《こう》じていた。なかんずく背骨の突起の形態が明瞭《めいりょう》に異常で――と彼は確信した――その附近の神経組織を慄然《りつぜん》とするまでに混乱させたもので、彼は睡眠中何度もはっと目を覚まして蒲団《ふとん》から上体を起し、背骨を叩《たた》かねばならなかった。そうしないと呼吸麻痺《まひ》のため二度と目覚めることはないと思われたからである。

その絶望にみちた瀬長の顔いろは、いっそう桃子を不安にした。とうとう彼女は思いきって、声をひそめて下田の婆《ばあ》やに訊いてみた。

「婆や、うちにはどのくらいお金があるの？　あの珊瑚はインチキよ。土地もみんな借物だってこと、あたしは知ってるわ。本当をいって、百円はまだ病院の金庫の中には残ってるんでしょう？」

「とんでもございません。桃さま」と、婆やは桃子をほっとさせたことに、それが絶対に嘘《うそ》でないと一目でわかる善良な真剣さを見せて保証してくれた。「百円なんてものじゃありません。その何層倍も院長先生はお持ちですよ。またどうしてそんなことをお言いです？」

しかし桃子を恐慌《きょうこう》に陥《おとしい》れた柔道二段の肥満した兄は、ある夜、桃子がおかずがまずいと我儘《わがまま》を言ったときも、だしぬけに野太い声で叱《しか》りつけた。

「なにをぬかす、桃子。独逸《ドイツ》じゃあ食べるものもなくてみんな難儀してるんだぞ。独逸の子供は栄養がわるくて、転べばすぐ骨が折れるっていうくらいだ。食いたがり病や一寸法師病が流行《はや》ってることくらい、お前だって知ってるだろ。おかずが厭なら食わんでいい、飯とお香こがあれば有難《ありがた》いと思わなくちゃいかん」

すると、食卓の向う側に坐《すわ》っていた米国が、目をくるくるとまわしてこの話に意外な興味を示した。彼は食いたがり病と一寸法師病について質問し、欧洲のいい加減な説明を聞くと、すっかり異国の子供らに同情して言った。

「それならぼくも、これからお香こしか食べないや」

事実彼は二、三日この言葉を実行し、下田の婆やが心配してあれこれと説得しなければならなかった。

ところで、歳《とし》もいかぬ弟にこうした影響を与えた当の欧洲はその夕食をすませると、すぐ二人の書生を連れて外出し、三人で牛飯を八杯も平らげたことを桃子は聞き知った。

しかしさすがの桃子も、それから幾日も経《た》たぬうち仙台へ帰っていった欧洲が、そのまえ病院の事務室にのそりと現われ、小心者の会計係大石から、かなりの金額を持っていってしまったことまでは探知できなかった。

週に一度、会計簿が持ってこられる院代勝俣秀吉《かつまたひできち》の部屋では、こういう光景が見られたのである。

「それから、この、ここのところですが……」

と、丹念に記された会計簿の一箇所を指さしながら、早くも胡麻塩《ごましお》頭の初老の会計係の顔は、目に見えて青ざめ、その指先は小刻みにふるえた。

「この、ここのところは……」

と、彼は舌がうまくまわらないというふうに繰返した。

「これは、つまり、欧洲さまが合宿の費用とおっしゃいまして、つまり、お持ちになりましたので……」

院代勝俣秀吉は、椅子《いす》に腰をおろしたまま鶴《つる》のように首をのばし、縁なし眼鏡の中のほそい目をさらに細めるようにして、その数字をしかつめらしく確認した。ちかごろますます院長の口調に似てきた、しかし奇妙に甲高い鼻にぬける声で、

「合宿の費用ねえ。しかしこれは君、ずいぶんと多すぎるのじゃないか」

「は」

と、机の向う側に立っている大石は、毎度ながら、あまり頑丈《がんじょう》でない自分の肩に不相応に降りかかる重圧に堪えかねるというふうに、すっかり途方にくれて頤《あご》をがくがくやった。

「ふむ」

と、院代は鼻声で言った。

しばらくしてから、

「ふむ」と、もう一度鼻から息をした。

それから院代はそりかえって椅子の背に上体をもたせ、むずかしい表情となって、必要以上に長く黙考する仕種《しぐさ》をした。彼は天井を見あげた。腕組みをし、またその腕をほぐした。横手の方を見やった。顔を元に戻し、ようやく口をきると思われたが、三たび「ふむ」と鼻から言ったきり、また腕をくんだ。

その間、気の毒な会計係はしゃちほこばり、神経質に両手をこすりあわせながら佇《たたず》

んでいた。そうした相手の不安、危惧《きぐ》、次第にたかまってくる心臓の鼓動を、まざまざと勝俣秀吉は感じとり、ぞくぞくするような快感をもって、この貴重な雰囲気《ふんいき》をむさぼりのんだ。

ようやくのことで彼はうなずいた。

「まあ、よかろう」

ほっと安堵《あんど》する相手の吐息を確実に聞きとりながら、秀吉は鷹揚《おうよう》につづけた。

「欧洲さまは学校でも大将株でいらっしゃる。いろいろと責任もおありなのでしょう。よろしい。君ねえ、これは私から、奥のほうへはよいように伝えましょう」

痩《や》せて小男の院長代理は手をのばし、沢山の印形《いんぎょう》のはいっている小箱から、あまりに手慣れた『楡脳病科病院院代』の大きな四角い判をとりだした。たっぷりと朱肉をつけ、大石の神経質な文字がふるえている会計簿の一隅に押しつけた。一見無造作に、だが「これが満たされた人生だ」というほどの感慨を十二分に手と全身にこめながら。

楡病院の賄《まかな》い界隈《かいわい》には、更に多様な人間がたむろしていた。その一人々々が、脳細胞のあまり豊かといえぬ桃子に大なり小なりの影響を与えるのである。

ぐうたら者で有名で、いつぞやただなんとなく病院の玄関に立っていただけで基一郎からねぎらわれた書生は、佐久間熊五郎《さくまくまごろう》といういかにも働きのありそうな名であった。そのくせなにひとつ仕事をしようとせず、勉強とてせず、賄いで食事をしたあともっとも愚図々と油を売っている常連の一人であった。

彼は歳《とし》こそ若かったが賄いでは顔役といえた。無駄話をするとき、その並外れた胴間声はたしかに他の声を制圧した。まして彼は戦争の話が大好きであったから、その甚《はなは》だしく唾《つば》をとばす話しぶりが勇ましいのもやむを得ないといわねばならなかった。

「今二十三日正午より帝国は独逸と交戦状態に入れるを以《もっ》て、わが陸軍の〇〇〇〇〇〇〇の〇〇は直ちに予定の行動を取ることとなれり」

熊五郎――そのいつも赧《あか》らんだ顔には慢性の発疹《はっしん》があったから、みんなからは痘痕《あばた》の熊さん、或《あるい》は疱瘡《ほうそう》病みと呼ばれていた――は、そんな突拍子もない文句を、だしぬけに昂然《こうぜん》と唱えだしたりするのである。一体なんのことなのか。それは大正三年の夏に日本が独逸に対し一方的に開戦したときの号外の報道なのだ。

さらに、

「帝国海軍活動」と、熊五郎は吼《ほ》えてみせる。「予《かね》て〇〇〇を完成し〇〇〇〇〇に集合せし我が海軍の〇〇〇は、〇〇〇を兼ねつつ〇〇〇舳艫《じくろ》相啣《あひふく》みて〇〇〇を解纜《かいらん》し、威風堂々〇〇〇方面に向ひ〇〇〇の途に就くべし」

このあまりに多すぎる〇〇〇〇を、彼は異常な熱意をこめて、唾とともに暗誦《あんしょう》してみせるのだ。彼は調子にのるとすぐ演説口調になった。なにぶん彼はもはや医者になることを諦念《ていねん》し、自分は今後、活動写真の弁士、さらに弁護士、大政治家、という道を歩むつもりだと宣言したりしたもので。

「このマルマルマルマルという箇所が、なんとも言いがたい趣なのでアル。いやあ諸君、勇ましきかぎりではないデスか！」

そして、自らの〇〇〇〇に感に堪えて、その発疹のてっぺんまで、目に見えてどす黒く赧らんでゆく……。

ところがこの熊五郎は、戦後の不況が訪れだしたころ、急転直下、社会主義者をもって任じだした。それには楡病院のT型フォードの運転手が急に見えなくなったことも一因であったようだ。その運転手は無口な、ごくおだやかな、ほとんど恥ずかしがり屋といってよい性格の男だったが、あるとき青山署の刑事が彼のことを調べに病院に現われたことがある。そういう報知は争いがたく速やかにひろがる。「朝鮮人なのだそうだ」とか、賄いでこそこそ噂《うわさ》されているうちに、突然彼は病院を去っていった。事実は彼は青森県人で社会主義者でもなんでもなく、兄が死亡したため郷里へ帰ったのである。

ところが、熊五郎は、善良な人民が官憲の毒牙《どくが》の犠牲になったと主張し、なんとも唐突に、資本家を打倒しなければいかぬ、と言いだした。

「資本家って、どういうことなの？」

と、桃子は尋ねた。

「あんたの父《とっ》ちゃんなども資本家だ」と、熊五郎は彼女をおびやかすように肩をそびやかした。「ちかごろの賄いの飯のまずいこと。これでは我々はどうすればよいのか。あまりといえば諸君、ひどいのではないデスか！」

桃子は自分の家が資本家といわれて、半分ホッとし、半分侮辱されたようにも感じた。

しかし熊五郎は、牛飯をおごられているためかどうか、楡家の長男のことは悪くいわなかった。

「欧洲《おうしゅう》さんは相当の人物であるデスぞ。虚無主義者のおもかげがあってなかなかいい」

しかし、勝手きままな主義とやらの名称を桃子の小さな頭に吹きこんだ以上に、熊五郎が彼女に影響を与えたのは、桃子が小学生のころから活動写真に連れていってくれたことである。もとより名のある活動写真館ではない。青山の電車通りをずっと渋谷のほうへ行くと、小屋と呼ぶにふさわしい朽ちかけた木造の青山館というのがあった。以前は尾上《おのえ》松之助《まつのすけ》主演の旧劇ばかりをやっていたが、その頃《ころ》はいわゆる泰西もの、毎週写真替りのごくお粗末な連続西洋物をやっていた。

それにしても、それはなんと滅法もなく素晴らしい、胸のとくとくなる、掌《てのひら》にじっとりと汗をかく特別あつらえの世界であったろう。ぎしぎしいって腰の痛い平土間の木の椅子も、いまにも崩れかけそうな小屋の天井も、たった四人の楽士の奏楽がやみ、背広や羽織袴《はおりはかま》、ときには大時代のフロックコート姿の弁士が登場するや、桃子の念頭からはすべてが消え失《う》せた。

青山館ではまだ長々と前説《まえせつ》をやった。なにもかもが数年遅れなのである。

「……かくて薄幸の美女ローランド、義理と情けのしがらみに、足すくわれて哀れにも、底ひも知れぬ淵川《ふちかわ》の、水の藻屑《もくず》と消えてゆく、……という泰西の悲劇全四巻、あまり詳しく申上げましては興味を失う怖れあり、委細は画面と共に御紹介……」

桃子は痛いほど掌を打合せた。小鼻からふうと吐息をついた。だがなんといっても、彼女を心底から昂奮させたのは、善悪のいたく判然としたアメリカの西部劇、悪漢と正義漢との活劇であった。

青山館の弁士たちはむろんのこと三流四流で、前説こそなかなか流暢《りゅうちょう》にやってのけたものの、中説《なかせつ》となると、とてもそういう具合にはいかなかった。彼らは説明台の豆電球の下で、台本を音をたててめくり、うろうろなにか言いだしたころには、画面は一向おかまいなくずっと先へ進んでいる。しかし、そんなことはいささかも桃子の興味をそぎはしない。一方、画面だけ見ていて、言わずもがなのことばかりしゃべる弁士もいた。その声はとても声帯から出たものとは考えられず、腎臓《じんぞう》あたりがむせんでいるようにも思われた。そんな声で彼は、観客が盲目でもないかぎり明瞭《めいりょう》に理解できる点まで、まことに詳細に説明してきかせるのである。

「今や悪漢は、あっ、ふところからピストルをば取りいだし、右手にかまえたピストルからパッとあがる白煙、……ピストルの弾は、あっ、追いせまりしジャックの左の肩に命中、ジャックは撃たれし肩を抑えて、あっ、バアッタリと倒れた……」

しかし、場面はいよいよなくてはかなわぬ追跡の情景に移る。さすが饒舌《じょうぜつ》の弁士も、ここで鈴を鳴らして楽隊にひきわたす。四人だけの楽士は急調子に滅茶《めちゃ》々に「天国と地獄」をかきならし、悪漢の乗った自動車は踊りながら崖《がけ》っぷちを疾走し、名探偵《めいたんてい》の自動車はさらに車輪もとれよと疾走する。観客席は湧《わ》きたち、桃子は声をだして椅子から腰を浮かしたが、そこでフィルムはむなしくも終りとなり、「あとは来週おたのしみ」という段取になる。

あるとき、羽織袴の弁士が、男と女が間近く顔を寄せている画面をさして、なにか言った瞬間、背後からだしぬけに、「弁士、注意！」という声がかかった。桃子がびっくりして、ふりむいてみると、それは後方の臨監席にいかめしく腰をおろしている巡査のあげた声とわかった。

あとで熊五郎は舌打をしながら言った。

「嬢ちゃん、官憲というものがいかに横暴なものであるか、おわかりかな？　ああやって彼らは社会主義を弾圧するのだ」

ともあれ活動写真は、こうして桃子にとって病みつきのもの、あるかないかの魂を痺《しび》れさす麻薬ともなった。

女学校へはいってからは、桃子は友達と、あるいは単独で、毎週々々活動写真館へ通いつめた。すでに青山館では物足りなくなっていた。赤坂の帝国館、新宿の武蔵野館、ときには浅草の電気館にまで足をのばした。その小遣いを捻出《ねんしゅつ》するため、彼女はさまざまの苦労を、――たとえば女学校へ通う市電の定期券の代金を会計の大石から受けとりながら、実は学校まで歩いて通ったり、さては弟の米国に頭をさげていくらかの融資を頼んだりしなければならなかった。いよいよ切羽《せっぱ》づまると、彼女は哀れっぽい鼻声をたて、下田の婆《ばあ》やからお金をまきあげた。

「桃さま、この前も差上げたばかりでしょう。婆やだって、そうそうお金はございませんよ」

そう言いながらも、自分がすべて手塩にかけた楡家の子供たちに甘すぎる下田の婆やは、結局そっと幾何《いくばく》かの金を手渡してくれるのだった。

こうして、空気の濁った魔法の場内、ラムネを抜く音と煎餅《せんべい》をかじる音、粗末にして同時に豪奢《ごうしゃ》な、外界から隔絶された小さな魂の避難所、陶酔的に身をゆだねられるかけがえのない人工のうす闇《やみ》は、まさしく桃子のものとなった。

いまは、悪漢と名探偵の果てることのない追跡ごっこよりも、彼女の心はより多く、甘美な恋愛ものに惹《ひ》かれていった。この世の中に恋愛とかいうものがあることは、『性と恋愛との講演会』についての書生たちの報告により、むかしから知ってはいた。だが、青山館とは比べものにならぬ石造りの活動写真館の弁士たちは、なんと流暢に、すべての観客の心に沁《し》みとおる弁舌を聞かしてくれたことであろう。

彼らの発声は、桃子の胸をしめつけ、その声の流れるままに恍惚《こうこつ》とさせ、ほとんど涙ぐましくさえするのだった。

「西欧の詩人恋愛を詠じて曰《いわ》く」

と、その声ははじめは低く、さとすがごとく彼女の鼓膜をくすぐった。

「願わくは鏡となりて君が姿を映され、ねがわくは小鳥と化して君が窓を訪《と》わん。そのとき鷹来《たかきた》りて我を襲うとも、我その爪《つめ》に裂かれて君の窓辺に死なん」

声は次第に高まる。

「又曰く。……風は風に睦《むつ》み、波は波を招く。日光は大地を抱擁し、月光は海洋に接吻《せっぷん》す。若《も》し君、唇《くちびる》を我に許したまわずば、万物の接吻も夫《そ》れ何の価値ぞ、と！」

声はむせぶがごとく桃子の横隔膜までをふるわせた。

「ああ、恋愛は生活の美酒、生命の河。一切を生み一切を司《つかさど》る。恋愛なるかな、恋愛なるかな、恋愛なくして何の青春ぞや！」

ほんとうにそうだわ、と桃子は闇の中で真剣にうなずいた。ほんとうにそのとおりだわ。

彼女はそのころすでに初潮を見ていた。もともと愛嬌《あいきょう》のある頬《ほお》はなおさら下ぶくれしてきて、そのため目がいっそう細まる難はあったが、その腕にも足にも、幼い少女のものとは微妙に異なる肉がむっちりとつきかけていた。

ほんとうにそうだわ。この世で一番大切なものは、恋愛、これしきゃないんだわ。

そうして桃子は、レッテルに「美の熱愛者よ、ほんのり色白くなるこの一滴を」と記された美顔水『レートフード』を買ってきて、せっせとその頬にすりこんだ。瀬長のもっている『色白くなるゲンソ液』よりこちらの「ほんのり」というところが気に入ったのである。彼女は相変らず賄《まかな》いに出没して書生や看護人の噂話に熱を入れて耳をかたむけていたし、また数えきれぬ恋愛もの活動写真を観賞したため、自分が恋愛についてはひとかどの権威者になったような気がした。

彼女は学校から戻《もど》ると、即座に大嫌《だいきら》いな専売局女工と渾名《あだな》される制服を脱ぎすてて別の着物に着かえ、すましかえってなにげなく附近の道を歩きまわった。いかにも恋愛の対象になりそうな青年がくると、彼女はおぼこ娘のように顔を伏せたりはしなかった。やや上をむいた小鼻をいっそう空にむけ、ふっくらと下ぶくれした頬には微笑さえ浮べてすれちがった。そのこまっちゃくれた表情はまるでこう言っているかのようであった。――ちょいとこっちを見てごらん、恋愛のオーソリティがここを歩いているんだから。

さらに彼女は、楡病院にときおり遊びにくる浜子から、おどろくべき事実を聞き知った。実は浜子は桃子とは母を異にする姉妹であること、このことは桃子はすでにどこからともなく聞かされていたから、さして衝撃も受けなかった。それよりも彼女らの父親基一郎は、誰《だれ》でも彼でも好き勝手に結婚させてしまうというのだ。それが彼の趣味であり、同時に病院の勢力を拡張する手段なのだ。それは龍子、徹吉からはじまって、あらゆる親類、ものになりそうな書生、はては看護婦から出入りの職人にまでおよんでいる。現に最近「奥」勤めの丸ぽちゃの顔をした女中がやめた。その原因はなんだろう？　彼女は将来ある男の嫁になるようひそかに白羽の矢を立てられたのだ。その画策を聞き知って彼女は郷里へ逃げ帰ったのだ。そのある男とは誰か？　それこそあのとてつもない怪童、今では蔵王山《ざおうさん》という名前をもつあの辰次《たつじ》なのだ。なにしろ基一郎は、十年先のことまで予定に組んでいる。自分も――と浜子は特殊な境遇にあるませた口ぶりで言った――もとより例外ではない。自分はおそらく、将来楡病院の中堅となる金沢清作か韮沢勝次郎《にらさわかつじろう》の嫁となる運命にあるのだ。

「それであなた、あの人たちのこと、好きなの？」

桃子はほそい目をせい一杯瞠《みひら》いて尋ねた。

「好きなはずがないわ」

と、浜子はこたえる。

「わたしの好きなのはヴァレンチノですもの。でも、仕様がないわ」

「ヴァレンチノだって！」と、桃子はむきになって言った。

「あんなひと、どこがいいの？　リチャードやアントニオ・モレノのほうがずっと素敵よ。でもヴァレンチノだって、そりゃあ清作さんよかましだけど……。あなた、家出をしちまいなさいよ。そして、恋愛をするのよ」

「家出？　恋愛？」と、浜子は欠伸《あくび》をこらえるように口をすぼめた。「なにをしたって、無駄《むだ》よ。活動写真みたいにはいかないものよ」

「でも、恋愛はしなくちゃいけないわ」と、桃子は真剣に主張した。「恋愛のない結婚なんて許されないことだわ」

「まあ、見ててごらんなさい」

と、浜子はどことなく憐《あわ》れむように相手を見やった。

「あたしが清作さんのお嫁さんになれば、あなたはきっと勝次郎さんと結婚させられることになるわ。そうでなければ、その逆よ」

「わたしが勝次郎さんのお嫁さんですって？　あのちんちくりんの人と？」

桃子は瞬間莫迦《ばか》笑いを起しかけた。韮沢勝次郎は基一郎の生家と遠縁の家の出である。律義《りちぎ》で朴訥《ぼくとつ》で東北弁は未《いま》だに抜けず、しかし医学生の頃も学校から戻ってくると、正門のわきの小さな門をくぐるとき、きちんと帽子をとってはいってくる。彼はすでに慶応病院の医局にはいり、かたわら楡病院の診療をも手伝い、その人柄《ひとがら》も医師としての腕前も高く評価されていて、桃子にしてもふだんだったら彼のことを「ちんちくりん」などと評する気持は露ほどもなかった。

しかし問題が問題である。滅多に顔を合わせることのない、だが疑いようもなく優しく偉い父親のはずだった基一郎は、いまや権謀術策を恣《ほしいまま》にする妖《あや》しの人物、長閑《のどか》に呼吸していた楡病院の雰囲気《ふんいき》全体からして、黒雲と陰謀につつまれた瘴気《しょうき》の漂う悪人どもの巣のごとく桃子には思えた。赤坂帝国館の弁士なら、このとき兇々《まがまが》しい嗄《しわが》れ声を発して、すべての観客に悪寒《おかん》と戦慄《せんりつ》をひき起させるはずだ。

「あたしが、あのちんちくりんの人と？」

桃子は繰返し、無理に中途で打切った莫迦笑いのためか、それとも急激な心の動揺のためか、そのいくぶん下り気味の目尻《めじり》に涙まで浮べた。

それから彼女は、何者かに誓うかのように、ほとんど厳粛にこう言った。

「でも、誰《だれ》がどう企《たくら》もうとも、あたしは恋愛をするわ。きっとそうに決っているわ」

しかし、桃子のあけっぴろげの朗らかさは、こうした事柄によって、いささかも曇りのさした気配はなかった。ただ挙動が前にもまして粗暴となり、活動写真見物が週二回、三回にまで増加した。病院の玄関から出入りすることは、「奥」でひっそりと監視している赤の他人よりも疎遠《そえん》な母親の目にとまる怖《おそ》れがある。そのため桃子は、裏の崖《がけ》に生えた竹藪《たけやぶ》をくぐりぬけ、着物にほころびを作りながら外出して行くのだった。

一方、疱瘡《ほうそう》病《や》みの熊五郎も、桃子そこのけの動揺の中にあった。この怠け者の自称社会主義者は、たまたま芝浦で行われた労働祭《メーデー》――それは開催第三回目のもので、ビリケンさんの朗読によれば「検束者続出し殺気を含んだ」ものであったそうだが――の行進をわざわざ見物に出かけたものだ。そしていたく心を傷つけられ、共産党というものに不信の念を抱いて帰ってきた。なぜなら行進してゆく彼らは、通りかかる市電を見れば万歳を叫び、自動車がくれば嘲罵《ちょうば》をあびせるまではよかったのだが、何としたことだろう、両の足で歩いて手をふってやる熊五郎に対しては、一顧だに与えてくれなかったのである。

だがこの労働祭は、桃子にとっても無縁なものではなかった。露国盲目詩人エロシエンコが検挙されたのである。盲目の詩人、エロシェンコ。すべての響きが彼女の胸を打った。新聞に出たその写真も、同じように翳《かげ》りをおび、哀愁に満ちていた。もしこの異国の男と自分が出会うことがあったなら。詩人はおずおずと手探りに彼女の頬にその瘦《や》せた手を触れるであろう。そしてあの弁士たちのそれよりさらに沈んでうら哀《がな》しい声で、たしかにある言葉を囁《ささや》くであろう。そして彼女、つまり桃子は、このときばかりはうつむいて、とっておきの消えいるばかりの一語をくちびるから押しだすのだ――「はい」と。桃子は平べったい寝床の中でこう夢想し、こう想像し、生れてはじめて寝《い》ねがての夜を過した。だが、これだけ彼女の心をかき乱した盲目の詩人は、無政府主義者という嫌疑《けんぎ》で、ほどもなく国外に追放されていったのである。

それから数日後、桃子は案外けろりとした顔でこう尋ねた。

「無政府主義者ってなんなの？」

主義に関しては権威者である熊五郎はこたえた。

「それは、アナーキストといってな、なかなか大したものなんだ、嬢ちゃん。むやみに爆弾なぞを投げてな」

それからまた数日を経て、桃子が青雲堂のある小路《こうじ》を通りかかると、むこうから医局帰りらしい韮沢勝次郎が歩いてくるのが見えた。律義な彼は、とるにも足らぬ楡家の末娘に対しても、鄭重《ていちょう》に足をとどめて会釈《えしゃく》をした。ところが、何も知らぬ醇朴《じゅんぼく》一方の勝次郎がいぶかしく思ったのは、常々本当の年齢より大分下としか思えないあけっぴろげな笑顔を返すはずの桃子が、急に表情をこわばらし、つんとそっぽを向き、ほとんど走るようにして傍《かたわ》らを通り過ぎていってしまったことだ。

一方、桃子のほうは、言いがたい屈辱と憤激の渦中《かちゅう》にあった。

「ほんとにずうずうしいったらありゃしない」と、彼女は息を切らしながら考えた。「そ知らぬ顔をして、あんなふうに挨拶《あいさつ》するなんて。みんな共謀《ぐる》になっているのだわ。

共謀《ぐる》になって、あたしを陥《おとしい》れようとするんだわ」

彼女は、べつにはいるつもりもなかった青雲堂の店にとびこんだ。ぐるりを見まわし、一番上等そうなノートを数冊、見るからに高そうな鉛筆削り器、おまけに兎《うさぎ》の形をしたとてつもなく大きな消しゴムを十箇《こ》ばかりもかかえこんだ。

「これ、つけといて頂戴《ちょうだい》な」

顔をだした青雲堂のおばさんに向って、彼女は押しだすように言った。

「まあまあ、なんですか、桃さま。そんなに消しゴムをどっさり……。鉛筆削りだって、このあいだお持ちになったばっかりでしょう？」

だが、いつもは説得力のあるはずの優しいおばさんの忠告も、このときばかりは効を奏さなかった。

「これ、みんな要るのよ。必要とするのよ。べつに文句を言われる道理はないわ。じゃあ、消しゴム十《とお》ね、わかった？」

桃子はあらあらしく蓮《はす》っ葉《ぱ》に言い捨てると、両手に一杯獲物をかかえ、そのまま店をとびだした。半町か一町、わき目もふらず歩いた。それから彼女は、ともすれば掌《てのひら》からこぼれ落ちそうになる兎の消しゴムの特有の柔らかさ、はずむような弾力を意識し、ふいに涙腺《るいせん》の辺りがこそばゆくなるのを覚えた。

しかし彼女は、なんだか邪悪げな色をその目に浮べ、肩をひとゆすりすると、こんなふうに挑《いど》むように心の中で呟《つぶや》いた。

「あたしゃ、アナーキストなんだからね」

第六章

海は、右手のほうの岩の重なる磯《いそ》では、底ごもりした重量のある吼声《ほえごえ》をあげていた。幾重にも連なっておし寄せる波は、つややかに濡《ぬ》れた暗褐色《あんかっしょく》の岩にぶつかっては白い飛沫《しぶき》をあげ、泡立《あわだ》ち、渦《うず》を巻いた。しかし、やや薄墨色《うすずみいろ》をおびたなだらかな砂浜のひろがるここでは、海はもっと穏やかな呟きを洩《も》らしていた。波のひいていったあとの砂地は、黒ずんで、際《きわ》どく脆《もろ》く平滑に輝いた。そこに足を踏みいれると、足裏は甘酸《あまず》っぱい感触のうちにもぐってゆき、そこらに無数に穴をあけた小蟹《こがに》の巣のように、こまかい気泡《きほう》をたちのぼらせるかと思われた。かたわらでは打上げられた海草が髪の毛のようにもつれ、すがた珍しい貝殻《かいがら》をごそごそとうごかす甲殻類《こうかくるい》が、また打寄せる波の音にあわてて首をひっこめた。

そして、微風が吹いていた。磯の香が身体《からだ》一杯にまつわりつき、遠くの方で、絵画に似た雲のたたずまいの下で、海が微妙にその色を変えた。しかし桃子にとって、恵みぶかい海浜の風物も感触も、もとより眼中にないのであった。海の与える愉悦を、あらゆる束縛の放棄を、彼女はおそろしく子供っぽい方法で享受《きょうじゅ》した。波打際で無性にばちゃばちゃやること、海水をひっかけあうこと、意味もない歓声、あるいは金切声をひびかせること、それ以外のことにおおむね彼女は無縁であった。

またそうした環境に彼女が置かれたことも事実である。そこは三浦半島の鄙《ひな》びた海水浴場で、女学校の同級生の家がひと夏を借りた民家に、桃子はじめ二、三の友達が半月の余も招かれていたのだ。大正十一年の夏で、彼女たちは三年生になっていた。同居の大人も気さくな人たちであった。同じ年齢の女学校仲間、小うるさい監督者もいないこと、そして夏と海とが、ひときわ彼女らの歓声を恣《ほしいまま》のものにした。

こうしたなんの煩《わずら》いもない日常のうちに、しかし桃子の心は、ふっとかげりを帯びることがないではなかった。その一つはこの年、基一郎が箱根の強羅《ごうら》に別荘を建てたのはよいとして、桃子は海から戻《もど》ったあとも、箱根へ行くことを許されていないことだった。別荘開きに招く客も多いからという理由で。――ところが桃子よりもずっと客の邪魔になるはずの幼い峻一《しゅんいち》は、気位の高いその母親と一緒にちゃんとそこで過していたのだ。

「どうせそうよ。どうせそうなのよ」

桃子は無意識に粗い砂をつかみ、目の前を横切ろうとする小蟹に投げつけた。

「わかっているわ。あたしには、なんだって、わかってるんだから」

しかし桃子の心にもっと衝撃を与え、柄《がら》にもなく、幾分霞《かす》んで見える水平線の辺りに視線をこらして考えこませたのは、去年の暮の聖子の結婚についての疑惑であった。

その結婚はいかにも秘密に包まれているように思われた。なるほど結婚は正式に行われた。しかし式に出むいて行った肉親は、基一郎夫妻に龍子《りゅうこ》、ちょうど帰省していた欧洲《おうしゅう》までで、桃子以下の子供たちは綺麗《きれい》さっぱりと省略されてしまった。楡《にれ》病院のもつ雑駁《ざっぱく》さに関しては慣れっこになっている桃子も、さすがにこのときはいぶかしく思った。そればかりでない、その日を境として、聖子は完全に楡病院から消失し、里帰りもなにも、二度と皆の前に姿を現わすことがなくなってしまったのである。

実際は桃子は、彼女にはどういう人なのかろくにわからない男のところへ嫁いでいった姉と、幾度も会っていた。下田の婆《ばあ》やに連れられて、かなり長い間市電にゆられ、ごみごみとした小路《こうじ》を通り、板塀《いたべい》がこわれかかっている小さな家へ着くのである。聖子を訪ねるとき、婆やはいつもかなり大きな風呂敷《ふろしき》包みを携えていた。嵩《かさ》ばかり大きいその内容は、泥《どろ》のついた玉葱《たまねぎ》、人参《にんじん》、その他の季節の野菜や果物、ときには袋に入れられた幾何《いくばく》かの米、あまり価値のあるものとてないが、下田の婆やが賄《まかな》いからそっと貰《もら》ってきたせい一杯実直な贈物なのであった。

煤《すす》けて饐《す》えた臭《にお》いのする形ばかりの台所に、そうした手土産の数々を運びながら、呟《つぶや》くように聖子がこう言うのが聞きとれた。

「婆や、ほんとうに済まないわねえ、いつも……」

「いえ、いえ、聖さま。とんでもございません、何もできなくて……」

二人はぼそぼそとしばらく語りあっているようだった。

一方、桃子はもの珍しさのほうが先にたった。書生たちの住む長屋よりもっと朽ちかけて小ぢんまりとした家、しかし六畳の居間には、それだけ目に立って新しい鳩《はと》時計があり、硝子《ガラス》ごしに洋書の並ぶ本箱がある。そして、やがて茶を入れ菓子を出してくれるよその人となった姉のものごしには、学習院と龍子の範疇《はんちゅう》に属していたかつての聖子には見られなかった、たぐい稀《まれ》な優しさが感じとれた。

うきうきと桃子は粗末な和菓子をほおばった。それから口早に、何から話してよいか戸惑いながら、学校のこと、米国《よねくに》のけちさ加減、峻一の憎らしさを、息をもつかず述べたてた。ときどき彼女は、知らず知らずとんでもない野卑な言葉を発し、我ながらはっとした。しかし、聖子はそれを叱《しか》らなかった。

「あら、そう」

「まあ、そう」

血色のよくない頰《ほお》に微笑を刻みながら、聖子はただ言葉少なくうなずいてくれた。もともと桃子はこの姉が嫌《きら》いでなかった。いま、よその家にお嫁に行ったこの姉の、かすかな微笑、今までになかった親愛の情は、桃子をはしゃがせるに充分なものがあった。

彼女は最後の菓子を頰ばりながら、もごもごと難ずるように言う。

「聖さま、どうしてうちに遊びにこないの？」

聖子は微笑した。言おうようなく優しく。

「ええ、ええ、そのうちにね」

かたわらから下田の婆やが声をかけた。

「さあ、遅くなっては申訳ございませんから、もうお暇《いとま》することにしましょう」

いつも、そそくさと婆やはこの家を辞するのだった。それからなにげなく、ちょうど桃子が夜店のバナナを買うことを禁ずるときのような調子で、

「聖さまのところへいらしたことは内証ですよ」と、念を押す。

こうした何回かの訪問を、数多《あまた》の泰西活動写真によるあまりにも豊饒《ほうじょう》な知識に照合せしめれば、桃子の脳髄も、次のような結論をくだすことは容易であった。聖子は両親の意にそわぬ結婚をしたのだ。そのための勘当、出入り差止め、弁士のいう薄幸の身の上にあるのだ。ああ、気色のわるい悪人ども！　その原因こそ、恋愛、「窓辺に死す」ほどの恋愛でなくてなんであろう。

桃子はほっとため息をつき、輝かしく藍色《あいいろ》にひろがる海を見やった。打寄せるものうい波音を聞いた。すると、彼女の頭の中には、こういう涙ぐましい考えが、抜きさしがたく形造られてくるのだった。

「あたしも恋愛をしなければ。聖さま、あなた一人を不幸のままにしておかないわ」

当時にしてはハイカラな、しかし全身を甚《はなは》だしくおおいかくす海水着の下で、かなりふくらみかけた乳房がわななくのを彼女は意識した。

その恋愛は、浜にころがる貝殻ほどに世に充満しているはずであった。この鄙びた海水浴場には人影とてまばらであったが、それでも恋愛の対象、日焼けしてひときわ歯の皓《しろ》い若者の姿には事欠きはしなかった。ある私立大学の合宿が、漁師の家を借りて開かれていたからである。

ほとんど最初の日から、桃子はその潑剌《はつらつ》とした群像のなかから、限られた一人を、けだかい神秘的な直感によって選びぬき、心に留めた。その若者は特に肌《はだ》がくろかった。何より目に立つことは、常に赤い褌《ふんどし》をしめていることであった。彼は抜手を切って鮮やかに泳いでゆく。ずっと深い沖のほうに飛込台が立てられてある。また白いペンキの剝《は》げかかった木の台が浮かされている。赤褌の若者はやすやすとそこまで泳ぎつき、しばらくその姿よい裸形《らぎょう》を陽《ひ》にさらしながら憩《いこ》っている。

あそこまで行きつくことができ、あのブイの上で、彼のかたわらで、ほんのしばらくでも一緒に波にゆられることができたなら。結果は火を見るよりも明らかだ。恋愛はそのとき確実に桃子のものとなるのだ。

だが、どうすることもできぬ障碍《しょうがい》がそびえていた。情けないことに、桃子は少しも泳げないのであった。ブイまで泳ぎつくことは愚か、彼女の身体は全然水に浮いてくれようとはしないのだ。更に腹立たしいことに、彼女ひとりのはずの聖なる思念を、彼女の友達たちがみな一様に抱いていることがわかったのである。「赤褌さん」と、思召《おぼしめ》しの若者のことを彼女らは噂《うわさ》した。不幸中の幸いとして、彼女たちのうち誰《だれ》一人として、沖合のブイまで泳ぎつく能力を持ちはしなかったが。

みんなは砂浜に寝そべって、あけすけに話しあう。

「ほらほら、赤褌さんがこっちを見ててよ」

「赤褌、なんて呼ぶのは気の毒じゃない？」と、一人が異議を述べたてた。「赤い褌、といったほうが素敵だわ」

「それなら、紅《くれない》の犢鼻褌《たふさぎ》よ」と、明星派《みょうじょうは》の歌人を父に持つ少女が言った。「たふさぎというのは、ふんどしのことなのよ」

へ、なにがたふさぎでございますかよ、と桃子は思った。憤然として熱した砂地から立ちあがり、海へ走った。

彼女は勢いよく、波打際のほんの浅いところにとびこんでいった。思いきって顔を海水につけ、死物狂いに手足で水を跳ねちらかした。だが、むっちりとしているはずの彼女の肉体は鉄と同様であった。たちまち、彼女は塩辛い水をしたたかに呑《の》み、むせながら腰までの海中に立ちあがった。

「ほんとにいまいましいったらありゃしない」と、片手で目に沁《し》みる海水をはらいながら、彼女は思った。「どうしてあたしは泳げないんだろう？　あのブイまで行きつけさえしたら！　あそこで恋愛が手招きしているというのに」

しかし、日ならずして、海浜のもつ闊達《かったつ》な空気は、ここに遊ぶ大学生と女学生とを近づけた。

とはいえ、それは個々の交わりではなかった。あくまでも集団と集団との接触であり、微細な海底動物が寄りあつまって別種の形態を形造るごとく、彼らという若者たちのすがたの中に、目に立つ赤い褌さえ埋没した。お互いに無言の契約でもあるかのように、みんなはそうした範囲の中で、ごくありきたりの、乳くさい遊びに興ずるのだった。

桃子もその例外ではあり得なかった。彼女はとびきり甲高い嬌声《きょうせい》をあげたが、他の女友達と同様、それは限られた対象に向けられたものではなかった。心の中はいざ知らず。

しかし桃子は、いよいよ海辺を去らなければならぬ日が近づいたとき、ちょっとした奸策《かんさく》を弄《ろう》した。この海岸に着いて早々写した彼女ら一同の写真の裏に、それぞれの姓名と住所を書き記したのである。

彼女はそれを、もっとも気安く話しかけられる河馬《かば》という渾名《あだな》の大学生に手渡した。

「これが、あたしたちの住所よ。一度くらいお手紙頂戴《ちょうだい》な」

それから、横にいる赤褌さんにむかって、桃子はなにげなく、だが無限の神秘的な祈りをこめて言った。

「ねえ、あなたもよ。忘れないでね」

――企《たくら》んだとおりの効果はあった。桃子が暑い盛りの東京に戻り、残余の夏休みを仕方なく米国などと共に過していると、大学生たちから絵葉書がきた。もっともそれは形どおりの寄せ書であり、安田というごく平凡な赤褌さんの名も並んでいたが、おそらくは同様の葉書が彼女の女学生仲間のところへ送られたことは間違いなかった。しかし、自信満々桃子は待っていた。自分は絶世の美貌《びぼう》というわけにもいかないが、なかなか人好きのする魅力に欠けることはないと彼女は信じていたし、それを裏書するように、その年の春、見知らぬ男から手紙を貰ったこともあったのである。

その痩《や》せて陰気そうな男は、学校帰りの彼女の前にすっと近づいてきて、一言もいわず白い封筒を手渡した。開いて見るまでもなく、恋文だな、と彼女は直感した。内容は一度ゆっくりお話したいから何時《いつ》どこそこでお待ちしているというもので、末尾に和歌が三首記されてあった。その意味が彼女にはどうしても汲《く》みとれず、書き写したものを書生の誰彼に見てもらったがそれでもわからず、なにより気味のわるそうな男だったから、彼女はわくわくはしたものの、結局指定の場所へ行くことをしなかった。それきりのことで、その男は二度と彼女の前に現われなかったが、大いに桃子の自負を強めるのに貢献したのである。

だが、赤褌さんの手紙はなかなか来なかった。信じがたく、理不尽なことではあるが、手紙がこないのは事実であった。病院の裏手の樹々《きぎ》には、油蟬《あぶらぜみ》がすでに倦《う》み疲れたような声を立てていた。それから、小柄なつくつく法師が慌《あわただ》しげに鳴いた。それはもはや夏も終りに近づきつつあることを告げる晩鐘でもあった。

「ねえ、あれはツクツクホーシって鳴くのか、それともオーシーツクツクなのか、教えてあげようか？」

と、黐竿《もちざお》を手にした米国が、金壺眼《かなつぼまなこ》をくるくるとまわして、賢《さか》しらげに言った。

「うるさいわねえ。そんなこと、どっちだっていいじゃないの！」

いたく機嫌《きげん》を損じながら、桃子は思った。——赤褌さんって、あんがい血のめぐりがわるいんじゃないかしら。それにしても、まさか、あたしの魅力に気づかないなんてこともあるまいに。

夏休みも残り少なくなり、さすが自信家の桃子の信念もぐらついてきたころ、一通の封書がきた。裏を返すと、墨で大きく安田生と書いてある。人員の多すぎる楡病院のもつ大まかさは、男文字の封書であってもなんの支障もなく彼女の手元にとどけさしたのだ。

感激は予期したほどなかった。なにぶん桃子は性急な期待を持ちすぎ、いい加減待ちくたびれすぎたもので。

ただ彼女は、こんなふうに思った。

「それごらんなさい。ちゃんとこうなるのよ。あたしがこうと思ったことは、ちゃんとそうなっちゃうんだから」

幸いなことに、このたびは和歌は見当らなかった。愉《たの》しかった海の生活をときどき追想している、自分の家は渋谷にあるが、友人が住んでいるため屢々《しばしば》青山を訪れる、このあいだお宅の病院のまえを通り、あなたのことを思いだした、というような文字が几帳面《きちょうめん》に記されてあった。

「わざわざ調べにきたんだわ」

と、桃子は考えた。

「うちの病院が大きくて資本家なのはまずよかった。これで貧しい長屋にでも住んでいれば、それこそ薄幸の身になるのだわ」

友人の家はお宅とごく近い、何日にも友人を訪ねる約束だが、夕刻早くには元ノ原をしばらく散歩するつもりだ、原っぱのはずれに大きな松の木があるが、もしその辺でばったりお会いすることでもあったら非常に嬉《うれ》しいと思う、とその手紙は結んであった。べつに彼女のことを讃美《さんび》したり、ローマン的な文句はなかった。

「男なんてみんな不良よ」と、桃子は片手でちんまりとした鼻の下をこすった。「誰もが似たようなことを書くんだわ。どんな女でも、そんなところへのこのこ出かけてゆくとでも思っているのかしら。それに、元ノ原なんて病院のすぐ前じゃないの。ほんとに常識がない」

しかし、一刻が過ぎると、彼女は急速に落着きを失った。潮風にやけた彫りのふかい安田の顔立ち、朗らかな声の抑揚がよみがえってきた。いったん蔵《しま》った手紙をとりだし、怕《こわ》いものでも見る気持で、三たび読み、四たび読んだ。すると、まだ髪を二つにわけ三つ編みにして背に垂らしたこの恋愛の権威者は、まったく頼りのない、自分で自分におろおろする、目的もなにも夢のように霞んだ恋する乙女に変じていた。

その夕べ、彼女は浴衣《ゆかた》姿のまま、ひそかに家を出た。あらたまった恰好《かっこう》をするのは憚《はばか》られたからである。元ノ原の隅《すみ》にはわずかに蜻蛉《とんぼ》とりの子供らがたむろしていた。原っぱを我知らず足早によぎってしまうと、人気《ひとけ》のない小学校の横から交番の前にかかる。サーベルを吊《つる》した警官がじろりとこちらを見る。そこで大急ぎに通りすぎ、青雲堂の前も夢中ですぎ、電車通りまで出てしまった。それから、ずいぶんと迂遠《うえん》な廻《まわ》り道をして、再び元ノ原の近くまで戻ってきた。

夏の日はなかなか昏《く》れない。かなり遠方から、松の木の下に立っている若者を見つけた。やはり白っぽい浴衣姿である。うしろ姿を見せ、つまり病院の方角をむいて佇《たたず》んでいる。

「あたしを待っている。ああして一人の男があたしを待っている」

すると、たいそう得意な気持と、自分が活動写真の一員でもあるような余裕がたちもどってきた。

彼女はいつもの桃子にかえり、近づいて、充分に落着きはらった声をかけた。

「あら」

それから、こちらをふりむく相手の顔も見定めずに、まっかな嘘《うそ》を、何喰《なにく》わぬ顔で元気よく口にした。

「あたし、ちょっと用足しに行ってきたのよ」

しかし次の瞬間、彼女の語尾は尻《しり》すぼみになり、どうにもばつのわるい戸惑いを感じた。

ふりむいた相手が別人だったわけではない。それはたしかに安田であった。だが海浜で奔放な陽光をあびていた赤褌さんとは、全然違った人のように思えた。黒く日焼けしていた顔の色がかなり剝げてしまっているためであろうか？

「やあ」

と、相手は言って、ぎこちなく白い歯を見せた。

だが、なんとなく全体がちぐはぐであった。海浜の闊達な空気はここにはなく、そして二人は、別種の生物であった大学生たちと女学生たちではなく、生れてはじめて出会った桃子と安田なのであった。

若者は、女学生たちから畏敬《いけい》の目をもって見られたのびやかさ、引き緊《しま》った筋肉と赤褌の威容を跡形もなく失って、ほとんど吃《ども》った口ぶりで言った。

「お元気ですか？」

すると、こちらの少女も、自分ながら他人がしゃべっているとしか思われぬ声をだした。

「ほんとに、お久しぶりでございます」

しかし、彼女はすっかり度を失ったわけではなく、やたらとどきどきする体内のどこかにひそんでいる天然の桃子は、同時にこんなふうに舌打した。――どこかが可笑《おか》しいわ。こんなはずではないはずだわ。早く、早く、それを取戻《とりもど》さなくては。

青年と少女はぎくしゃくとどうでもいいような会話を交わし、それでもつつがなく、二人並んで歩きだした。病院とは逆の方向、小学校の横から南町の停留所のほうへむかって歩いた。ようやくたそがれてきて光を失った水色の空に、小さな蝙蝠《こうもり》の影がよぎった。

桃子は、あ、蝙蝠、と口にだすつもりだった。いつぞや見た泰西活動写真に於《おい》ては、女が、あ、燕《つばめ》、と言うのであった。しかしどういうわけか、その単純な言葉がとっさに口から出ず、彼女は地蹈鞴《じだんだ》を踏む思いがした。

面《おも》はゆい沈黙を破って、ぼつりぼつりと安田が口にする文句は、おそろしくありきたりの言葉ばかりであった。桃子の友達たちは元気でいるか？ 東京の夏は暑い。夏の終りは殊《こと》に暑い。それでも日が暮れてくると日中よりはしのぎやすい……。

まあ、なんてことでしょ、と天然の桃子は思った。あたしは赤褌さんを見損《みそこな》ったわ。この人は、いざ一人となると、女の前で口ひとつきけない、つまらない、意気地のない、哀れな、見すぼらしい男にすぎないんだわ。

しかし、もうしばらく並んで歩くと、彼女の心にはまた別種の考えが、喜ばしく抑えがたく、湧《わ》きたつようにおしのぼってきた。それは決して桃子の一人よがりだけともいえぬ、ふしぎな本能による誤つはずのない直感であった。

この人は本当にあたしを愛している。本当に恋してるのだわ。だからどぎまぎして、こんなふうに固くなってしまっている。そうよ、それが恋愛というものなのよ。

それゆえ彼女は、それまでに見聞きした恋愛のあらゆる知識を動員して、それとなくつつましく、だが情熱をこめて、安田にぴったりと寄りそって歩いた。ときに下駄《げた》の鼻緒でも切れてつまずいたかのように、行き悩んだ仕種《しぐさ》までした。だが、反応はなかった。安田の態度も言葉つきも、はじめと少しも変るところがなかった。

桃子はいらいらと考えた。――ほんとに不器用ったらありゃしない。いくらなんでも、手ぐらい握ってもいいころなのに。

それからこう思った。――この人は活動写真ひとつ見たことがないのだわ。きっとそうよ。だからこんなになんにも知らないのだわ。

「活動写真を、御覧になります？」

と、天然でない桃子は、つつましやかな声をおしだした。

「活動ですか」と、ようやく若者は、かなりぎこちなさのとれた調子で言った。「ぼくは滅多に見ないなあ。……そう、カリガリ博士は見ました。あれは面白かった。新芸術表現派の映画ですね」

新芸術表現派という言葉にはぎくりとしたが、カリガリ博士という一語を聞くと、桃子の抑制は瞬時にして吹きとんだ。

「カリガリ博士！」

と、彼女は大きな声をだした。

「あれをあたし見損っちゃったの。だってあたし……ほら、新聞に写真がでてたでしょ。カリガリ博士ってこわい顔してるでしょ?」

「そう、ちょっと不気味ですね」

「それから、眠り男セザレよ。眠ってる女を殺そうとしてるとこよ。厭《いや》よ、あんなの。あたし、とても見る気がしなかった。……だけど、本当は見たかったの。惜しいことしちゃった。あたしはちゃんと知ってるの。カリガリ博士になったのは、名優ウェルネル・クラウスよ」

「さあ、……忘れたな」

安田は、いささかあっけにとられたように呟《つぶや》いた。しかし、いったん歯車が外れたとなると、桃子はもう相手の顔色を窺《うかが》う余裕がなかった。

「ほんとは、あたしのうちは芸術に縁遠いのよ。お兄さまが言ってたわ。でもその兄だって、出鱈目《でたらめ》ばっかり。夏目《なつめ》漱石《そうせき》の『出家とその弟子』なんて、……あたし、本屋に買いに行ったのよ。そしたら店員に言われたわ。そんな本はありません、別の著者の同じような本だったらありますって」

安田は半ば訳がわからず、仕方なさそうに、うつろな笑い声を立てた。

「でも、なにも新芸術でなくっても、面白い活動写真はたんとあるわ。『暗黒の妖星《ようせい》』

ってご存じ？」

相手は首をふった。

「名花マリオン・デヴィス嬢よ。一回見たら、きっとあなた好きになることよ。あたしは、アントニオ・モレノだけども。それはあたしが女だから仕様がないわ。まだまだいくらも面白いのがあるわ。『ハリケーン・ハッチ』なんて。それからロイドって途方もないのよ。あ、それどころじゃなくて、もうすぐデブ君が日本にくるんですって。活動写真じゃなくて、本物のデブ君がくるのよ。浅草の『ニコニコ大会』で挨拶《あいさつ》するわ。これはもちろん見に行かなくちゃ……」

桃子はほとんどとめどがなくなった。あとからあとから野方図に言葉がおし寄せて来、もはや恋愛すらも二の次になった。安田はしかし、苦情もいわず、その辺の小路《こうじ》を二人して並んで歩きながら、彼女の活動写真に関する博学な弁舌に熱心に聞き入っていた。少なくとも桃子にはそう思えたのである。

気づいてみると、辺りはかなり薄暗くなりかけていた。

「あら」と、桃子はびっくりしたように言った。「ずいぶんもう遅いわ」

こういうところが大事なのよ、と同時に彼女は心の中で合点《がてん》をした。良家の子女がつつしみを忘れちゃあね。

「本当だ」と、安田も言った。「うっかり話に夢中になっていて……。お宅の前までお送りしましょう」

桃子は慎みぶかくそれを辞退し、ちょっと言い争った末、結局元ノ原まで送ってもらうことにした。すでに蜻蛉とりの子供らの姿も消え、わずかに昏《く》れのこった上空に蝙蝠の影のみちらちらする原っぱのはずれで、二人は握手ひとつせずに別れた。

「とても愉しかったわ」と、桃子は実感にあふれた声をだした。「またお散歩しましようよ、ね？」

「手紙を出します」と、相手は生真面目《きまじめ》な顔つきになって言った。

「あ、それならね」と、桃子は甘ったるい声で言った。「封筒には女みたいな字、書けない？　女の名前のほうがいいわ。たとえば安田敏子とか……」

ほんとにこの人は恋愛の素人《しろうと》で、一々教えてあげなくちゃね、と彼女は心の中で思った。安田は笑って、受けあった。……

家に戻ると、彼女の額はふしぎな疲労のようなもので燃え、しかし身体の節々まで自分のものでないかのように軽かった。下田の婆《ばあ》やが食事に遅れた彼女を叱《しか》ったが、一言も口答えせず、せかせかとした食欲をみせて、茶碗《ちゃわん》や皿《さら》を空にした。

「今日はいくらなんでも活動写真の話ばっかししすぎたかしら？」

と、しばらく経《た》って彼女は考えた。

「でも、あれでいいんだわ。あの人はもっと活動を見なくっちゃ。そうだ、そのうちに二人で活動を見に行こう。そうすれば、もちろん……」

こうして、やがて新しい学期が始まってからのちも、幾度か二人は楡病院の近所で落合い、乳くさい、なんということもない一刻の散歩を共にした。

安田の態度には、さしたる変化も見られなかった。桃子にとっては、煮えきらぬ、物足りぬ、歯がゆいものと感じられたが、それは単に安田の見かけによらぬ内攻的な性格からくるものらしかった。しかし桃子は、それを活動写真による知識の欠如からくるものと解した。

そんなわけで、いつも彼女は活動写真の話をしだしてしまい、それも滔々《とうとう》と、ため息をついたり、手をひろげたり、小鼻をひくつかせたりしながら、息をもつかず述べたてるのであった。すっかり自分自身夢中になってしまい、気づいてみると、折角の恋愛の権威者としての演出もなにも忘れてしまっていて、もう別れねばならぬ時がきていた。

だが彼女は、こういう会話もした。

「安田さんは、何を勉強なさっていらっしゃるの？」

経済学を学んでいる、という返事であった。

「経済ねえ」

と、彼女は自信なさそうに呟いた。それがどういう学問であるかよくわからぬが、少なくとも病院とはあまり関係がありそうもない、と彼女は考えた。そして自分の父親基一郎が、娘を医者以外の者に喜んで嫁にやろうはずもないことを、最近では彼女もよくわきまえていた。

ふいに、勢いこんで桃子は尋ねた。

「それなら、会計と関係があるんじゃない？」

「かいけい？」

「会計よ。ほら、お金を勘定したりする会計よ」

安田は珍しく高らかな声を立てて笑い、それは関係がまるきりないことはない、が、またどうしたわけで？　と訊《き》いた。

桃子は何も言わなかった。しかし彼女の脳裏には、あの誰《だれ》から見ても頼りなげな、胡麻塩《ごましお》頭の、楡病院の会計係大石に代って、この青年がいかにも好ましい様子で、金庫を背に事務室の机の前に坐《すわ》っている光景が、すばやく描かれて消えたのである。

——だが、こうした桃子の行状が、かなり広範囲にわたる楡病院関係者の目にまったく触れぬということはあり得なかった。ほどもなく「奥」へひとつの報知が行き、つづいて、こういうことが起った。

それまで易々《やすやす》と桃子の手に渡っていた安田の手紙は、彼女のもとまでとどかなかった。そのため彼女は露ほども知らなかったが、ある夕方、楡病院の威嚇《いかく》的な鉄柵《てっさく》の門を、院代勝俣秀吉《かつまたひできち》が、このときばかりは腕を背中に組まず、なにか急ぎの用でもあるかのようにひょこひょこと出てゆくのが見受けられた。

秀吉は元ノ原を通り、青南小学校の横手を南町のほうへ辿《たど》った。それから彼は歩度を落し、探るように試すように、縁なし眼鏡の奥から前方をすかして見た。小学校のはずれにポストがある。その横に、大学の制服を着た青年が人待顔《ひとまちがお》に佇《たたず》んでいる。

勝俣秀吉はしてやったりというふうに頷《うなず》いて、持前の鶴《つる》のような足どりでごくゆっくりと近づいて行った。その瘦《や》せて小柄《こがら》な姿は、それから急に思いきってずかずかと青年の前に歩み寄り、なにか声をかけたようだった。長身の相手はいぶかしげに秀吉を見下ろし、返事をする。すると院代勝俣秀吉は、その腕をうしろに組み、せい一杯背筋をそらすようにして、何事かをしきりと述べはじめた。

そうして二人はかなり長いこと向いあって話していた。大半は秀吉が話した。青年はうつむいて、怒ったような表情で下駄を突っかけた自分の足先を見つめていた。最後に決りがついたようだった。青年は乱暴にくるりと身体《からだ》のむきを変え、相当の歩幅で、暮色の漂いはじめた通りを遠ざかりはじめた。その姿が角を曲って見えなくなるまで、秀吉は背筋をのばしきったままの姿勢で、ポストの傍《かたわ》らにせい一杯の威厳を見せてかまえていた。それから彼はかすかにうなずいた。これでよし、というように……。

　このとき以後、桃子の手元には待ち望んでいるなんの通知もやってこなかった。彼女は手紙を書いた。二度書き、三度書いた。にもかかわらず好ましい青年の便りはなかった。少なくとも彼女のもとにはとどかなかった。

　混乱と疑惑、絶望と憤激が、こもごもに桃子を襲った。一度彼女は、住所を頼りに安田の住む界隈《かいわい》を訪ね、一軒一軒表札を見て歩いているうち、急に居たたまれぬ気持になり、逃げるようにしてその場を去った。夜、桃子はまだ婆やと弟と三人で一室に寝る。下田の婆やの豊かすぎる鼾《いびき》は、このところひときわ彼女のいらだたしさを助長させた。

「きっとほかに女ができたのだ」と、彼女は闇《やみ》の中に目をこらし、あまり良家の子女らしからぬことを連想した。「男なんて、みんな不実なのだ」

　それからまた思った。

「あたしはあんまり活動写真の話をしすぎたのかもしれない。あの人は活動が嫌《きら》いだったのだ」

最後に、彼女は口惜しさに痛いほど唇《くちびる》を嚙《か》みしめながら、こう心に誓った。

「なによ、あんな見かけ倒しの赤褌なんか。この世には男なんていくらでもいる。いいわ、もっともっと恋愛してやるから。あんな男、見返してやるから……」

桃子の決意とはまったく意に反した破綻《はたん》、それだけ劃然《かくぜん》として物事の決着をつけた事件は、意外と早くきた。

秋がようやく深まっていた。基一郎自慢のラジウム浴場のわきに屹立《きつりつ》する銀杏《いちょう》の大木は、こまやかな濃い黄にその葉の色を変えた。朝晩は肌寒《はだざむ》いまでに冷え、近所の原っぱから賄《まかな》いの残飯をあさりにやってくる野良犬《のらいぬ》の毛は、屢々《しばしば》前夜の雨に濡《ぬ》れてうす穢《ぎた》なくこびりつくようにねていた。

そのような季節の変化には桃子は影響を受けはしなかった。ようやく不埒《ふらち》な心の痛手――と彼女は思った――から脱却したこの楡家の末娘は、幼く背に三つ編みを二本垂らす髪型から、上級生の一束にして髷《まげ》をつけるやり方に改めていた。彼女の髪は有《あり》難《がた》いことに漆黒で、その長さを友達と競っても滅多にひけをとらなかった。本当にこの髪は誰にだって負けやしないわ、と誇らしく思いながら彼女は、その頃《ころ》買って貰《もら》った晴雨計の玩具《おもちゃ》を眺《なが》めながら考えるのだった。

その独逸《ドイツ》製の科学玩具《がんぐ》は、ちょうど平和博覧会文化村にあった洋館のような東屋《あずまや》で、可愛《かわい》らしく精巧に造られており、晴天のときは戸口からノートを持った女学生が現われ、雨天には洋傘《ようがさ》をさした紳士が現われてくる。だが当然の遊動桿《ゆうどうかん》の仕組、つまり運命のいたずらによって、女学生と紳士とは決して出会うことはないのである。

「それだって、いくらでも方法はあるわ」と桃子は考える。「いざとなれば、あたしは女ボーイにだってなっちゃうんだから」

当時は女ボーイなどというふしぎな呼称が一般に行われていた。桃子は新聞の広告欄で「月収八十円以上」と読み、これだけあればどれほど活動写真を見られるかと考えた。また南米移民――その大部分が休職軍人とのことであったが――の花嫁捜しの記事までも、桃子はいやに丹念に読みふけるのだった。とにかく、親の定めた婿《むこ》など《き》にそっぽを向くこと、自分自身で男を捜すこと、それがなにより大切であり肝腎《かんじん》なことなのだ……。

ある土曜日の昼すぎ、もちろんすぐ遊びに出かける気で、桃子は太平楽に、活潑《かっぱつ》に、勢いこんだ顔をして学校から戻《もど》ってきた。

すると、すぐ「奥」へ呼ばれた。

そこで彼女を待ちもうけていたものは、まことに破天荒な耳を疑う事柄、文字どおりの青天の霹靂《へきれき》、いかな泰西名画台本にしても滅多に想像を許さぬ、しかしどこまでも厳とした一つの事実であった。これからすぐ彼女は、誰でもない高等女学校三年生の当の本人の桃子は、仮祝言《かりしゅうげん》をあげるというのである。

これこそ楡基一郎独特の謀略、しかし彼にしてみればごく当然の、先見の智慧《ちえ》にあふれた決定なのであった。桃子には聖子の二の舞を踏ませてはならない。それにこの末娘は、どうもある方面が早熟で、しかもこれまでの一、二の事実が証明するようにけっこう男好きがするのではないか。そうしてみれば基一郎が、世間一般の人間より遥《はる》かにすばやく反応する自分の指先を早手まわしにうごかしたのは当然である。あたかも将棋の駒《こま》を動かすように、――基一郎はもとから将棋を好んだが、この楡病院の創始者は往々にして、相手の隙《すき》を窺《うかが》い、二つの駒を一遍に移動させることは周知の事実なのであった。

それにしても、桃子の受けた衝撃は大きすぎ、誰彼があれこれと指図するのに、ほとんどぼんやりと、なんの意志もないあやつり人形同様に従った。ただ、涙がとめどなくこぼれた。有名な彼女の造り物みたいな大粒の涙は、あとからあとから両の目にあふれ、頰《ほお》をつたい、頤《あご》から床にまで滴《したた》り落ちた。

「一体、誰と？」

この気の毒な、無理からぬ、だが事情を知らぬ者にとっては滑稽《こっけい》な質問は、ずいぶんしばらく経《た》ってから、呆《ほう》けたように彼女の唇からおしだされた。

「高柳先生ですよ。とてもそれは立派なお方ですよ」

基一郎が心安く「おっかさん」と呼ぶ、むかし彼が本郷に開業した頃から親しくしている「神田のお婆さん」が、ちっとも慰めにはならぬことを、持前のがらがら声で告げた。

それじゃ金沢清作でも韮沢《にらさわ》勝次郎でもなかったのだ、と桃子はかすかに思った。高柳先生？　すると彼女は急にはっきりと思いだしてきた。

その年の六月、彼女は手の甲にかなり大きな粉瘤《ふんりゅう》を生じ、慶応病院の外科へ行って切開して貰ったことがある。そのときの医師が高柳なのであった。彼女はそのあと何回か薬を塗りに通ったが、最後の日、担当の医者はきさくに言った。

「今日はこれで医局もおしまいだから、ひとつ桃子さんに御馳走《ごちそう》でもしましょう」

もちろん桃子は大喜びだった。基一郎は高柳をよく知っているし、そのため彼の許《もと》へ施療《せりょう》に行かされたのだし、なにより附添《つきそ》ってきた下田の婆やまで二つ返事でそれを許したのであった。二人は浅草へ行き、帝国館で洋物を観《み》、浅草パウリスタで洋食を食べた。

桃子は上機嫌《じょうきげん》でこんな知識まで披露《ひろう》してみせたりした。

「カフェー・プランタンて、貨幣不足不足《かへいたらんたらん》てわけなのよ。カフェー・パウリスタは、貨幣放《ほう》り出した、よ。ね、お金がみんななくなっちゃうでしょう？」

「面白《おもしろ》いことを知っていますね」

広すぎる額と横手に甚《はなは》だしく突出した耳をもつ相手は、にこやかに相槌《あいづち》を打った。

高柳はもちろん楡病院まで送ってくれ、桃子は、額と耳に難点はあるものの、なんという優しい人だろうとこの医師のことを考えた。

その高柳が、いま、いきなり眼前に、のっぴきならず現われてきたのである。してみると、謀略はすでにあのときから企《たく》まれていたのであろうか。下田の婆やまでそれに加担していたのであろうか？

それは当らずといえども遠からぬ思考であった。高柳四郎は仙台《せんだい》の近在の酒造りの家の出である。彼が属目《しょくもく》するに足る医師であること、実家が決して繁栄していないこと、年齢は十四ほど違うが、いずれも基一郎の目鼻にかなう事柄といえた。それに基一郎は外科医も一人は身内にかかえておきたかったのである。脳病科にもいずれは外科手術を要する時代がくるにちがいない。基一郎は例によってざっくばらんの言種《いいぐさ》をした。君、ぼくの婿養子になり給《たま》え。末娘を君にあげる。そうすれば、いずれは君を留学させてやる。

だが、さすがの基一郎にしても、このように事を速やかに行うつもりでもなかった。まことに天晴《あっぱ》れにも粗雑な仮祝言を電光石火に挙行する気になったのは、桃子の行状を彼は彼なりに大形《おおぎょう》に憂《うれ》えたからである。

一方、桃子はようやく、総身《そうみ》がわななくほどの悔しさを覚えだした。なんという陰謀、なんという陥穽《かんせい》、ついに彼女は涙ばかりでなく、ひきつけたような嗚咽《おえつ》を洩《も》らしはじめた。みんなが、彼女をなだめたりすかしたりした。珍しく母親までが傍らにきて、優しげな声をかけた。下田の婆やは背後でおろおろしていた。父親はちょっとだけ支度の間に顔をだし、そして言った。「なんでもいい、なんでもいい」

そんな間にも、奥づとめの女中が、桃子の髪を耳隠しに結った。髪結一人呼ばれていなかった。神田のお婆さんだけが、がらがら声でてきぱきと指図をした。桃子の涙はとまらなかった。その大量の水滴は、ぶ厚く塗られた化粧を片端から洗い汚した。

桃子は恋愛とは別箇《べっこ》に、自分の披露宴のことをそれなりに夢見ていた。それは芝の紅葉館か築地《つきじ》の精養軒で行われる、そして自分自身見惚《みと》れるであろう花嫁衣裳《いしょう》……。

ところが怖《おそ》ろしいことに、このたびは、世の花嫁の丹念な姿づくりの閑《ひま》さえなかった。彼女はなんだか見たことのあるような黒地に鶴模様の五つ紋の振袖《ふりそで》を着せられた。おそらく聖子の古物でもあろう、帯だけはかなり見栄《みば》えのする朱の金襴《きんらん》の宝尽し模様。

それから娯楽室へ連れてゆかれた。百二十畳の広間の中央どころに、向いあって二列にそれぞれ十名ほどの人数が、朱塗の膳《ぜん》を前にして坐っていた。四方八方、いかにもだだっ広くむなしく、それだけそらぞらしい眺めといえた。

だが、桃子にとってはもとよりそんな光景も目に映じはしなかった。正面に坐らされる。左隣には神田のお婆さん、右隣には濃い茶の背広姿の高柳が坐る。極めて略式に事は運んだ。桃子は半ば虚脱状態にあり、神田のお婆さんが盃《さかずき》を取らしたり置かしたりするのを夢うつつに感じ、筥迫《はこせこ》の房の朱色のみを見つめて過した。涙だけは依然としてひっきりなしに溢《あふ》れでた。彼女にあっては、涙が涸《か》れ尽きるということを知らず、物理現象の許す範囲にひときわ大粒の水滴となってこぼれ落ちるのであった。

宴が終り、着更《きが》えをし、玄関先へ連れて行かれると、もはや暮色というより夜となっている庭先に、人力車が二台用意されていた。

夢魔のなかのように俥《くるま》にゆられながら、桃子はぼんやりと思った。

「これはすべて父の策略なのだ。高柳先生はそんな悪い人ではない。よく説明すれば、きっとわかってくれる……」

どこか方角さえも定かでないが、とある料亭《りょうてい》に俥はとまった。

そこで桃子は、現在自分の身に起っている事の成行きが、決して幻や架空のものではなく、取返しのつかぬ決定的な真実のものであることに遅ればせながら気がついた。次の間の中央に、けばけばしいまであでやかに目にとびこむ色彩の寝具が、ただ一組とられているのを彼女は確かに見たのである。

それを垣間見《かいまみ》た瞬間から、桃子は我を忘れた。自分が何をし何をしゃべったのか、彼女はほとんど覚えていない。ただ彼女は常軌を逸して我武者《がむしゃ》らに、同じように被害者ともいえる高柳の胸を拳《こぶし》で叩《たた》き、遮二無二《しゃにむに》泣きじゃくりながら、きれぎれの言葉で、懇願し、哀訴し、嘆願した。一体なにを？　自分はまだ女学生の身なのだ、せめて学校を出るまで潔《きよ》い身でありたい……。そうしたことを、彼女は長いこと貯《たくわ》えてきた性の知識の恐怖に身をこわばらせながら、綿々と訴えたのである。

男はなんとか彼女を落着かせようとした。だが無駄《むだ》であった。楡基一郎先生が与えてくれたこのお嬢さんは、まったく途方もない迷惑至極な有様を示していた。ようやくのことで高柳は、なおも夢中で自分を叩こうとする少女の両の手を捕え、桃子さんの言うことはよくわかった、自分はあなたの意志を決して踏みにじりはしない、と何遍も繰返さねばならなかった。

高柳はむっと怒ったような顔つきで——事実彼は立腹していたのである——女中を呼び、もう一つ別に床をとらせた。それでも強情な小さな花嫁は横になろうとしなかった。高柳は自分が先に床にはいり、幾度も先ほどの誓約を反復し、風邪をひくから寝るだけ寝るようにと説得しなければならなかった。

桃子は涙に腫《は》れた目をこすり、別室で寝着に着かえた。それからまた数多《あまた》の活動写真による知識を反芻《はんすう》し、いったんとった帯をぐるぐると寝巻の上から下半身に巻きつけた。全身を固くし、離れた蒲団《ふとん》の中にもぐりこんだ。

瞬時も警戒をとかず、彼女は緊張して待っていた。隣の寝床の男もさすがに寝つかれぬらしく、ごそごそと身動きする気配が感じられた。ずいぶんと長い時間が経っていったように思われた。ようやく彼女は寝息らしいものを聞きとった。それが果して狸寝入《たぬきねい》りであるのかどうか、彼女はじっとまた長いことときき耳を立てていた。寝息は次第に大きく、ときどき断続して鼻にかかる鼾まで洩れてきた。

ひとつの安堵《あんど》が、桃子の悲しみ、悔しさをあらためて蘇《よみがえ》らせた。ぐったりと疲れきり、精も根も尽きはてたような虚脱感に襲われながら、彼女は思った。

「あたしは……はじめは……この人を決して嫌いじゃなかったのだ。それにしてもお父様は……ひどい……なんてことを……なんてまたひどいことを……」

しばらく絶えていた大量の涙が、またもやとめどなく圧倒的に溢れてき、彼女の枕《まくら》をしとどに濡らした。

第七章

徹吉《てつきち》は、夢を見ていた。

映像は漠《ばく》としながら、ときに意外に野方図に鮮明になったりした。おれは夢を見ている、そうかすかに意識にのぼることもあったが、また朦朧《もうろう》とたゆたってゆく写像の流れに誘いこまれ、身をゆだねた。

ねこ柳の花穂《かすい》がふくらんでいる。現実にはあり得ぬほどふくらんだその花穂は、半ばの係恋《けいれん》、半ばの疎遠《そえん》の感を持ち、なまめかしく銀色にひかるのである。麗《うら》らかな陽光が照りつけている。長いあいだ雪に閉ざされる東北の山村にあっては、待ちわびた、一種の香りさえもつ、恩寵《おんちょう》のような光線である。そのくせ村道は雪どけのぬかるみであった。朝のうちはまだ凍っている。それが溶けてくると、泥《どろ》まみれの足はずぶずぶともぐって歩行に難儀を覚えた。草鞋《わらじ》がすでに切れかかっている。そうして、彼の行く先の尋常高等小学校は、まだ小一里もあるのである……。

徹吉は、一度目覚めたようだった。というより、半覚醒《はんかくせい》の状態で、今し方のパノラマにも似た夢をうつうつと反芻《はんすう》した。

このところ、ひっきりなしに、毎晩のように夢を見る。その対象が次第々々に、むかしへ、過去へと遡《さかのぼ》ってゆくようである。

はじめは、時おり妻子の夢を見た。龍子《りゅうこ》はいやに傲慢《ごうまん》な顔つきをして彼と諍《いさか》いをする。些細《ささい》な原因の諍いだが、むこうのほうが口早に、間断なくしゃべりたてる。その像に向って、こうも言ってやろう、ああも言ってやろうと思っているうち、目が覚めてしまう。峻一《しゅんいち》はもっとしばしば夢に出てくる。別れたときは六歳であった。幼稚園へ行くのを厭《いや》がってよくむずかっていたが、その顔をくしゃくしゃと歪《ゆが》めて泣こうとする瞬間の顔貌《かおかたち》が、幾度か夢に現われた。基一郎も出現することがある。もったいぶった様子で近づいてきて、なにか言いかけるが、そのままくるりと向うをむいて、小暗い宮殿のような建物の中へ歩いていってしまう。

ところが半年ほど前から、もっと古い時代が夢に現われてきた。本郷にあった楡《にれ》医院のランプの吊《つる》されたくすんだ書生部屋の一隅である。誰《だれ》と名を言えぬ書生が、雑書を背負って廻《まわ》ってくる貸本屋から、数冊の書物を、おそらくは浪六《なみろく》もの、涙香《るいこう》ものらしい書物を受取っている。と、そのとき、たしかに夢に嗅覚《きゅうかく》が働いた。徹吉が上京した当時、その箱の中に美人や万国の兵士の附録絵がはいっているため印象に残った、パイレートという舶来の煙草《たばこ》の煙の香である。少年の身にとって香ばしいような甘酸《あまず》っぱいような、ふしぎな執着のもたれる香りである。また顔立ちははっきりしないが下田の婆《ばあ》やもその辺りにいる。まだ若く、白い看護衣をつけて片手をあげて書生に指図している。

下田ナオは、上京したばかりのおどおどとした少年の自分にむかって、「東京ではお餅《もち》のことをオカチンと申します」などと、やや小生意気な口調で教えてくれたものだったな、と目覚めてから徹吉は追憶を蘇《よみがえ》らせてみたりもした。

そして、ここ最近、夢はさらに過去へと遡った。

こごった雲に半ば閉ざされた蔵王《ざおう》の峰が現われることがある。山襞《やまひだ》にはまだ雪が残っていて、陰影がごく濃い。徹吉の生家の、ひびのはいった蔵の白壁が見えることもある。それから家の前の、常々そこで顔を洗った、ほんのちょろちょろとした流れ。近くの宝水寺という草深い寺の境内。それらはもとよりおぼろに霞《かす》んだり誇張されたりしながら、脈絡もなくつかのま現出しては消えさった。と思うと、夢の中のもう一つの夢のように、目覚めてから思念してようやく思い当るような子供じみた奇妙な光景を見ることもある。毛ぶかい狒々《ひひ》が着物の裾《すそ》をはだけた若い女をかかえている。その前に立ちはだかって一人の武士が刀をかまえている。あるいは山賊が居丈高な身ぶりをしてとある女房《にょうぼう》をおどしている。それはどうやら、ずっと幼いとき村にかかった人形芝居の場面のようでもあった。

　そしてまた、父の姿が現われた。田舎の実父の姿である。ひどく小さく、ひどく衰えて、持病の痰《たん》に咳《せ》きこんでいるさまである。この実父の訃報《ふほう》を徹吉は七カ月前に受取っていた。その頃《ころ》は少しも夢に現われなかったものが、半年も経《た》ってからなぜしきりとその姿が現われるのか、とにかく夢のなかの実父は痰に悩みながらも生きていて、しかし一度もこちらに顔を向けることをしなかった。小さな後ろ姿だけがよく焦点もあわずにゆらぐ。徹吉が物心ついた頃から、父はすでに痰を病んでいた。そのため、出羽《でわ》三山、蔵王山などのいろいろの神に願掛けをして、好きなものを断《た》ったりした。魚肉をやめたり、穀断《こくだち》、塩断《しおだち》までした。そんなふうであった父が、とうに死者の仲間にはいっているはずだのに、夢の中ではひどく小さく衰えて生きていて、なお喉《のど》にからまる痰のため背を折り曲げるようにして苦しんでいるらしい有様に、徹吉は目覚めてから、なんともいえぬ寂しい気持に襲われたものだ。彼がその父の墓参へ行けるのは、いつのことになるのか目算も立たない。

そういえば、徹吉は十五の歳《とし》に楡家の世話を受けて以来、意識して郷里と遠ざかっていたのだった。未《いま》だ神や仏のみならず狐狸《こり》のたぐいまでを信じている東北の僻村《へきそん》に背を向け、窮理の学のため励んできたはずだった。いや、なによりも東京の言葉、習慣に早くなじむこと、楡病院の一員に加わること、そして自分がひとことしゃべるたびに面白《おもしろ》がって笑う東京の中学生たちに決してひけをとるまいと気負うこと、それがせい一杯の、あの当時の少年の願望であったのだ。

そうして、これまでに見たさまざまの夢像を追想してみて、徹吉はひそかに思った。「それにしても、いろんな事情や遠慮があったにしても、自分は故郷を疎遠にしすぎてきた。自分は楡病院の後継ぎであると共に、やはり東北の、あの村の人間なのだ。弟は、城吉は、どうしているだろう？　妹は今ごろは草とりで大変なことだろう。手紙も書いてやらなければ」

それから、徹吉はふたたびぎこちない眠りに入った。

すると、いつしか、次のような夢を見た。

薄暗い研究室らしいところである。自分はしきりと灰白色の、ぶよぶよとした、人間の脳髄らしいものを刻んでいる。それがどうもうまくいかない。徹吉はそれを薄い切片にして、硝子《ガラス》板の上に載せたプレパラートの標本にしなければならない。気ばかり焦《あせ》ってどうしてもうまくいかない。そのうちに脳髄は形が崩れ、みるみる薄穢《うすぎた》ない粘液のようなものに化してゆく……。と、同じように行き悩んだ心理の行程が現われた。どことも知らぬ樹木の茂った山道を歩いてゆく。まだ暁の暗い時分らしく、足元も定かではない。手には提燈《ちょうちん》を持っているようである。そのうちに、足が水中をかくような抵抗を覚え、どうしても一歩も先に進まなくなった。樹々《きぎ》に隠れて下のほうに川がほの見えるようである。と、前のほうに人影がいて、それがふりむいて自分を叱《しか》った。それは父であった。たしかにその顔が眼前に迫るように見えた。

瞬時にして徹吉は浅い夢路から解き放された。が、父にちがいなかった顔立ちはすでに朦朧として崩れ、ただ痛みに似た心のゆらぎだけがあとに残った。

徹吉は身動きをし、吐息をついた。固いベッドが軀《み》の下できしんだ。

「あの山は、関山峠ではなかったか。そうだ、たしかに父に連れられて、関山越えをしていたのだ」

徹吉が上京したときは、まだ山形まで汽車がなかった。実父と一緒に、山形から関山峠を越え、十五里ほども歩いて作並《さくなみ》温泉へ着き、翌日仙台《せんだい》へ出たものであった。

なんという懐《なつ》かしい記憶の隅《すみ》に埋没したむかしの夢。だが、こんなふうに間断なく古びた夢に眠りを妨げられるということは、自分がかなり神経を疲らしているからなのではなかろうか。——徹吉は、そんなふうにも思った。

すでに暁方《あけがた》らしかった。しらじらと曇りをおびた光が窓からさしこんでいた。しかし、物音とてなかった。市街電車の動きだした気配も、骨格の太く逞《たくま》しい馬にひかせた麦酒樽《ビールだる》を積んだ荷車の通る気配もなかった。アムゼル鳥の啼《な》き声《ごえ》すら聞えなかった。朝夕の薄明の中で、この鳥は朗らかな、同時にいくらか悲哀のこもった声を送ってきてくれたものであった。もうその時節が移っていることはわかっていても、唯《ただ》の一つもその声が伝わってこないことに、徹吉は奇妙にやるせない戸惑いを覚えながら、まだ輪郭の明瞭《めいりょう》でない室内を見まわした。

漆喰《しっくい》の剝《は》げかけたくすんだ壁。それを蔽《おお》い隠すために、一方の壁にだけ掛けられた刺繡《ししゅう》のある古びた布。

やはりここは故郷の香りどころか東洋のかげさえない、南独逸《ドイツ》のバヴァリアの首都民顕《ミュンヘン》の下宿の一室にすぎなかった。そして彼、徹吉は、前途に夢多き少年ではなく、すでに四十の齢《よわい》を越えて何かにつけ疲労を覚えがちの、顔いろも冴《さ》えぬ一人の若からぬ留学の徒なのであった。

徹吉はおよそ四カ月前、このミュンヘンに来た。故国を離れてから、すでに二年余が経っていた。

　徹吉ははじめ伯林《ベルリン》にいて、次に墺太利《オーストリア》の首都維納《ウイン》へ行き、そこの神経学研究所に於《お》いて、麻痺性痴呆者《まひせいちほうしゃ》の大脳についての一論文をまとめたのであった。ウインには同胞がかなりいた。同じ医学畑の留学生がほとんどであった。しかし彼らは、徹吉より一まわり年下の少壮気鋭の徒か、あるいはすでに日本で一応の仕事をやりとげ、外遊それ自体を余裕あるひとつの余得と自ら見なすことのできる学者かであった。

　徹吉の立場は異なっていた。彼はずっと養父の病院の診療に従事しなければならなかったため、小さな論文ひとつ書く暇と余力がなかった。もはや若くもなかった。帰国すればふたたび齷齪《あくせく》とした開業医の生活が待っていることであろう。

　独逸のマルクも墺太利のクローネも暴落していた。甚《はなは》だしい物価騰貴《とうき》、ストライキの多い騒然とした社会不安、落着いた勉学には不適な空気ではあったが、通貨の暴落は他国の留学生の羽振りをよくするという一面もあった。一部の文部省留学生たちはかなりの贅沢《ぜいたく》をしていた。石炭を積んだ馬車が街上をよぎるのを、血の気の薄い土地の主婦がしばらく目送しているような光景を尻目《しりめ》に、美酒に酔い、若い女と戯《たわむ》れていた。そういう連中と関《かか》わりなく、徹吉は教室に通った。むかし、本郷の楡医院にたむろする医学書生の中には、じゃらじゃらとした服装をし、口には女のことを断たず、勉学といえば『蘭氏生理学生殖篇《へん》』という書物だけを暗記するというふうの軟派も少なくなかったが、ベルリンやウインのナイトクラブに出入りする留学生の多くは、徹吉に彼らのことを思い起させたりした。

べつに清廉《せいれん》を求める気もなかったが、徹吉は不犯《ふぼん》の生活を送ってきた。言葉に不慣れのこと、年配の留学者の不適応性、なにより徹吉は、二十数年前山形の片田舎から上京した当時にも似た、おどおどとした気おくれを異国のすべての事物に感じていた。ときどき、いかにも若やいだ、髪の明るい瞳《ひとみ》の大きな少女と街で出会ったりするとき、徹吉は舶来の煙草の香りに奇妙に五官をくすぐられた、あるいは浅草観音の境内で売られている洗い髪の芸妓《げいぎ》ぽん太の写真にひそかに憧《あこが》れた少年時のような、年齢にふさわしからぬまぼしげな視線を戸惑わせるのだった。それから、慌《あわただ》しくせかせかと、余光の消え難《がた》い香柏樹《とうひ》の並木の立つ街路をわけもなく辿《たど》っていった。古い鈍《にび》いろの寺院に鴉《からす》が群れているのを長いことひとり眺《なが》めていることもあった。冬には、よく川岸に降り、一面に粗い布でも擦《こす》るような一種きびしい音を立てて流れている凍りかけたドナウの川面《かわも》を見おろしたりした。

そうした徹吉の日常は、他の同胞の目に、からかいの対象にふさわしい朴念仁《ぼくねんじん》として映らざるを得なかった。

「君、そんなことをしていると本当にノイってしまうぜ。少しは遊び給《たま》え」

そう真顔で案じてくれる者もあった。「ノイる」というのは、神経衰弱《ノイラステニィ》から来た和洋混淆《こんこう》の医者仲間の用語である。徹吉は笑ってビールの杯をあげてみせた。しかし、それも半リットル入りの杯にすぎず、彼はどうしても心から憂《う》さを散じる気分になれないのであった。

教室では彼は根《こん》をつめて働いた。久方ぶりに肌《はだ》に感じる学問の味、そしてここには伝統と巨匠たちの頭脳に培《つちか》われた真の学問の雰囲気《ふんいき》があった。薄暗い、いかつい、なじみがたい強情と徹底の支配する、黴臭《かびくさ》く涯《はて》のない世界が。そして徹吉は、むさぼるようにそれを受けいれた。ほとんど性のふるえにも似た心情さえ伴って。

ある夕方、徹吉は部屋の隅でひとり麻痺性痴呆の脳を切出していた。脳髄の各部分で細胞がどういう具合に変化するかを探るのが目的であったから、一つの脳から構造のちがう部分を五十余も切取らねばならなかった。そうした数十の脳片を一つ一つ瓶《びん》に区別するのは煩雑《はんざつ》でありすぎる。徹吉は一人で工夫をして、日本から持参した墨をすり毛筆で脳片に印をつけることにしていた。インクではうまくいかないが、東洋の墨はこの目的によく適合してくれる。

と、背後に人の気配がしてふりむくと、そんな時刻なのに、昨今は滅多に教室に姿を見せぬ、すでに隠退した猫背《ねこぜ》気味の名誉教授の姿がそこにあった。徹吉は驚き、手が汚れているので直立して敬礼した。ついで、緊張して自分の手仕事をつづけた。老教授はしばらく徹吉の仕種《しぐさ》を眺めていたが、やがて独りごとのように呟《つぶや》いた。

「日本人はなかなか器用なものじゃ」

それからまた、こうも言った。

「骨の折れる仕事じゃ。四週間仕事では駄目《だめ》だから、辛抱してやりなさい」

染色がうまく行かず、遅々として仕事がはかどらぬ折、徹吉はよくこの老教授の言葉を思いだし、弱気になる心を鞭打《むちう》った。気安く言葉を交わす者もいないまま、窓外を眺めて検鏡に疲れた目を休めていると、背の高い、そばかすだらけの、口数の少ない標本係の女が、通りがかりにふと声をかけて行くことがあった。

「疲れまして？」

顔立ちこそごつごつしていたが、その抑揚は柔らかく張りがあった。そんな通り一遍の言葉にも、徹吉はあるときは言いようもなく心を和ませたものだ。

そのような日常、下宿と研究室の間を往復する一年半の生活の末に、徹吉はウインで百数十頁《ページ》の一論文をまとめることができた。彼の留学の当初の目的、彼を渡欧させた養父基一郎の目算では、それで充分であり、博士論文としても楡病院の後継者たる資格としても、それで事足りるはずであった。

だが徹吉は満足しなかった。学問という目路《めじ》はるかな厖大《ぼうだい》な海洋、長年の念願の末、自分はようやくその岸辺に立ち、その波に足先を洗われている。おそらくは彼の生涯《しょうがい》に於て唯一《ゆいいつ》の機会にちがいなかった。いくらかの見聞旅行をして帰国するようにと勧める養父の手紙にもかかわらず、徹吉は笈《きゅう》を新たにしてミュンヘンに来た。ここには独逸《ドイツ》精神医学界の一方の旗頭《はたがしら》ともいえるカイザー・ウィルヘルム研究所がある。

ミュンヘンに来てみると、この威容を整えた南独の都には、ウインでは見られなかった街を闊歩《かっぽ》する軍服姿が頻々《ひんぴん》と目につくのであった。そして徹吉は、屢々《しばしば》、自分にむかって、こそこそと「ヤップス！」という声が放たれるのを聞いた。夕刻、教室からの帰途、小食堂へ寄り、卓の向う側に坐《すわ》っている老人に、「失礼します」と会釈《えしゃく》をして坐ろうとすると、相手は一言も言わず、つと席を立ってしまうことさえあった。

仕方がないことだ、と徹吉は眼《め》をつむって考えたが、ヤップスという蔭口《かげぐち》にも、ときに小童から浴びせられる「支那人《ヒネーゼ》」という呼称にも、べつに心の動くことはなかったにせよ、こうした老人の直截《ちょくせつ》な行動には、やはり胸のどこかは傷つけられた。

そういうとき、徹吉は自然と猶太《ユダヤ》人のことに考えが及んだ。ウインでもミュンヘンでも、彼らは極端な侮蔑《ぶべつ》と排斥の対象とされていた。あるとき徹吉が遊んでいる児童に慰みに学校名を問うたところ、それぞれに競って答えるうちに、一人が後方を指さして、「あいつはユダヤだよ」と言った。集まった児童がどっと目くばせをして笑った。日本人の留学生からして、「あの女は九一でねえ」などと、あからさまな軽蔑を現わして言うのであった。はじめ、徹吉にはなにがなし猶太人に対する同情、あるいは自分以上に劣等視される者への余裕が湧《わ》いた。しかし、彼らが戦後、為替相場が暴落して国民が貧窮している中にあって、却《かえ》って財産を増し、ウインの大新聞すらもおおむね我が物としていること、あるいは一つの教室をすべて猶太系の者で固めていること、そういう噂《うわさ》を耳にしたり、殿堂《ジュナゴーゲ》の内部でこの種族の行うなにか結束的な儀式を目撃したりするにつけ、いつしか彼らに対して嫌厭《けんえん》と警戒の気持を抱くようになったのも疑いのない事実であった。徹吉はよく、古本屋の店内で医書を捜しながら、つれづれに大衆雑誌をめくってみることがあった。猶太人たちはあらゆる角度から徹底的に攻撃されていた。日本人の漫画もあった。戦中の雑誌であったが、日本人は徹吉が見てもひどく狡猾《こうかつ》そうな猿《さる》として描かれ、あるいは青島《チンタオ》のまわりをうろつく痩《や》せこけて目つきのわるい野良猫《のらねこ》として描かれていた。そういうペン画を見るたびに、やはり徹吉は眉《まゆ》をひそめている自分に気がついた。

しかし、徹吉はミュンヘンに来て早々、もっと手ひどい、全身をゆすぶられるような衝撃を受けたことがあった。他人には理解できぬ、徹吉自身にしてもあとになってみれば、友人に洩《も》らすのさえ気恥ずかしい些細《ささい》な事件にすぎなかったが。

エミール・クレペリン。その名に学生時代から徹吉は親しみ、畏敬《いけい》と憧憬《しょうけい》の念を抱きつづけてきた。クレペリンは近代精神病学建立《こんりゅう》の巨匠である。徹吉は以前から彼の『精神病学』の後の版、そして初版本すらも手に入れて大切にしていた。初版本は小形で三百八十頁を越えぬ書物にすぎない。その各論で述べられている疾病《しっぺい》には、のちのクレペリンの分類の特色を見ることはできない。しかしこの学者は、版ごとに目を見はる新しい概念を増補してゆき、ずっと後世になってもゆるがしがたいゴチック大寺院にも似た分類法を確立したのであった。徹吉がミュンヘンに来た理由にしても、この一代の碩学《せきがく》の顔容に一目接したいという、ひそかな、しかし切実な念願を無視することはできなかった。

その日、まだ新しい研究室に慣れず、昼食を教室の近くの粗末な食堂ですまして戻《もど》ってきてからも、徹吉は仕事が手につかずぼんやりとしていた。すると、あから顔のよく節介をやくハンブルク大学から来ている医者が傍《かたわ》らに来て言った。――これから講堂で活動写真をやるそうだから行きませんか。クレペリン教授もくるそうですよ。

徹吉は心悸《しんき》のたかぶるのを覚えた。渇仰仏《かつごうぶつ》の前に額《ぬか》ずこうとするような、つつましいおののくような心が湧いた。――自分は東海の国からきた一遊子にすぎません。けれども貴方《あなた》を一目見たいがために遥々《はるばる》とやってきた者なのです。徹吉はそんな少女じみた文句をおずおずと述べてみたい心境にまでなり、胸のうちで本当にいくつかの単語を組立ててみさえした。

講堂の中央はまだがらんとしていた。階段となった座席に坐っていると、やがて数名の助手、それから見覚えのある医長と話しながら一人の老翁《ろうおう》がはいってきた。あれがクレペリンだな、と徹吉は直感し、まるで恋する者のように五体がこわばるのを覚えた。隣にいたハンブルク大学の医者がそそくさと降りてゆき、丁寧に握手をして、しばらくなにか話をしている。そこに医長に連れられて、東洋人らしい顔貌《かおかたち》のまだ若い男が近づいて行った。肌はやや灰色をおびた黄色である。クレペリンはその男とも握手をした。

あから顔のハンブルク大学の医者が戻ってきて、持前の朗らかな声で、「紹介してあげましょう」と言った。

徹吉はためらい、そして訊《き》いた。

「あの東洋人はどこの国の人です？」

「ああ、あれはジャワの医者ですよ。今日、教室を参観にきたのです」

ジャワという言葉が徹吉を勇気づけた。無意識のうちに彼の故国との比較をなしたのである。それにあの男は一参観人にすぎない。自分は現にこの教室で研究に従事している者である。

徹吉は我ながらすばやく立上り、あから顔の医者と並んで階段を降りた。近寄ると、老教授がちらとこちらに顔を向けた。頭髪は白く、太い眉はまだ真白ではない。鬚《ひげ》は長く粗く箒《ほうき》のようでもある。灰色の眼光は鋭い。老いてはいるが、野武士にも似た風貌である。咄嗟《とっさ》のうちに、徹吉はこれだけを見てとった。

徹吉ははっきりと名を名乗った。今ここの教室の顕微鏡室で仕事をしている者であることを述べ、鄭重《ていちょう》に名刺を差出した。相手はそれを受取ったが、名刺の文字を見ようともしない。さらに徹吉にむかって一言も発しない。そのままふりかえると、錆《さ》びてはいるが透《とお》って力強い声で、

「諸君、どうか席に着いて頂きたい」

と言った。

はぐらかされたような、戸惑いと羞恥《しゅうち》と疑惑を覚えながら、徹吉は引返して席に着いた。

左下方の席にクレペリンは坐った。隣の医長と話している横顔を盗み見しながら、

徹吉は動揺する気持を制した。いまは時期がわるかったのだ。映画の開始の前で忙しかったのだ。それにしても単に手をのばして握手くらい与えてくれてもよさそうなものだのに……。

窓が閉ざされ灯《ひ》が消され、映画が始まった。種々の精神病者、神経病者の行動に現われるものを写したものである。徹吉はそれまでもよくしたように手帳を開き、薄闇《うすやみ》の中で要点を筆記した。

「Schüttelzittern 五、六人。choreatisch ニフルヘル。stereotypisch ニフルヘルノモアル。一寸《ちよつと》見ルト Katatonie ノ Stereotypie ノヤウニモ見エル。肩、手、ソレカラ首トイフ風ニフルヘル……」

だが徹吉は、ややもすると映画の画面よりも、左下方に黒い像となって坐《ざ》しているクレペリンの方へ意識が傾きがちであった。老碩学はときどき声を発した。「少し早すぎる。もう少しゆっくり。……うむ、それでよい」

一時間余りもかかって、映写はようやく済んだ。講堂が明るくなった。こまめに動くハンブルク大学の医者がすぐ立って行き、クレペリンに向って礼を述べた。野武士の風貌を有する老翁は手を差出して彼と握手をした。訳もない衝動に駆られて、徹吉も足早に近づいた。そして丁寧に礼を言った。ところがクレペリンは最前と同様、それに対して一言も応《こた》えない。頭から徹吉を無視しているようでもある。そのとき横合から、小柄《こがら》な若いジャワの医者が挨拶《あいさつ》に来た。すると、老学者は無造作に手をのばしてその男と握手をした。徹吉はまだ覚《さと》らなかった。彼は次には自分が握手を貰《もら》えるものと信じていた。長年の間敬慕していたこの碩学の掌《て》を、なんとしても握りたかった。それで、クレペリンとジャワの医者の握手がまだ済まぬ一瞬に、我知らず、自分から手を差出しかけた。と、白髪の老学者は、握手の終った手をそのまま、つとひっこめ、くるりとこちらに背を向けるなり、階段を降りていってしまった。

茫然《ぼうぜん》と、——それから屈辱と憤怒《ふんぬ》の念に固く縛られて、徹吉はその場に立ちつくしていた。彼のこわばった姿勢には、さきほどの映写にもあった緊張病患者の強硬症のようなおもむきさえあった。やや前腕を曲げ、両の拳《こぶし》をしっかりと握りしめていた。その拳が小刻みに震えるのを彼は自覚した。丸い見映えのせぬ近眼鏡の奥の両眼は、痛いまで瞠《みひら》かれていた。そんなふうに瞠いた目で、講堂の奥の入口から出てゆくエミール・クレペリンの黒い背広の後ろ姿を、徹吉は瞬《まばた》きもせず、最後までじっと見すえていた。彼の唇《くちびる》もまたわなわなと震えた。それは言葉を形造りはしなかった。しかし徹吉は、その胸のうちで、おし迫ってくる言おうようなくたかぶった感情、——憐《あわ》れむべき、それだけに鞏固《きょうこ》な生《き》のままの感情に圧倒されながら、こんな田夫《でんぷ》のような罵《ば》詈《り》を幾遍となく繰返したのである。

「毛唐め。この毛唐め！」

徹吉が高等学校に在学中に、日露戦争が起った。宣戦の大勅がくだった日、生徒たちは嚶鳴堂《おうめいどう》に集められ、校長の訓示を聞いた。そのあと上級の学生が演壇に立ち、戦争は戦争、学生の本分はまた別のところにあるという意味のことを述べた。すると一人の教師が、いきなりつかつかと壇上にのぼり、まだ話し終えぬその学生を引きずりおろしてしまった。そして烈々として次のような言葉を吐いた。今は国家多難のときである。国民は命を賭《と》して戦っているのである。それなのに学生の本分のなんのと洒落《しゃら》くさいことを言っていられるか。どうしてこういうときに安閑として授業などやっておられるか。どしどし授業を休み、新橋の停車場へ行って出征の兵士に万歳を唱えろ。そういうことを火炎《ほのお》のような弁舌で吐きつけたのであった。徹吉は感動してその言葉を聞いた。「毛唐！」と胸の中で歯ぎしりしたとき徹吉が覚えたのは、実に二十年前の、そのような昂奮《こうふん》、無思慮ながらひたむきな気のたかぶりであった……。

しかし、心身ともに疲労して下宿へ戻ると、日本人留学生の間で「日本婆《ばあ》さん」と呼ばれている肥満した上《かみ》さんが、狭い台所兼食堂の卓の上に、カナリヤの籠《かご》を置き、小鳥に手の指を一本立てて見せながら、やや嗄《しわが》れた、疲れたような声で歌っていた。

きょうはヨハナ　あすはスサナ
恋が年じゅう新しい
それがほんとね　実ある学生さん

それはずいぶんと古い時代の、学生の間で唄《うた》われた歌謡なのであった。彼女は娘の頃《ころ》から、母親と一緒に、ミュンヘンに入りかわり立ちかわり訪れてくる日本人留学生の世話をしてきて、今では六十に手が届く年齢になっていた。戦争中をのぞき、日本人だけを下宿させた。自室の壁の古びて黒ずんだ小さな十字架の基督《キリスト》像、同じように古びた聖母の石版画の横に、日本製の絹団扇《きぬうちわ》、それから漆絵の雪を頂いた富士山の額などを掛けていた。アルバムには世話をしてきた数多《あまた》の日本人留学生の写真が貼《は》られており、なかには何人かの日本人と並んでまだ娘々した彼女の写真も残っていた。彼女は伊太利《イタリア》米を上手にガス火で炊《た》き、鋤焼《すきやき》までして、ときどき徹吉たちに食べさせてくれたりした。

徹吉はミュンヘンに来た当初、この日本婆さんの許《もと》に、他の留学生が旅行中で留守の部屋を借りてはいっていたのである。

彼女は、まだむっとした顔つきの徹吉にむかって、片指でカナリヤをあやしながら、愚直なまでの善良さに溢《あふ》れた皺《しわ》のきた顔に微笑を刻んだ。

「このカナリヤは、もうわたし同様お婆さんなんですよ。ごらんなさい、片方の足はリュウマチであんなでございますよ」

こわばっていた徹吉の心は半ばほぐれた。彼は何刻《とき》か前あれほど昂奮した自分をいくらか恥じた。

彼は思った。今日の俺《おれ》は、まるで子供みたいに憤怒したな。それからまたこうも思った。だがあの学者、あの偉大な老学者もやはり似たような小児性を現わしたのだ。

――しかし、このとき以来、徹吉は前にもまして寸暇を惜しみ、かたくなに一徹に業房《ぎょうぼう》で励むようになった。彼は倹約をして粗末な食事で済まし、丹念に古本屋の書庫を漁《あさ》って、現在の自分の仕事とは直接関係のない心理学書や、古い精神医学雑誌のバック・ナンバーを買い求めた。彼は、日本を発《た》つときには考えもしなかったひそかな野心を抱きはじめていたのである。帰国すれば自分は閑暇とてない一臨床医とならねばならない。しかしそれだけでは終りたくない。いずれは時間に余裕のできる日もくるであろう。楡病院の一隅《いちぐう》に、どんなはかないものであれ研究室を作り、そこで三年に一つでもよいから小さな論文をまとめよう。そのための資料、文献を能《あと》うかぎり集めておくというのが、かなり突きつめた徹吉の念願となった。固苦しい学問といえども或《あ》る人種には麻薬に似た作用をする。数歩そこへ足を踏み入れかけた者の初心《うぶ》な耽溺《たんでき》が、徹吉をこうした計画に誘ったのかもしれない。しかし、さらに勘ぐって考えてみれば、白髪の老学者から握手を拒否されたという一小事件も、あながち無視することはできないのであった。

初夏になった頃、徹吉は日本婆さんの家を引移らねばならなかった。下宿捜しには思いがけぬ難儀をした。新聞広告を出すと、貧窮しているミュンヘンの家々からは幾つも手紙がくるのだが、いざ行ってみるとなかなか満足した部屋は見つからない。

ある家では、実直そうなかみさんが訥々《とつとつ》とした声で、毎日丸麵麭《ゼンメル》三つだけの代価を支払ってくれ、と言った。その頃、小さな丸パン一箇《こ》は一万五千マルクした。徹吉はしばらくその部屋を借りたが、かみさんはすでに翌日から、「ドクトルはビール一杯二十五万マルクすることをご存じでしょうねえ。貧しい寡婦《やもめ》がせめて一杯のビールを飲めるように、どうか余計に払ってください」と、哀れっぽく執拗《しつよう》に値を釣《つ》りあげにかかるのだった。ある家では、頭の禿《は》げた胴まわりの太い男が、いやに愛想《あいそ》なくぶっきら棒に、「一カ月三百万マルク」と言い、徹吉は値切る気持も失った。ある家では百万マルクの手金を置き、泊ってみると夥《おびただ》しい南京虫《ナンキンむし》に襲われた。辛《かろ》うじてラントヴエール街の、日本婆さんの家からほど遠からぬ場所に落着くことができるまでに、徹吉は十数カ所の部屋を訪れねばならなかった。

夏になると、教室はがらんとした。高原の都市ミュンヘンを、ときどき雷雨が襲った。なにか社会全体が、或る動揺を、落着かぬものを含んでいるような気がした。ホーフブロイのような大麦酒店《ビールてん》も、めっきり客足が減っているようであった。しかし徹吉は、そのようなことにも殆《ほと》んど気をとめず、暑苦しい空気のこもった研究室へ通い、兎《うさぎ》の脳髄を使っての実験に精根をこめた。

そして、その夏の終り、西暦一九二三年九月三日の夕刻、徹吉は検鏡に疲れた目をしばたたきながら、行きつけの食堂の隅《すみ》の卓に坐《すわ》った。その日は朝からこまかい雨が降り、なんとなくうすら寒かった。物価は日を追って値を上げ、近頃は簡単な食事をとるにも百三十万マルクはかかる。一度に多くのポンド貨を替えておくわけにもいかず、頻繁《ひんぱん》な銀行通いはほとほと神経を疲らせた。

徹吉は一杯のビールを前にし、懐《ふとこ》ろから幾通かの手紙をとりだした。いずれも故国からきた便りである。なかにはかなり以前受取ったものもあったが、一日の業を終え、一杯のビールを飲み、日本文字で書かれた家族友人の手紙を読み返すのが、つかのまの解放感を味わえる唯一《ゆいいつ》のひとときなのである。妻からの便りもあった。龍子《りゅうこ》はいつも非常にせわしない調子で、文字からしてそそくさと、内容もあまり整ったとはいわれぬ便りを寄こすのだった。

拝啓　お前さまにはすこやかに御勉学のことと思ひます。当方は皆無事ゆゑ、ただ桃子には実際弱つてしまひます。前便にも書きましたが、あの子は高柳四郎、といつてもううちの姓なのですが、それを嫌《きら》ひで嫌ひでまだ我儘《わがまま》申します。四郎は漢《かん》口《こう》の同仁会病院の外科部長となつて赴任しました。二、三年漢口へ行くことはお父様も御賛成ですが、桃子が学校を卒業次第、あたしに桃子を漢口へ連れて行けと申されます。それなのに桃子はまだ結婚を厭《いや》だなどといひ、あたしは処女だなどと人前ではしたないことをいふ有様にて、自分の妹ながら仕様のない出来損《そこな》ひだと、本当に腹も立ちます。
峻一《しゅんいち》も元気でをります。ただ学校でも友達ができず、学校へ行くのにむづかつてむづかつて部屋の隅に隠れたりしますが、そんな隅の方に籠《こも》つたりするのはお前さまに似たのではありますまいか。お父様もお歳《とし》を召されました。猫舌《ねこじた》が益々《ますます》昂じてきて、近頃はオートミールにボルドーを入れ、さまして飲まれるやうになりました。

お前さまが早く研究を済まして帰られる日を待ちます。事情が許せば、あたしにヨーロッパまで迎へに行つてもよいとお父様は申されます。今から楽しみにしてをります。お母様もお達者です。最近はお父様のすすめもあり、いろんな慈善団体に外出されるやうになりました。あたしもお供して、愛国婦人会、福田会、同情会、青松寺の法話会などに参ります。あたしにはそのほか、種々のおつきあひも多く、それこそ毎日忙しい日を送つてゐます。それにしても桃子は、四郎が漢口へ行つてやれ嬉《うれ》しやといふ顔をしてゐて本当に仕様のない子です。お前さまからも、きつく叱《しか》つてやつてください。欧洲の方はどうにか仙台《せんだい》の医学部にはいりましたが、身体《からだ》ばかり大きく、相変らずのほほんと柔道か何かそんなことばかりやつてゐるやうにて、これまた叱りやりください。聖子にはあたし会ひません。米国《よねくに》は部屋の中で虫ケラを飼ふ癖あり、いづれも困り者にて、せめてあたしだけでもしつかりしないことには、お父様の病院もつぶれてしまひます。お父様は徹吉はミュンヘンへ行く必要なかつたとおつしやられますが、一日も早く研究お済ましになつて帰られるやう、なにか手つとり早く済ます方法はないものでせうか。

草々

徹吉はこの古びた手紙を今また読み返し、汚れた卓に肘《ひじ》をつきながら、あれこれと家族のこと、病院のことに思いを馳《は》せた。それにしても妻の便りは筆跡も文意も粗雑で、なんだか身勝手なことばかり書いているように思われた。学習院の何様と話しているときのような、端然とした、取りすました龍子の姿はここにはなかった。そして、それがけっこう龍子の生地《きじ》でもあることを、夫である徹吉はわきまえていたし、父と病院に対して誇大観念を抱いていること、「お父様の病院もつぶれてしまひます」というような箇所には苦笑を洩《も》らさざるを得なかった。楡病院がそんなに簡単につぶれてしまうはずもない。龍子が、その夫がどのように苦労して異国で生活をしているのか、いささかも意に介せず、派手な外出を常としているらしいことも窺《うかが》われた。龍子に言わせればそれも「病院のため」なのであろうが、末尾の「ミュンヘンへ行く必要はない云々《うんぬん》」の文句には、徹吉は読み返すたびに大人げない抑圧された憤《いきどお》りを感じた。

峻一のことを考えるときのみ、徹吉は心が和んだ。わずか三行で片づけられているが、龍子はおそらく下田の婆やに子供をまかせきりで外出しているのであろう。この次にはもっとくわしく書くよう言ってやらねばなるまい。そんなことを思いながら、徹吉はここの土地の者の飲み方とはおよそ正反対に、一杯のビールをちびちびと時間をかけて喉《のど》へ送った。

そこに夕刊の新聞売りが来た。実に粗末な服装をした頰《ほお》のこけた少年である。徹吉は二種類の新聞を買った。それから、なにげなく一面に目をやると、伊太利《イタリア》と希臘《ギリシア》とが緊張した状態にあることを報じたその下に、“Die Erdbeben‐katastrophe in Japan”という活字がいきなり目にとびこんできた。「日本大震災」である。

徹吉は、片手で眼鏡の柄《え》をおさえるようにして、わずかばかりの記事を息をつめて読んだ。上海《シャンハイ》電報。地震は九月一日の早朝に起り、東京横浜の住民は十万人死んだ。東京の砲兵工廠《こうしょう》は空中に舞上り、数千の職工が死んだ。熱海《あたみ》、伊東の町はまったく無くなった。富士山の頂が飛び、大島は海中に没した……。もう一つの新聞もほぼ似たような記事である。

どうも現実の感がしない。徹吉はもう一杯ビールを取り寄せた。持ってこられた杯を、一息にぐっと半分ほど干した。それからまた眼鏡の柄をおさえるようにして、こまかい活字を一語々々読んだ。

次第に、おぞましい危惧《きぐ》が、徐々にふくらんでゆき、とめどもなく圧倒的にふくらんでゆき、抑えがたく居たたまれぬまでに膨脹《ぼうちょう》していった。富士山頂がとぶ？　大島が海中に没する？　これは東京一帯の死者十万というようなものではない。大異変である。何世紀に一度あるかないかという大異変である。どうしたらよいのか？　日本婆さんのところへ駆けつけるか？　あそこには三人の同胞がいる。いやいや、彼らとてこれ以上の情報を持っているはずがない。それならば、今ここに海を越えて遥《はる》かへだたっている自分はどうしたらよいのか？　楡病院、――病院も崩壊したにちがいない。家族の者で、一体何人が生き残っているだろう？　一体誰《だれ》と誰が生き残ったのか？　それとも？

徹吉の完全にかき乱されくつがえされた感情は、ついにここまでに達した。暗澹《あんたん》たる心持。まさしく現在も未来も混沌《こんとん》となったような心持。徹吉は辛うじて眼鏡の柄をおさえ、三たび新聞の活字に見入った。

第八章

大正十二年の夏を、楡《にれ》基一郎は主に箱根強羅《ごうら》の山荘に過した。登山電車の終点の駅から強羅公園の位置まで登り、右手に数町を辿《たど》ると向山という地名がある。その名の通り、明神ヶ岳、明星ヶ岳のなだらかな外輪山の連なりを一望の下に見渡せる地に山荘はあった。その辺りはまだ開けていず、年を経た杉林《すぎばやし》がつづき、附近には三軒ほどの別荘が見られるばかりである。

朝な夕な、ひぐらしが群がって鳴いた。夜には、早雲山から吹きおろしてくる突風が杉の梢《こずえ》をゆるがせて山津波にも似た音を立てた。この夏はじめてこの山荘に過す桃子も米国《よねくに》も、黄色い硫黄泉の湧《わ》く湯殿へ通ずる暗い渡り廊下の中途で、物怪《もののけ》のようにそびえる杉の巨木の黒いかげに、屢々胆《しばしばきも》を冷やさねばならなかった。まして小学一年生の峻一《しゅんいち》にとってはこの山の家の夜は寂しすぎた。下田の婆《ばあ》やがついてこなかった事情もあって、この基一郎の初孫は二日に一度は東京へ帰りたいと駄々《だだ》をこねた。

一方、基一郎の機嫌《きげん》は殊《こと》のほかよかった。政情は不安定で、殊に高橋是清《たかはしこれきよ》のあとを継いだ加藤首相が重態と伝えられていたからである。憲政会では今度こそ我党内閣と勢《きお》いたち、政友会も負けずに力んでいたが、基一郎にとってはそんなことはどうでもよかった。もとより政友会が後退しては困るが、急を告げる政情不安に伴って来訪する客の殖えたことを喜んだのである。来年は総選挙の年に当る。前回の落選のあと、政治はもうこりごり、何にもならぬお金の工面をするのは、と泣くようにして訴えた妻ひさの手前もあって、基一郎は表面は何喰《なにく》わぬ顔をしていたが、実は野心満々として種々の手を打ちはじめていたのであった。

彼は浴衣《ゆかた》をだらしなくはだけ、ベランダの籐椅子《とういす》にかけて、山形からきた客と応対をする。

「独逸《ドイツ》もいよいよ破産状態だそうだねえ、君。この新首相ストレーゼマンとやらの暗殺説は本当かねえ、君」

傍《かたわ》らにひさがひかえているので、基一郎は関係もない独逸のことを持ちだして、自慢のカイゼル髭《ひげ》をひねくった。一向にミュンヘンにいる徹吉のことを念頭に浮べている気配もなかった。

「さようでございますなあ。まんず、いや、私は一向に独逸の事情にうとい者でございまして」

と、客は懸命に標準語を使おうと努力しながらしきりに小刻みに頭をうごかし、話題を日本のことに転じた。

「ときに蔵王山《ざおうさん》もいよいよ十両で」

「そうだとも、君。あの身体《からだ》で強くなければこりゃ嘘《うそ》だ。じきに入幕しますよ。まあ見ていてごらんなさい」

辰次《たつじ》、あの相撲を嫌《きら》って逃げまわっていた大飯食らいの怪童は、その麓《ふもと》で育った蔵王山の名を名乗って以来、まずまず順調に番づけ面をあがっていたのである。

「それは、はあ、大関は間違いないと地元の者も大変な力の入れようで」

「ただどうも動作がにぶい」と、基一郎は喜ばしさを噛《か》み殺すように眉《まゆ》をしかめた。

「君、こんな小さな奴《やつ》にこう下からとびこまれるとね、へなへなとなるんだ、腰がねえ。この前は痩《や》せこけた真砂石《まさごいし》なんぞに吊《つ》り出された。真砂石は君、茶屋の聟《むこ》さんになったばかりではりきっていたからな。ところであの蔵王を吊り出したあと、自分でもぺしゃぺしゃとなりましたよ。よほど重かったんだろう」

客はひとしきり笑ってみせ、それから急に真顔になってこう言った。

「それに致しましても、青山の御病院は、こう正面から眺《なが》めました景観は、はあ、いやもう大したものでございますな」

「いや、なにねえ君」と、今度は基一郎はこみあげる得意さを隠しもせずに破顔した。「あれはねえ、あれでもぼくがいろいろと苦心をしたもので。ローマのヴァチカン宮殿を模したものですよ」

厚顔にも基一郎はすましかえってそんな台詞《せりふ》を言ってのけたが、客のほうはヴァチカンが何であるか一向にわきまえなかったもので、ますます懸命に感服のいろを現わそうと努め、さらにこう世辞を言った。

「御病院の御自動車に新橋まで送って頂きましたが、あれはなんという車でございましょうか?」

「最近車を変えましてな」と、基一郎は愛用の銀のケースから、のめもしない金口煙草《たばこ》を取出した。

「現在二台使っているが、……一つはフィアット、これは伊太利《イタリア》の車でガソリンを食べませんよ、君。もう一つは、ふむ……」

基一郎は突然の健忘におちいったようだった。ちょうど六十歳の彼は近頃《ちかごろ》ひょいひょいと度忘れをする。しかし彼は長く考えこんだりする男ではなかった。

「あれは……ビーチ、たしかビーチという名で。君を乗せたのはその方ではなかったかねえ」

ベランダのはずれの廊下でこの話を聞いていた小さい峻一は思わず笑いだした。車はビュイックであったからである。峻一が覗《のぞ》いてみると、しかし基一郎は落着きはらって煙草に火をつけ、せわしなく一、二度すぱすぱやり、あとは煙草のくゆるのにまかせたまま、いとも悠然《ゆうぜん》とかまえているのであった。……

基一郎に将棋を教えている横井六段が三日ほど滞在していったことがある。

基一郎の将棋には特徴がある。相手かまわず自陣を銀櫓《ぎんやぐら》に囲いあげる。せっせと囲う。それから残った金《きん》を繰上げて、まっしぐらに敵陣に迫ってゆく。自陣が破られても銀櫓のためもあってなかなか粘り強い。そのほかに相手の隙《すき》を窺《うかが》って、両方の手を使い、二つの駒《こま》を一遍に移動させるという特技を有する。

使用人相手の将棋ならそれでもよかろうが、将棋を教えている当の師匠にむかってその特技を実行するのには、横井六段も内心辟易《へきえき》していた。いやしくも自分は専門家であり、無造作に指した棋譜にしろ幾回でも並べ直すことができる。駒が一つ勝手に動いていることがわからぬ道理がないし、基一郎自身そんなことは充分承知している癖に、なおかつ彼は敢《あ》えて実行するのである。それに加えてこの楡脳病科病院院長は大駒落ちを指したがらなかった。たとえ師匠であれ、何枚も駒を落したうえ敗戦となっては口惜しくてたまらぬからである。駒落ちの定跡《じょうせき》を教えてもいかにもつまらなそうな顔をしている。そこで横井六段も近頃は心得て、わざと落手《らくしゅ》を指して一度は相手につけこませることにしていた。

その日は思いきりのサービスのつもりで、四枚落ちに二番つづけて負けてやったあと、基一郎の所望で平手《ひらて》の局が始められた。ここでも負けてやれば基一郎の機嫌は上々だろうが、それでは師匠としての身上が勤まらぬので、横井はせめて相手を勢《きお》いたたせるように努めることにした。中盤どころで、彼は緩手《かんしゅ》を二、三回指した。ところが肝腎《かんじん》の相手が少しもそれに気がつかない。師匠の苦心にもかかわらず、将棋は一方的に基一郎の旗色のわるいものとなってきた。こうなっては誤魔化しの悪手《あくしゅ》も指せぬなと横井が考えていると、基一郎が急にもじもじしてきた。世間話を始めて一向に手をおろそうとしない。気をきかして横井六段は手洗いに立った。そして戻《もど》ってくると、——これはひどかった。死んだも同然の基一郎の角《かく》は動けるはずのない横手に移動していた。あまつさえ自玉《じぎょく》の脱出口となる端歩《はしふ》がいつのまにか突かれていた。そればかりではない。基一郎は何喰わぬ顔をして庭先を眺めながらこう言ったのだ。

「さすがにいい風がきますねえ、ここは。ところで師匠、今度はぼくの番でしたな」

しかしその夏の終り、基一郎の生活は多忙を極めた。東京と箱根の間を何回か往復した。八月二十四日、病状が軽快した、いや重態だ、と両政党を一喜一憂させていた加藤首相が歿《ぼっ》し、内閣は辞表を捧呈《ほうてい》した。憲政会はたまたま雷に飛立つ雁《かり》を見て「天下鳥だ」と縁起をかつぎ、政友会は相手を阻止すればよいという態度をとった。

そのあと基一郎は強羅の山荘に戻り、菅野《すがの》康三郎に連れられてはるばる山形の上《かみ》ノ山《やま》町からやってきた三瓶《みひら》城吉を、にこやかに迎えた。基一郎は、徹吉の弟であり上ノ山町では顔役である城吉をねぎらい、あちこち箱根の山中を見物させた。だが彼の目的は別にあった。城吉もよくそれを承知していた。城吉が昵懇《じっこん》にしている男が今度の山形県県会議員に立候補する。基一郎が衆議院に立つには、まず知合いの県会議員を確保しておくことが有利である。そのための城吉の上京、そして箱根までやってきての相談なのであった。

基一郎は城吉が意外に思うまでその妻を怖《おそ》れており、相談は決して山荘の中では行われなかった。

基一郎は朗らかな声で言う。

「三瓶、今日はひとつ、レストランというところで西洋料理を御馳走《ごちそう》しよう」

そうして二人は外出してゆくのだが、強羅の駅前にある小さなレストランにも、まして宮ノ下の富士屋ホテルの食堂にも行きはしなかった。二人は強羅公園前の鄙《ひな》びた茶店に入り、それぞれかき氷を飲みながら、深遠な政治の問題、いかにして城吉の知人を当選させるかという密議にふけるのであった。要点は金のことである。基一郎がこれこれの金を出せば、あとは地元でなんとかなる、と城吉は述べ、基一郎は鷹揚《おうよう》にうなずいた。よろしい、明日君と一緒に東京へ帰り、銀行から金を出して君に持たせよう。そのほか基一郎は上ノ山近郊の徹吉や城吉の生れた村に橋を一つ寄附することを決めた。橋の名は「基一郎橋」である。

その日は八月三十一日であった。夕食のあと、基一郎はその日の新聞をもう一度見なおしながら上機嫌で言った。

「三瓶、颱風《たいふう》が九州にきているが、これが日本海に抜けてしまえばあとに心配はないそうだ。二百十日もまず無事だねえ」

新学期が始まるため、峻一もその母親も米国《よねくに》も、前日すでに東京に帰っていた。桃子だけが城吉の委細かまわぬ東北弁に莫迦《ばか》笑いを起さぬよう身体をよじっていた。ひさは無感動に、抑揚の乏しい声で康三郎を相手にぼそぼそと話していた。

翌日、基一郎と城吉とは十時すぎの電車で強羅を発《た》った。駅まで行く間、山地特有の驟雨《しゅうう》がきた。基一郎は用意周到に蝙蝠傘《こうもりがさ》を持っている。「三瓶、はいりたまえ」とは言うものの、それは口先だけのことで、実は基一郎一人がさして歩いてゆくのである。駅に着くまでに城吉はしたたかに濡《ぬ》れた。雫《しずく》の落ちる着物のままに登山電車に乗りこむと、基一郎は彼方《かなた》の席を指さしてすまして言った。「君、あちらに坐《すわ》ってくれたまえ」

昼前、ここはあくまで晴天の小田原に着き、二人は汽車を待った。基一郎は梅漬《うめづ》けの瓶《びん》づめを二つ買い、そして言った。

「この梅漬けが名物でねえ。これを持って行きたまえ。いい土産になる」

梅などはむしろ山形が名産地といってよい。城吉はあまり面白《おもしろ》からぬ気持で、瓶を待合室のテーブルの上に置き、駅前へ出てみた。かっと照りつける日ざしをあびる軒の低い小田原の家並、向うに海があるのだからなるほどあちらの町が少し低くなっているな、と城吉は思った。

そのとき、大地が震動したのである。かつて経験したことのない、底ごもりした雷鳴にも似た、為体《えたい》の知れぬ恐怖をおしつける地鳴りがとどろいた。同時に、城吉の身体は、衝撃と共に上方に突きあげられ、それから激しく上下左右にゆさぶられた。立っているのが難かしく、倒れるように城吉は地に伏せた。その大地が咆哮《ほうこう》し、生きもののように揺れうごき、のたくった。背後の待合室からころがるように人々がとびでてくる。うつ伏せのまま揺られつづけている城吉は、眼前に次のような光景を見た。

駅前の広場をへだてて二階建ての家がある。それが激しく揺れていると見る間に、ぎゅうっとかしいでそのまままつぶれた。右の角に富士屋ホテルの自動車を置く家がある。これも変なふうに歪《ゆが》むと、障子《しょうじ》がはじけるように外れ、家全体が斜めにつぶれた。叫び声、悲鳴があちこちであがるようである。

凄《すさ》まじい地震は、瞬時にして過ぎ去ったように思われた。もとより動転した城吉には時間の観念も失われていた。大地の動きが収まったらしいので、彼は見苦しい姿勢から起き直ろうとした。が、すぐに追いかけて余震がきた。余震は一分か二分くらいの間隔をおいて、最初と同じくらいの激しさで大地をゆさぶり、家々を崩壊させた。地面が割れ、そこから泥水《どろみず》が吹きでてくる。

そのうちに余震もさほどひどくなくなってきたし、これ以上の災厄《さいやく》もあるまいという余裕もでてきたので、城吉はいくらかの弥次馬《やじうま》にまじって、崩壊した家の方へ近づいて行った。人々が倒れた家々の瓦《かわら》をはがし屋根を抜いて、不幸な犠牲者を救いだしている。一人の髪もほぐれた中年の女がかつぎ出されてきた。顔から手から血まみれである。

「なんだべ、こりゃあ?」と、城吉はその生々しい血の色を見ながらはじめて考えた。「この地震は、なみの地震ではなかっぺな。ほだ、こりゃあ箱根山が爆発したんだ、きっと」

なぜなら彼は、一昨日大涌谷《おおわくだに》見物に出むき、硫黄の蒸気を吹く赤っぽい荒涼とした山頂に立ちながら、草鞋《わらじ》をはいた足裏に地熱を感じ一抹《いちまつ》の危惧《きぐ》を抱いたからであった。

と、城吉の前方を、黒絽《くろろ》の羽織を着、片手に蝙蝠傘をさした小男が、なんだか視察でもするような具合にあちこち見まわしながら歩いている。それまでまったく城吉の意識の外にあった基一郎であった。その胸にたれた金鎖が傘の傾きようによってときどき陽光をきらりと反射させる。傘をさしているのは暑い日ざしを防ぐためである。あらためて城吉は、自分の額に滲《にじ》んでいる汗の玉に気がついた。

「基一郎先生」と、彼は声をかけた。

基一郎はふりむいたが、とりわけその表情を動かしはしない。城吉がそこにいるのは当然にして必然であるというほどの顔をしている。

「三瓶」平生《へいぜい》と変らぬ声でこう言った。「これは君、どうして大した地震だよ。これでは汽車は不通だろうねえ」

「ほだなっす」

城吉は汗にまみれた顔をうごかしてぎくしゃくと相槌《あいづち》を打ったが、内心、基一郎の落着きに感服もした。

そのうち、数カ所から火の手があがっているのがわかった。崩壊した町の上を黒煙が低くなびいてくる。通りは荷物をかかえた避難民で一杯だが、まだ余震はやまず、誰《だれ》も火を消そうとする者がいない。ひび割れた道に不気味な余震にゆられながら、城吉は新しい不安を覚えた。

「ここにいたってしょんねえ。どっかさ逃げねばならねえ」

彼は、ふしぎげな好奇の眼《め》でまだあちこち見まわしている基一郎に、やや乱暴な言葉を吐いた。基一郎はうなずいた。城吉が考えたようにとりあえず安全な場所に避難するというのではなく、なんとしても東京へ戻らねばならないというのであった。表情には示さぬが、彼は彼で病院の安否を気づかっていたにちがいなかった。前後に避難者の群れがつづく。基一郎はさすが線路伝いに酒匂《さかわ》川《がわ》のほうへ向った。

に蝙蝠傘をすぼめ、それを杖《つえ》にして、歩幅は狭いが意外な速度でひょいひょいと枕木《まくらぎ》を越してゆく。あとから尻《しり》をはしょって城吉が従った。

酒匂川の鉄橋が見えてきたとき、基一郎の顔にはじめて狼狽《ろうばい》のいろが見えた。鉄橋は横倒しになり、曲りくねった鉄骨が川の中に落ちこんでいたからである。それに基一郎ははじめのうちこそ驚くほどの速度で歩いたが、もういい加減へたばってきたようであった。そのとき、またもや余震が二人の立っている大地をゆさぶり、基一郎はしゃがむようにして身をささえた。

「これは危ない。危ないよ、君。三瓶、君が先へ行ってくれたまえ」

鉄橋を避け、川岸を少し遡《さかのぼ》り、それから下曾我《しもそが》へ出た。駅の附近が甚《はなは》だしく陥没して、駅の建物は完膚ないまでに崩壊している。線路が晩夏の不吉な強い日ざしを受け、重なりあったり、奇態な具合にねじくれたりしている。基一郎はその無慚《むざん》な光景を見ると、わざわざそこへ行き駅員が九名圧死したことを確かめてきた。

国府津《こうづ》には暮色のうちに着いた。ここは地盤が高いためか目に立つ損害はない。民家で生ぬるい水を貰《もら》い、線路の砂利の上に寝る。線路の上が一番地割れの心配もなく安全であるという基一郎の意見からであった。緊張と昂奮《こうふん》のためかさほど空腹を覚えない。それでも、夜になっても頻々《ひんぴん》と余震がつづき、城吉は屢々《しばしば》目ざめねばならなかった。眠ったかどうかわからぬうちに基一郎に起された。まだ夜半である。暗いなかを線路伝いに辿《たど》り、朝まだき大磯《おおいそ》に近づいたころ、線路の上に汽車が脱線していた。客車が何輛《なんりょう》も横転し、木の部分がざくろのように割れている。附近に菰《こも》をかぶせた死体がある。それればかりか、むきだしの死体までごろごろしている。動くことのない汚れた腕が横のほうにだらりと差しのべられている。城吉はぞっとし、目をそむけて通り過ぎた。無言で基一郎がついてくる。

朝、大磯の駅前で乾物屋が開いているのを見つけ、牛肉の缶詰《かんづめ》を買った。なんとか飯を食べられないかと訊《き》くと、前の晩に鮨《すし》を作った残りの飯があるという。酢のきいた飯をわけて貰い、城吉はがつがつと喉《のど》から奥へつめこんだ。基一郎はいくらも食べない。牛缶の汁《しる》に水を入れ、その露を缶に口を当てて飲んでいる。柔らかから ぬ肉片のほうはすべて城吉に与える。奇妙なことをする人だと思ったが、この基一郎のふるまいは城吉には有難《ありがた》かった。ここで地下足袋を手に入れ、二人ともはきかえた。平塚《ひらつか》、茅《ち》ヶ崎《さき》、藤沢と歩きに歩いて、戸塚で日が暮れた。土塀《どべい》はくずれているが門がまえのしっかりした家を見つけて、基一郎が言った。

「三瓶、あの家は方角がいい。君ねえ、行って泊れるかどうか頼んでみてくれ」

「そりゃ先生、先生行ってけらっしゃい」

「君、行ってくれたまえよ」

「いや、先生行ってけらっしゃい」

城吉は強情を張った。言葉に自信がないためばかりでなく、彼はこの一日あまりのうちに裸一貫の自分に自負を抱いてもきたのである。基一郎先生は、屋敷の中で金鎖をつけてすましかえっているうちは偉いのだろうが、かような天変地異に出会って一人ほうり出されては、単に足の弱い無力な老人にすぎないと思われてきた。現に遅れがちになる基一郎を助け助け城吉は歩いてきたのである。

結局、基一郎が先に立ってその家に頼んでみることになった。城吉が聞いていると、楡脳病科病院院長というようなことを言っている。前代議士とも言っている。どちらの言種《いいぐさ》もあまり効がなかったようであるが、その家では蚊帳《かや》を貸してくれ、裏の竹藪《たけやぶ》に吊《つ》って仮睡をとることができた。焚出《たきだ》しの温かい握り飯も持ってきてくれた。

そこをまた暗いうちに発った。そんな時刻なのに東京方面へ急ぐ人たちが大勢いた。すでに朝鮮人暴動の流言がとびかっており、線路の上を十人二十人と隊伍《たいご》を組んで歩いた。基一郎ははじめからびっこをひいて遅れがちになる。城吉自身にしても慣れぬ地下足袋のため足一面に豆ができ、それがつぶれて大層痛い。しかし何処《どこ》から現われるかも知れぬ朝鮮人のほうが遥《はる》かに怖《おそ》ろしい。彼らは武器を持っているという噂《うわさ》であった。先ほど城吉たちの前後を歩いていた人たちはとうに前方の暗闇《くらやみ》の中へ消え、二人だけが取残されている。

「三瓶、ぼくはもう駄目《だめ》だよう」

突然、基一郎はさながら幼児が駄々をこねるように、いかにも情けない声をあげて立止ってしまった。

「ほだなこと言うもんでねえ、先生。愚図々々してればそれこそ危ねえ」

「しかし、ぼくはもう駄目だよう」

小柄《こがら》の、今は着物も何も汗と泥でよれよれの見すぼらしいこの老人が、もはや精根も尽きはててしまっていることは一目でわかった。城吉は往生した。周囲の暗闇が彼には不気味である。致し方なしに、線路のわきに腰をおろして落着かぬ休息をとりながら、城吉はひそかに思った。――こだなことになったらもうしょんねえ。もし朝鮮人出たら、先生なげて俺《おれ》だけ助かる。

すると、基一郎がぼそぼそした声で言った。

「三瓶、君は一人で歩くと危ないよ。君の言葉は大体よく通じない。もごもご言っている間に、朝鮮人と間違えられる」

あれ、先生は人の心を読むだべか、と城吉はややぎくりとした。それからまた思った。なあに朝鮮人と間違えられたっておれぁかまわねえ。生命《いのち》あっての物種だ。

ところが、へたばっている荷厄介な連れを励まし励まし、保土《ほど》ヶ谷《や》辺りまで来たとき、城吉はやっと基一郎の言葉に合点《がてん》が行った。夜はまだすっかり明けきってはいない。しかし辻々《つじつじ》に人が群れている。異様に殺気立った雰囲気《ふんいき》がひしひしとこちらにまで伝わってくる。人々は手に手に竹槍《たけやり》も持ち、抜身《ぬきみ》の大刀を地に突き刺している者もある。次の辻では、二人の若者が——あれが朝鮮人だなと城吉はちらと思ったが——かなりの群衆の中に捕えられており、こづかれたり罵言《ばげん》をあびせられたりしている。

城吉たちも尋問を受けた。基一郎はここでも楡脳病科病院と前代議士を持ちだしたが、昂奮をむきだしにした青年団の若者がうさん臭げに城吉を見、城吉はぶ厚い唇《くちびる》を閉ざしたまま思いがけぬ恐怖の念に駆られた。そしてそれは、やがて路傍に生々しい死体が投げ捨てられているのを見たとき頂点に達した。死体は地震によるものではなく、一瞥《いちべつ》で刺殺されたものと理解できたからである。——先生なげてこなくてよがったな、と彼は思った。

みじめな恰好《かっこう》をし、目のおちくぼんだ基一郎は、こんなときにもかぼそい声で自慢をした。

「そら見給《みたま》え。君一人だったらどんなことになったかわかったものではない。ぼくが言った通りだろう？」

電柱が焼け焦《こ》げて倒れ、蜘蛛《くも》の巣のように電線が路上をふさいでいる場所があった。まだぶすぶすと余燼《よじん》の残っている箇所がある。化物のように黒ずんだ人々が徘徊《はいかい》している。

辛《かろ》うじて鶴見《つるみ》まで来たとき、行路病者同然となっていた基一郎に僥倖《ぎょうこう》が訪れた。まったく偶然に、知人の自動車と出会ったのである。知人は近くで降り、車をそのまま青山までまわすように計らってくれた。急にぐったりとなり、手足をとられるようにして乗りこむと、基一郎はしばらく肩で息をしていたが、歩かずに済む身にとっては更《あらた》めて驚愕《きょうがく》するに足る窓外の見渡すかぎりの災害の跡に目をこらしはじめた。それから、彼の目は閉ざされた。ときどき疲れきって生気のない視線が瞼《まぶた》の下からすべりでるが、それはすぐまた隠れた。城吉が心配して問いかけるのにもほとんど返事を返さない。こうした沈黙の、半眼を閉ざした彼の状態は、車が青山通りに差しかかるまで続いた。

青山は被害が少ないように見受けられた。火災の跡もなく、家々はおおむね無事に立っているようであった。間もなく元ノ原のこちらから、どうしても場違いの感のする、それだけ威容に満ちた塔を林立させて白っぽい楡病院の前景が見えてきた。病院はつつがなく聳《そび》えていた。尖塔《せんとう》ひとつ崩れていなかった。病院の無事を祝福する城吉の言葉に、基一郎は閉ざしていた目を薄くあけ、平生になくけわしい声で言った。

「ぼくの造った建物が、そうむざむざ壊れるはずがない。君、そんなことは当り前だよ」

しかし、車が近づくと、病院はまったく無事というわけにはいかないことがわかった。基一郎が屡々紅殻《ベンガラ》を塗らせて目新しく見せかけていた煉瓦塀《れんがべい》が、出来損《そこな》いの積木細工のように段階をなしてむごたらしく崩れている。その下方に割れた煉瓦が乱雑に積み重ねてあった。また病院の屋根瓦《やねがわら》の大半が落下していた。更に大理石の光沢を誇る壁にも円柱にも、ところ嫌《きら》わず汚辱のような亀裂《きれつ》が走っていた。あとになって城吉がしげしげ観察してみると、芯《しん》の芯まで石材と信じていたこの建築物が、亀裂の底にまごうかたのない木材を忍ばせていること、殊《こと》に大円柱はごく表面だけに石を貼《は》りつけたものにすぎないことがわかり、さすがに彼も一驚した。なんだべ、こりゃあ、と彼は思ったものだ。こりゃ化けの皮が現われただ。テンプラ・コンクリだったべか。

もっとも城吉のそうした感慨は後のことになる。車が病院の正面玄関前にとまり、やつれはててはいるものの院長先生が怪我《けが》もなく戻《もど》られたとわかると、ばらばらと大勢の者が馳《は》せ集まって来、幽霊でも出現したかのような——と城吉は思った——大層な騒ぎとなった。そうした人数の背後に、着剣をした兵士が幾人も玄関わきに佇《たたず》んでいるのを城吉は認めたが、それは三連隊から警護にまわされてきた兵隊たちで、そのにぶく光る銃剣のいろは、病院の壁を這《は》いまわる数多《あまた》の亀裂や足元に散乱する割れた屋根瓦などと相まって、この情景をひときわ尋常ならぬゆゆしいものに見せていた。

座席の位置の関係上、城吉が先に車を降りる。誰も彼に言葉ひとつかけるではない。城吉をおしのけるようにして、基一郎を助けおろそうとする。誰の目にも院長が、その着物の甚だしい汚れからおしてもひどく弱っているように窺《うかが》われたからである。その手をまたおしのけるようにして、院長は車から降り、さすがに平生の愛想《あいそ》よい笑顔も出ず、背後を、円柱に亀裂の生じた玄関を見返った。と、そこに龍子《りゅうこ》が駆けつけてきたのである。

それは緊張と自負と責任感と——とめどなく昂《たか》ぶり奮いおこされた自意識の権化《ごんげ》ともいえる姿であった。縮《ちぢみ》の浴衣《ゆかた》にきりりと襷《たすき》をかけ、足は草鞋《わらじ》で固めている、と見えたが、これは普通の麻裏草履《あさうらぞうり》を紐《ひも》でしっかりと足にゆわえつけているのだった。そしてかなりの長さの短刀が、その帯の間からこれ見よがしに覗《のぞ》いていた。龍子のやや面《おも》長《なが》の、しかしわずかばかりの鷲鼻《わしばな》が常々いかつさを垣間見《かいまみ》せているその顔立ちが、このときほど犯しがたい凜乎《りんこ》さを示したことはなかった。その切長《きれなが》の目はやや吊上《つりあが》っているようにも見え、前からこの兄の嫁ごを敬遠している城吉は、仇討《あだうち》という連想を脳裏に浮べながら思わず後ろに退《さが》ったほどだ。

龍子は人々を押しのけて基一郎の前に立った。父を迎える平俗な感情の動きは、いささかもその顔に現われはしなかった。それほど彼女の内面の緊張は大きく、盲信する父親の留守に自分ひとり病院を守ってきたという気のたかぶりは、なおさら彼女の表情を固くし厳粛にし、能面に似たものにしていたのである。切口上で、ほとんどひと息にこう言った。

「ようこそお帰りになられました。病院も無事です。皆、患者さんも無事でございます。それから箱根のお母様方も、すべて御無事でいらっしゃいます。お母様方は、十国峠をぬけて三島の方へ出られる、そう昨日報《しら》せが参りました」

箱根の山荘に残っていたひさ、桃子、康三郎たちが災いをまぬがれたという報知は、宮ノ下の出入りの植木屋が昼夜兼行で連絡に走ってくれ、基一郎の帰着より一日早くもたらされたのである。

一方、こうした毅然《きぜん》とした愛娘《まなむすめ》の——といっても龍子はこの年三十歳になっていたが——出迎えを受けた基一郎は、まったく常日頃にないだらしのない反応を示した。いつぞやの新年の参内《さんだい》の折、やはりこの玄関先で二階からとび降りた一患者の足に自動車の幌《ほろ》を突き破られたときも眉《まゆ》ひとつ動かさず泰然としていたこの男、人々の狼狽《ろうばい》する場面になればなるほどすましかえった落着きを見せるこの院長が、このときばかりは平生の自己統御の客観性を喪失し、あられもない喜悦ぶりを現わしたのだ。この三日間にわたるさして頑丈《がんじょう》でもない老いた肉体の疲労が、冷静な点では比類のない彼の神経機能までを狂わせたのであろうか。ともあれ基一郎は、「おお！」というような呻《うめ》き声を発した。その顔が妙な具合に歪《ゆが》み、これまでに見られなかった多くの皺《しわ》を露出させた。それから彼は、龍子の報告に答えるでもなく、周囲の者にねぎらいの言葉をかけるでもなく、さながら三半規管でも侵された動物のように、なにかを捜し求めるかのように、その丈の低い身体《からだ》をおぼつかなく二度ほども回転させた。

ようやく基一郎の感情のはけ口、その対象が見つかった。鶴見からここまで彼を運んできてくれた知人の自動車の運転手である。基一郎はだしぬけに太からぬ腕をのばし、その朴訥《ぼくとつ》そうな男の袖口《そでぐち》を摑《つか》んだ。罪人でも捕えるような素早さであった。常々肌身《はだみ》離さず持っている鰐皮《わにがわ》の不様《ぶざま》に大きい財布を電光のように取りだすと、同じように唐突な素早さで財布ごと相手におしつけた。

「これを、君ねえ、これを全部君にあげる。持って行ってくれたまえ。さあ、さあ」

しばしの応対があった。ようやく運転手が財布を受けとると、院長は更にあからさまな生地《きじ》をむきだしにした。すなわち、楡基一郎はそのままへなへなと崩れるようにその場に倒れかかったのである。咄嗟《とっさ》に院代勝俣秀吉《かつまたひできち》がその身体をささえた。しかし彼もまた小柄であったため、二つの身体は危うく傾斜し、そこを七、八人の手がささえた。

芝居じみた混乱のうちに、基一郎は玄関の内に運ばれた。地下足袋が脱がされると、また新しい動揺が起った。院長の色の白い足は破れた血豆でいたく腫《は》れあがっていたからである。水道がとまっているため、裏の井戸から濁った水をくんだバケツが運ばれた。そして一同が多すぎる手で院長の足を洗い治療をほどこしている間、三瓶城吉はまったく事件の外にほうり出され、無骨なその顔にかいた汗を徒《いたず》らに掌《てのひら》でふいていたのであった。

あとで、院長の足を洗った茶がかったバケツの水で、城吉は自分の身体をふいた。

第　九　章

間断なく船首にかきわけられ舷《ふなべり》にまつわる波の音、そのかき乱された白泡《しらあわ》はやがて濃藍《のうらん》の海に溶け、あとは巻き立つような雲の微動だもしない水平線までちかちかと緻《ち》密《みっ》に豪華に煌《きらめ》く熱帯の海。昼まえ、その海の涯《はて》に二つ三つの小島の影が浮びあがってきた。小暗《おぐら》いまでの緑が盛りあがる島影である。更に次の島が現われる。富士に似た形の山が聳《そび》え、そこに白雲がまつわっている。

毎日デッキゴルフを誰彼《だれかれ》なく大人たちにせびり、負けてやらないと腿肉《ももにく》のように赤い面貌《めんぼう》をしかめて泣く米人の子供が、神経にさわる嬌声《きょうせい》をあげて手すりから島を指している。徹吉《てつきち》は額に汗を滲《にじ》ませながらそのうしろを通り、船橋《ブリッジ》へ登って行って双眼鏡を覗《のぞ》かせて貰《もら》った。するとどこか懐《なつ》かしい日本の山を思わせた島の樹木は、椰子《やし》の林であった。水のすぐ上に、絵に描《か》いたような椰子の樹《き》が立ち並んでいる。その背後には種類も定かではない原生林が盛りあがりからみあっている南方の小島にすぎないのであった。

その横手の方にも、雲の奥に陸地らしいものが連なっているようである。それが次第に近づいてきて、漠《ばく》とした影がうす青い現実の山として現われてきた。

「あれがスマトラですよ。スマトラの本島です」

隣に立った船の士官《オフィサー》が言った。

徹吉はうなずいて、双眼鏡から眼《め》を離し、一続きの低く霞《かす》んだような陸地を、ふしぎな懐かしさと、ここしばらく彼につきまとっている訳もないいらだたしさとをもって眺（なが）めた。どうもこうして眺めると日本の陸地を見るような気がする。陸地というものがすべて似かよって見えるのか、それとも三年半を外地で過した望郷の念がもたらすものか、彼は判断しようとも思わなかった。

　昼食をすましたあと、いつの間にか空の四半分が曇り、あちこちに驟雨《スコール》の幕がたれはじめた。船の前方は狭霧《さぎり》がたちこめたように見え、雲がけわしく動いている。そのうち、凪《な》いで油のように見える海面を、にぶく光る帯のようなものが進んでくる。と見る間に、強い風と共に横ざまに雨しぶきが甲板や窓に叩《たた》きつけてきた。が、それはすぐあがった。たちまち眩《まばゆ》い光の粒子に満ち満ちたどぎつい空が拡《ひろ》がってゆく。それでもいくらか堪えがたい蒸暑さが薄らいだようであった。

　龍子《りゅうこ》は、上甲板の椅子《いす》に憩《いこ》っているアメリカ人船客と一緒に、椅子に背をもたせている。徹吉から見ると少しも似あわない、藤色《ふじいろ》の、裾《すそ》に襞《ひだ》のたいそう多いジョーゼットのワンピースを着、繻子《しゅす》のリボンのついたつば広のホース・ヘアの帽子を目《ま》ぶかにたらして眠る真似《まね》をしているらしい。徹吉は英語を話すのが得手ではないし、短からぬ期間異国に暮したあとにもかかわらずやはり外国人と接するのは気が重く、彼らとは挨拶《あいさつ》くらいしか交わさない。それなのに龍子は同船の日本人と交際するよりも、どうもすすんで米人たちの話に割りこんでゆく。聞いているとほんのわずか片言の英語をしゃべり、あとは相手に頓着《とんじゃく》なく平然と日本語でおし通す。船の士官《オフィサー》がくると通訳をさせる。白人の子供の手を摑《つか》まえ、あちこちいじくり、「本当に可愛《かわい》いわねえ。お猿《さる》さんみたいな顔をして」と、しゃあしゃあとした顔で愛想《あいそ》か悪口かわからぬことを言ったりする。……

龍子は三カ月前、欧洲《おうしゅう》に来た。業を終えた徹吉は巴里《パリ》で彼女とおち会い、幾何《いくつ》かの国を通り一遍の旅行をしたのち、大正十三年十一月の末、二人はマルセーユから榛名《はるな》丸《まる》に乗って帰国の途についたのである。

そのまえ、慌《あわただ》しい旅先の仮寓《かぐう》で、汽車の中で、料理店の中で、龍子は震災の惨状について夫に語った。まるでその天災が彼女一人のためにのみ起ったかのような口ぶりで話した。いかに最初の激震が強烈なものであったか、楡《にれ》病院の煉瓦塀《れんがべい》は瞬時にして道路にむかって崩壊したのだ。余震におびえる不安な夜、あまつさえ朝鮮人襲来の報知があった。院代勝俣秀吉《かつまたひできち》はぶるぶる震えてものの役にも立たず、肝腎《かんじん》の父親は生死不明である。そのときいかに彼女が陣頭に立って病院の者を叱咤《しった》したか、四百人の人員をかかえる楡病院の保有米は五日に満たない。幸い車が無事であった。いかに彼女が院代を伴《とも》にして区役所に米の配給を陳情し、徹吉に電報を打ったため中央郵便局と、懐剣を帯にさしこんで駈《か》けずりまわらねばならなかったか。そしてようやく基一郎が戻《もど》ってきた。「お父様はあたしが生きているのを御覧なさって、嬉《うれ》しさのあまりそのまま倒れてしまわれたわ。運転手に財布ごとお金をおやりになって。本当にもったいない」しかし足じゅう血豆に腫《は》れあがってベッドにかつぎこまれた基一郎は、いつまでもそのまま失神している男ではなかった。横になったまま三瓶《みひら》城吉を呼び寄せると、病院中の金をかき集め、彼に渡した。即刻山形へ戻り、米とトタン板を調達すること、大工と人夫を頼んで東京へ送ることを命じた。「本当にお父様は頭が働きなさるわ。しかしお父様はやはりお歳《とし》をとられました。オートミールをボルドーで冷やして召しあがるし、物忘れもひょいひょいなさいます。お前さまが帰られたら、もうお父様に御苦労かけないようにね」

で、峻一《しゅんいち》は？　と徹吉は問うた。大震災の話の中に少しも息子のことがでてこなかったからである。するとその返事はこうであった。地震が起って病院の者が退避し余震がやや静まってから、龍子は院代を督励して患者と従業員の安否を調べた、そのあと気がついてみると、前庭の隅《すみ》で峻一は下田の婆《ばあ》やにすがって泣いていた。「あの子はそれからも余震をこわがって、ずっと家の中にはいらないんですよ。何日も自動車の中で寝ている有様ですのよ」これを聞いて徹吉は、このわが子さえも顧みない気丈な養父の長女、目の前でおおらかな食欲をみせながらしゃべっている自分の妻に対してひそかに腹を立てた。

また龍子は、他の弟妹たちの悪口も述べた。彼女はこの年の春、高等女学校を卒業したばかりの桃子を漢口《かんこう》まで送って行ったのだが、智能《ちのう》が足らず我儘《わがまま》な、勝手放題にだらしのない、楡病院の娘であることへの自覚も見識もまったく欠如しているその末妹は、船旅のあいだ間断なく見苦しい顔で涙をこぼしつづけていた……。要するに龍子の述べたことは、すべて父親と自分自身と病院に対する信仰と礼讃《らいさん》、その他のものへの侮蔑《ぶべつ》と罵詈《ばり》なのであった。わが子さえをも無視するこの崇高な魂にとっては、その夫がどのようにして敗戦後の混乱した国で慰みとはほど遠い生活を送ってきたかということなど、もとより眼中にないにちがいなかった。それはそうだ。独逸《ドイツ》には震災もなかったし、なにより楡病院が存在しなかったから。

――しかしながら、あの「日本大地震」の記事を新聞に見て以来、徹吉は何も手につかぬ暗澹《あんたん》とした気持で十日余を過したものだった。

翌日の朝刊にはこう述べられていた。東京はすでに戒厳令が布《し》かれ戦時状態にはいった。横浜の住民二十万は住む家もなく食もない。ニューヨーク電報によれば、大統領クーリッジは日本のミカドへ見舞の電報を打ち、直ちに旅順港にいる米国分艦隊を日本へ発航せしめた。なお日本の地震はミュンヘンの地震計に感応し、朝の四時十一分に始まり五時少し前にもっとも強く感応した。

翌々日には、死者はすでに五十万、と報じてあった。日本の大小の休火山はふたたび活動を始め、東京、横浜、熱海《あたみ》、御殿場《ごてんば》、箱根は滅亡してしまった。政府は一部大阪一部京都に移転した。東京は今なお火焔《かえん》の海の中にあり、電報電信の途はまったく杜絶《とぜつ》している。

次の日も、また次の日も、さすがに徹吉は教室へ行く気がしなかった。下宿の一室に為《な》すこともなく閉じ籠《こも》り、そのくせあやつられたようにいつの間にか所持品を整理しようとしている自分に気がついた。重い足をひきずって食事をしに行くと、客の幾人かがわざわざ席を立って見舞の言葉を述べに来たりした。そういうとき徹吉は呆《ほう》けたように相手の顔を見つめ、それから気がついて辛《かろ》うじて一語をおしだした、「ありがとう」と。そうしているうち日本からの直接通信がはじめて倫敦《ロンドン》に届いたという記事が新聞に出たが、それを読むと事態は更に深刻のように思われた。民衆と軍隊との衝突、朝鮮人と軍隊との市街戦が報じられており、また新首相山本権兵衛《やまもとごんべえ》伯爵《はくしゃく》に対する暗殺企図、数名の大臣の死亡が記されてあった。

こうした真相の定かではない報道を異国で読む心理はまた別物である。一行のこまかい活字が、その何層倍もの不吉な予感を育《はぐく》み成長させた。徹吉はほとんど家族のことを諦《あきら》めかけた。夜はよく眠れず、暁《あけ》がたになってとろとろとすると、以前にもましてしきりに夢を見る。龍子のような姿恰好《すがたかっこう》をした女と峻一らしい様子をした子供とが、いずれも向うをむいて畳の上に坐《すわ》っている。いくら呼びかけてもふりかえりはしない。そのうち夢が覚めてしまうのだが、死んだ実父の夢像と思いあわせ、徹吉は諦念《ていねん》を心に言いきかせようと努力した。ある夜は地獄図にでもあるような火焔《かえん》の靡《なび》いているさまを夢に見、びっしょりと寝汗をかいていた。そうした心労の日夜を過した九月中旬に、彼はようやく一通の電報を受けとることができたのだ。「カゾクビョウインブジ」——徹吉は一人で麦酒《ビール》を飲みに街へ出かけてゆき、傍《かたわ》らでどよめく労働者たちの音声を、歯痛がようやく薄らいでくるような感慨をもって聞いた。翌日、教室で使う材料を買いに出、あれこれと色素を選びながら、だしぬけに神仏に謝したくなる気分に彼はおちいった。

せかれるように、連日徹吉は教室へ通った。九月の末というのに街路樹の葉が黄ばんで落ち、街には底にこもったただならぬ気配が淀《よど》んでいるように思えた。為替相場は急落を続け、国民党の集会が禁じられ、集会所や大きな麦酒店が軍隊と警官によって固められたりした。そういう状態に関《かか》わりなく徹吉は教室へ通った。

そのうち故国から震災後の手紙が到着しはじめ、しきりと帰国をうながしてきた。

うす汚れた料理店の片隅にじっと目をつむり、白髪のまじりはじめた頭髪をまさぐりながら、そのもっともな慫慂《しょうよう》を無視することを徹吉は動揺する自分に強《し》いた。生涯《しょうがい》に許されたこの唯一《ゆいいつ》の機会を失うわけにはいかない。それが我儘であれ利己主義であれ、自分はやりかけた業を中途で放棄するわけにはいかない。

冬が意外に早く訪れた。西暦一九二三年、十一月八日、ミュンヘンには初雪が降り、古めかしい家々の軒に、街上に白く積った。ひどく寒い日で、この日の為替相場は英貨一ポンドが二兆七千九百三十億マルクを算していた。徹吉は午前中教室で標本を覗き、午後は二つの臨床講義に出席し、夕食をすませてから精神病学会の講演を聴きに行った。長い討論があり、会が終った十一時すぎにはもう雪はやみ、凍《い》てつく街に煙のような霧がたちこめていた。中央停車場の前まで辿《たど》ってくると、そこの広場が群衆で一杯である。なにかわからぬが緊張した不穏の空気がみなぎっているのが感じられ、徹吉はそこを避けて帰路を急いだ。下宿に帰りついて床に就いたのは十二時をまわっていたが、夜半の街に犬の遠吠《とおぼえ》がし、歯切れのよい、鋭い節の行進曲をうたう隊伍《たいご》がいくつかむこうの街路を過ぎていった。

翌日、また雪の降るなかを教室に急ぐ途中、処々《ところどころ》に軍隊が屯《たむろ》しているのを見た。教室にきて徹吉ははじめて昨日何が起ったか――もとより社会状勢にうとい徹吉にはそのほんの輪郭を知るのがせい一杯だったが――を聞いた。昨夜、なんでもビュルゲルブロイ講堂で大集会があり、執政官カールが軍司令官ロッソウ将軍を伴って演説をした。その最中、突如、武装した一団の先頭に立って、アドルフ・ヒットラーという男が闖入《ちんにゅう》してきた。彼は卓の上にとびあがると天井にむけていきなり手にしたピストルを発射した。それから演壇のところへ突き進み、こう叫んだ。「国粋革命はいまや火《ひ》蓋《ぶた》を切った。この会場は完全武装をした六百人の隊員が占拠している。誰一人会場を出てはならぬ。現バヴァリア、中央両政府は更迭《こうてつ》され、臨時統一政府が組織された。軍、警両宿舎ともわれらの手に帰し、軍隊および警察隊はハーケンクロイツのナチ党旗をひるがえして当市に向って進軍中である！」――だが、事は、この蜂起《ほうき》は破れたのだ。夜の明けぬうちに、すでにオデオン広場もゼンドリング門もカール門も軍隊に占領されたことからもそれはわかる。

その日の夜、行きつけの食堂で食事をしていると、「皆さま、今日から警察時間が八時までです」と給仕の娘がふれて歩いた。外へ出てみると、戒厳令の布かれたミュンヘンの街は、なにか鬱勃《うつぼつ》たるものをはらみ、一人で歩いていると知らず知らず急ぎ足になる。小路《こうじ》を縫ってオデオン広場まできたとき、機関銃を据《す》えた一隊の兵士と、黒い毛ふさのある抜身の槍《やり》を持った騎馬巡査とが二列にそこを固めているのを見た。

ルードヴィヒ街道は電車がとまり、馬車や自動車の往反もなく、薄い夜霧の中に不気味に凍えきって静まりかえっていた。

翌々日には大学全体が休講になった。日本婆さんのところを訪ねると、彼女はくすんだ台所の隅で、彼女同様年老いて色艶《いろつや》もわるいカナリヤを見守りながら、実直な危《き》惧《ぐ》を露《あらわ》にして呟《つぶや》いた。

「学生さんが百人ばかり殺されたそうですよ。今夜あたりはいよいよベルリンから軍団がやってくるそうです。そうなると危のうございますよ」

戒厳令はそのような不安な状態で幾日も続いたが、徹吉は落着かぬ気分を払いのけるようにして教室の仕事に打ちこんだ。そこには他と隔絶されたひややかな空気が存在したからである。そのうちいつしか戒厳令も解かれ、ヒットラー、ルーデンドルフ、クリーベル等九名の者が国事犯として起訴されたことを、徹吉は遠い世界の事柄《ことがら》のようにいつもの汚れた夕食の卓で読んだ。その間にも通貨は暴落をつづけ、ついに英貨一ポンドが一二〇〇〇〇〇〇〇〇〇〇〇マルク、つまり十二兆マルクにまで達した。そのことは生活にさらに煩雑《はんざつ》な影響を与えた。纏《まと》まった書物を購《あがな》おうとする折、その度ごとに銀行へ急ぎ、カバン一杯の紙幣をかかえて書店へ駈《か》けつけねばならなかった。翌日になるとその紙幣の山がまた半分の価値に下落する恐れもあったから。

「だが、それも今は終ったのだ」

と、徹吉はひとりごちた。

すると、喜悦に近い感情がつかのま湧《わ》きあがり、船の振動と共に快く彼の体内をかけめぐった。今は悔いもなく日本へ戻るばかりである。それだけの労苦をこの三年半彼は果してきたのだし、将来の研究の土台になる書籍も、あの事情の中にあってはよくやったといえるほど集めることができた。その大部分はとうに日本に着いて楡病院の蔵に収まっているはずである。また養父や養母が以前から徹吉に望んでいた博士号も、ウインで仕上げた論文を日本へ送っておいたものに対しつつがなく授与されたという通知を、マルセーユを発《た》つ直前に彼は受取っていた。帰国した徹吉の立場はおのずから別のものとなるであろう。もちろん老いてきた養父の代りにしばらくは診療に励まねばなるまい。だが、あれだけの規模の病院を更に拡張する必要はない。現状を維持して行けばよいのだし、基一郎が養っていた書生たちもそれぞれ一人前の医師になりかけている。やがては閑《ひま》が、そういってわるければ時間が、養父が政治にかけた半分の金と時間が得られるにちがいない。その時間を自分は徒《あだ》やおろそかにはすまい。そして徹吉は、病院の隅にいつの日か建てられるであろう自分一人のささやかな研究室の幻影を目に浮べ、胸のうちが熱くなるのを覚えた。もとより大学の医者たちと競うつもりはない。ただ自分なりのものを、ゆっくりと、余生と時間とをかけて……。それに有難《ありがた》いことに、自分には生活費をけずって購った貴重な書物がある。その一部は日本の大学にも揃《そろ》っていないはずの文献が。

そうした徹吉の気持を乗せて、長かった印度洋も終りを告げるマラッカ海峡を船はすべるように走っていた。海の色はいくぶん緑色を帯び、近くの海面はとろとろとした鉛のようでもある。うねりはまったくなく、ただ実にこまかい皺《しわ》が一面に寄っている。象の肌《はだ》にさわるような感じでもある。

かたわらに龍子がきた。

「ああ、本当に揺れなくっていいこと。……あのトンプソンとかいう人のしゃべるの、英語なのかしら。まるっきりわからないわ」

「なにもお前、日本人もいくらも乗っているんだから、わざわざ外国人を選んでつきあわなくてもいいじゃないか」と、徹吉は言った。

「でも、私は人の話を聞くのが厭《いや》なのよ」と、龍子はぞんざいな口調で言った。彼女は至極丁寧な言葉遣いを用いぬときは、一体にけんもほろろのぞんざいな口をきく。

「みんな退屈しているでしょう？　身の上話まで聞かされるのはかなわないわ。あの三等にいるなんとかいう音楽家なんか、甘粕大尉《あまかすたいい》がどうとかこうとか、……社会主義者なのじゃないかしら」

「外人だって同じことだろう」

「でも外人ならいくらしゃべったって、あたしにはなんのことやらわかりませんからね。それだけ気楽だわ」

徹吉は目の下にくだけてゆく白泡《しらあわ》の跡を目で追い、そして言った。

「峻一はどうしているかな？」

「また」と、龍子はいくらか面倒臭げな声を出した。「それは大きくなりましてよ。お前さまを見ても覚えていないでしょうね。今ごろは日米戦争なんて言って遊んでますわ」

「日米戦争？」

「ほら、アメリカの、なんて言ったかしら、排日移民法とかができたでしょ、……病院の人たちもそれでみんな憤慨しましたのよ。熊五郎《くまごろう》ってご存知でしょう、熊五郎が賄《まかな》いでアメリカ討つべしって演説して、……院代が言っておりましたわ。そういうのが米国《よねくに》や峻一にも波及するんです。米国《よねくに》が米国《べいこく》と戦争する、じゃあ笑い話にもなりませんわ。それに、子供雑誌にも日米未来戦なんて話ばかりでるんで、軍艦の玩具《おもちゃ》を買ってくれくれって困るわ」

徹吉は笑った。

「元気でいいじゃないか」

「でも内弁慶《うちべんけい》よ、ほんとに」と、父親と病院と自分自身以外のことを滅多に讃《ほ》めたがらぬ妻は、にこりともせずに言った。「学校じゃ隅《すみ》の方に小さくなってるのよ。ほんとにお前さまに似たのですわ。顔立ちは少しお父様似のところもありますけれど」

そうしてまた龍子は、養子である夫に対して遠慮会釈《えしゃく》もなくその父親の礼讃《らいさん》をはじめた。震災で楡病院の本館はびくともしなかった。が、ほんの少し、或《あ》いはかなり、もっと有体《ありてい》にいうならば龍子自身もびっくりしたほどの亀裂《きれつ》が、壁やバルコニーや円柱に生じ、巧妙に隠蔽《いんぺい》されていた木材の部分を覗《のぞ》かせてしまった。しかし尽きることのない基一郎の発明の才は、この瑕疵《かし》をやすやすと解決したのだ。すなわち基一郎は多くの紙縒《こより》を作らせ、コンクリートに浸して亀裂を埋めさせた。その上からコンクリートを塗り砥石《といし》をかけると、どこぞやの宮殿を髣髴《ほうふつ》させる楡病院の威容はたちどころに再現されたのであった。

「お父様はあたし達《たち》のために新しい家をお建てになったのよ。病院の向って左の横手に」

と、喜ばしげに得意気に、龍子はこのときはじめて打明けた。

「これはお前さまには黙っていろって言われていましたの。あたしが出る前に建築をはじめて……あたしはそんな無駄《むだ》なことおやめなさってと何度も言いました。でもどんな家ができているか楽しみだわ」

それから龍子は、その年の総選挙に結局基一郎が出馬しなかったことに話を及ばせ、——震災のこともあって山形の前工作もうまく行かず、なによりひさの強硬な反対に彼は屈したのである——さぞ無念であったろう父親の心境をうべなうように口調を早めた。

「お母様のおっしゃることも一理はありますけど、出馬さえされていれば、もちろん当選したわ。憲政会なんかに負けやしませんでしたわ。そしてまた宮中に参内《さんだい》なさるんでしたのに……」

徹吉がややむっとして黙っていると、龍子は晴れ晴れとした顔でなおこう言った。

「お父様はお前さまの帰られるのを本当にお待ちになっていらっしゃるわ。新しい家を建てて、今ごろは前の煉瓦塀《れんがべい》をまた新しく塗りかえさせていらっしゃるにちがいないわ」

その口調には、それだけの人物である楡基一郎からそのようにして迎えられるからには、徹吉はこれまで以上にしっかりしなければならぬこと、老いつつある父親を助けて楡脳病科病院を一層盛りたてていかねばならぬという願望と要求とが、如実《にょじつ》にまざまざとこめられているのであった。

——新嘉坡《シンガポール》、そして香港《ホンコン》。

船足は決して早くはなかったが、むしろ遅々としてはかどらないように思えたが、それでも尚《なお》、刻一刻、たしかに日本へ、故国へ近づいて行っていることが徹吉には理解できた。客観的に、かつ生理的に、そしてまた心理的に。そう、シンガポールの支《し》那人《なじん》街の漢字の看板からして、すでに言おうようなく懐《なつ》かしかった。「万応涼茶」「広安欧美貨店」「華英電影戯」、その中にまじって「日本理髪」「日本薬房」というような文字。電車の中で言葉が通じなくて困っていると、一人の馬来《マライ》人が寄ってきて、片言の日本語で通訳してくれたこともあった。「ナニナニ?」「ヒトリ四銭、二銭オツリ」なによりも出港のとき、山高帽に黒の紋附《もんつき》、白足袋をはいて右手に扇子といったいでたちの老人が岸壁に見送りにきていた。徹吉がその姿を飽かず見つめていると、妻がせかせかと彼を呼びにきた。反対側の舷《ふなべり》では乗客たちが争って銀貨を海中に投じている。扁平《へんぺい》な小船に乗った男たちが、そのたびに海にとびこんで器用に貨幣を拾いあげる。

「ほら、銅貨だと見むきもしませんでしょ。すれっからしだわ。あんな連中にお金をほうることはないわ。本当にもったいない」

と、憤懣《ふんまん》を露《あらわ》にして龍子は言った。

香港を出港したのは、その年もおし迫った二十九日の正午であった。

昼食を終えて甲板に出てみると、左手にくっきりと支那大陸の山々が見える。前方には赤はげた岩石からなる小島が点在している。濁りをおびてとろりとした海に、黒い帆のジャンクが眠るように浮んでいる。後方をふりかえると、すでに香港の山が霞《かす》んでいこうとしている。

「もうすぐですよ。もう日本に帰ってきたようなものですよ」

先日の仮装大会で児雷也《じらいや》の蝦蟇《がま》に扮《ふん》して人気をあつめた船員が、歯をむきだすようにして笑って過ぎた。もっともこのずんぐりとした小男は、乗客たちに常々同じような挨拶《あいさつ》をするので有名でもあった。——もうすぐですよ。スエズ運河を過ぎたら、もう日本に着いたようなものですよ。

それでも徹吉は、相手の邪気のない笑顔にあわせて自然と頬《ほお》がほころぶのを覚えた。そして、しばらくサロンで憩《いこ》おうかと歩きかけたところに、エジプトから同船した商社の桜井という男がきた。持前のがらがら声で船中の誰彼《だれかれ》を批評し、西洋人の女に

「ケツ子さん」だの「マル子さん」だのという渾名《あだな》をつけては一人で笑いこけるという性癖の男である。

彼はいつになく生真面目《きまじめ》な顔でやってきて、まわりを見まわし、そして言った。

「楡《にれ》先生、なんでも東京の私立精神病院に火事があって、人死《ひとじに》もあったように支店に電報がきておりましたよ」

徹吉は一瞬はっとした。が、まさかという気持がすぐに蔽《おお》いかぶさってきて、その場はそのままに済ました。

ところが夕食のあと、船の事務長が彼のところに香港の英字新聞を持ってきた。小さく、昨夜東京の私立精神病院に火災があり、三四三名の患者中一〇八名が行方不明で、また十三の屍体《したい》が発見された、という記事が載っている。場所も病院名も不明ではあるが、患者数からおして楡病院を否定することはできなかった。しかし徹吉は強《し》いて疑惑を払いのけようとした。大震災のときにはあれほど絶望の気持におちいったのに、それは杞憂《きゆう》にすぎなかったではないか。

「私立の精神病院といっても、うちだけじゃありませんからね」

と、徹吉は朴訥《ぼくとつ》な笑顔で言い、なにか冗談を言おうとしたが、それがうまく喉《のど》からでてこなかった。

「事務長さん、賭《かけ》を致しましょうか？」

と、ふいに、かたわらから奇妙にはしゃいだ声で龍子が言った。

「賭けるって、何をです、奥さん？」

丸顔の見るからに好人物の事務長は、今にもだぶついた頬がころげおちそうな笑顔をむけた。

「もし、火事がうちの病院でしたら、あたしはエジプトで買った壁掛を差上げます。ほかの病院だったら、事務長さんがなにかくださるのよ」

「それは公平じゃありませんな、奥さん」と、事務長はもじもじと言った。「奥さんの病院が丸焼けに……（ここで事務長は目に見えて逡巡《しゅんじゅん》した）なったとしたら、とても私は壁掛を頂きかねますからね」

「そんなことどうでもいいでしょう。あたしは壁掛を差上げたいのです。事務長さんにはほんとによくして頂いたのですから……」

「まあまあ」

と、見かねて同席していた船医が口を出した。

「まあ、そうですな、明日の朝までに電報がこないとしたら、これは奥さまの勝です」

「そうよ、あたしの勝です。お気の毒さま」

と、ほとんど蓮《はす》っ葉《ぱ》な口調で龍子は言った。

「莫迦《ばか》な、お前どうかしているぞ。あの壁掛はお前の気に入りじゃないか」

と、徹吉は不器用に言って、無理やり妻を自室へ連れて行った。

しかしどうも落着かない。龍子はさらにいらいらしているようである。徹吉は彼女に睡眠剤を与えて早く休ませ、自分は一度上甲板へ出て行った。月影もなく一面に黒くおしひろがった海、船はゆったりと左右にかしぎながらその暗黒の海上を進んでいる。マラッカ海峡辺りに多かった夜光虫の光輝はこの夜は見られなかった。絶えることのない船のにぶい振動、潮の香とペンキの臭《にお》い、そして吹きつける海風はすでに肌《はだ》寒《ざむ》いまでになっている。徹吉は暗い海上に船の灯《ひ》をひとつ認め、それが右舷《うげん》の彼方《かなた》を行き過ぎてゆくまで見送った。さきほどからの胸さわぎはまだやまない。それを払いのけるように頭をふり、徹吉は船室に戻った。着更《きが》えをし、灯を暗くして寝床にもぐりこんだ。

十一時頃《ごろ》であったと思われる。まだ寝つかれないでいた徹吉は、ノックの音を明瞭《めいりよう》に聞き、咄嗟《とっさ》にベッドをすべりおりた。同時に横手のベッドに寝ていた龍子がすばやく半身を起す気配が感じられた。

ドアをあけると、事務長が立っていた。やや面《おもて》を伏せるようにして、彼は告げた。

「楡先生、やはりお宅です」

そして一通の電報を手渡した。……

＊

焼跡には、菊科の雑草がおびただしく群生していた。草花に趣味をもつ書生の言によれば、ヒメムカシヨモギという舶来の雑草で、鉄道草とも明治草とも呼ばれるそうである。鉄道草は春、こまかく柔らかい形をとって一面に萌《も》えだした。だがやがて、他の雑草をすべて圧倒する旺盛《おうせい》な繁殖力を示し、今ではアカザのように強い雑草まで隅へ追いやってしまった。夏が近づくと人の背ほどにまでのび、柔らかかった葉も大きく乾いて情緒のないものになってきた。そして中心が黄の白い小さな花弁をつけはじめ、そうした風情《ふぜい》のない花と葉が一面におい茂っているさまは、焼跡の無秩序をひときわどぎつく露《あらわ》にしているようでもあった。

あの年末の出火、――恒例の餅《もち》つきのあとの火の不始末から病院を全焼し十余名の死者を出した火災から、すでに半年が過ぎていた。

鉄柵《てっさく》の門と煉瓦塀は残っていたが、これがかつての楡脳病科病院のそれと同じものかと疑われるほどくすんで見すぼらしく見えた。中央玄関のあった辺りに、粗末な外来診察所が建てられていた。ずっと視線を雑草の茂るなかを左の方へ辿《たど》ると、二階建ての家――木造ではあるが外壁に白っぽい石をはりつけた家が見え、それは徹吉の帰朝を祝して基一郎が新築した家屋で、一部に火がはいったものの焼失をまぬかれた建物を修復して、今では家族の者全員が住みついているのである。裏手の方へまわると娯楽室だけが焼け残り、その附近に建てられたバラック建ての家屋と共に、ずっと数を減じた病院の従業者たちの住居となっていた。

かつて目をそばだてるに足る外観を誇った病院は、今は影も形も留《とど》めていなかった。それの存在した空間には初夏の空があり、不吉なまでに繁茂した雑草があった。敷地の右手のはずれのほうには、煉瓦造りの病棟《びょうとう》の外郭だけが崩れ残っていたが、異国の宮殿をいかがわしく模し鬼面人《きめんひと》をおどろかせた尖塔《せんとう》も円柱も、幻のように消えてしまっていた。三百数十人を数えた入院患者も今は一人もいなかった。楡病院の機能は、現在わずか二十坪ほどの仮普請《かりぶしん》の外来診察所に限られていたのである。それにしても病院復興の緒《いとぐち》くらいすでに見られてよくはないか。あの火難からとうに半年が経過しているというのに？

事実は不幸は更に重なっていたのである。その前年に火災保険の期限が切れていたのを、院長はそれを更新しようとしなかった。彼に言わせれば、保険というものは、「あんなものは君ねえ、意味がなく単に無駄《むだ》なもので、保険会社を儲《もう》けさすためばかりのものですよ」ということになるのだが、そういう計画にみちた杜撰《ずさん》さ、石橋を渡らずに川をとびこえるという奔放さによって、基一郎はこれまで幾多の成功をかち得てきたのである。もっとも彼は前年世間を騒がした王子病院の火災のあと、すぐさま多くの消火栓《せん》を病院内にもうけさせていた。だが寝入り端《ばな》を襲われた人々は、消火栓を使用するよりも自分の生命《いのち》を救うため身ひとつで逃れねばならなかったのだ。火のまわりが意外に早かったのは、徹吉の帰朝を迎えるため華々しいことの大好きな院長が、前面の景観よりずっと見劣りする後方の病棟から賄《まかな》いから、一面にペンキを塗らせて外観を整えさせたのが一因ともいわれる。ともあれ、楡病院は一夜にして全焼し、火災保険は入らず、あまつさえ病院の復興も許されていないというのが現状であった。

入院患者に犠牲者を出した基一郎に、警視庁の調べはきつく、世間の非難は集まった。病院の敷地は借地であったが、地主から退去を迫られ、それが裁判沙汰《ざた》になっていた。病院が繁栄していたときには考えも及ばなかった冷たい視線、危惧《きぐ》、呟《つぶや》きが附近一帯の町内から洩《も》れていた。理由は楡病院が、狂人、狂者、瘋癲《ふうてん》、ものぐるいを収容する危険な病院であるということである。病院復興反対の運動は裁判の相手である地主から出ているもののようであったが、警視庁にも運動の手がはいったらしく、入院病棟建設に対して禁止の通告がきた。こういうときに基一郎の政治好きの悪い波がおしよせるとは皮肉であった。政友会が天下をとっていたときとは逆に、今では憲政会の息のかかった警視庁は事ごとに基一郎に不利な態度をとった。政党が変るたびに警視庁の上層部も更迭《こうてつ》され、そしてその警視庁がすべての病院の監督に当っていた時代である。楡病院のとる道は一つしかなかった。どこか東京の郊外に土地を借り、そこに入院病棟を新設する。しかし、政治道楽と派手な外観を尊んだ基一郎には、実状を知った家族の者が一驚したほどその資金がなかった。といって、形ばかりの外来診察では、残った従業員の給料さえまかなうことは難かしい。

……徹吉は、今し方外来診察所を出、白衣姿のまま、そうした八方ふさがりの重苦しい気持を抱いて、焼跡に繁茂した鉄道草のあいだの道を歩いていた。つれづれに引きちぎると、この舶来の雑草も懐《なつ》かしい青臭い匂《にお》いを発した。しかし徹吉は、この雑草にどうしても親しみが抱けなかった。傍若無人にのび花をつけているその雑草は、いかにも病院の災厄《さいやく》とひきかえに繁栄してきたように思えたからである。それはまったく人の丈ほども伸び、向うを歩いている人影は辛《かろ》うじて肩から上だけを覗《のぞ》かせていた。

そして徹吉の視線は、鉄道草の茂りの彼方に、ぽつんと一つ離れて残っている蔵の外郭にひきつけられた。蔵にも火が入り、完全に屋根が焼け落ちていた。おそらくは震災のときにはいった亀裂《きれつ》を修復していなかったために、火災が鎮火した暁方《あけがた》から再び燃えだしたのだということを聞いていた。この蔵さえ無事であったなら、少なくとも徹吉が滞独時代苦労して蒐《あつ》めた書籍だけは助かったのだ。うす汚れ燻《くす》んだ蔵の白壁を眺《なが》めるにつけ、ここ半年他事にまぎれてきた胸の疼《うず》きが、今ようやく蘇《よみがえ》ってくるのを徹吉は感じた。帰国して焼跡に立ったときには、ただ茫然《ぼうぜん》として、悲痛の念さえも起らなかった。なによりも義父基一郎の落胆を、彼は励まし見守ってやらねばならぬ立場にあったからだ。

四十年の努力の結晶である病院を一朝にして失った基一郎は、平生《へいぜい》の自制を喪失し、一時は病院の者が憂慮するほどの精神状態を呈したのである。入院患者に犠牲者を出した院長の責任を問うた新聞記者に対し、彼は摑《つか》みかかるばかりの気配で言ったという。「君、それは無礼だぞ。患者はちゃんと全員安全な場所まで退避させたのだ。それでも何人かがわざわざ火災の中へとびこんで行ったのだ。君、尋常の神経でそんなことを言って貰《もら》っては無礼だぞ」基一郎の意中は察しなければならぬとしても、やはりこれは暴言というべきである。基一郎は裁判相手の地主の代理人に対しても充分侮辱罪が成立つほどの暴言を吐き、警視庁へ呼びだされても不始末をしでかした病院の長として言うべからざる暴言を吐いた。警視庁では院長の更迭《こうてつ》を考えているという報知を、徹吉は院代勝俣秀吉《かつまたひできち》から聞かされたくらいである。幸い、基一郎の異常な昂奮《こうふん》状態は長くは続かなかった。そのあとに以前の彼を知る者にはいぶかしいほどの沈鬱《ちんうつ》状態がきた。裁判の成行き、病院再建の資金の調達、かつての基一郎ならおそらく人の目を奪う敏速な手腕を発揮したろうに、このたびは彼のなめらかにうごく口元は閉ざされ、その行動はどこかぼんやりしていた。院長はもう駄目になったのではないか、火難の衝撃で老いぼれはててしまったのではないか、というのが周囲の者の偽らぬ考えであった。あれほど基一郎を絶対視し、その一挙一動に敬意をはらうにやぶさかでなかった院代勝俣秀吉すらも、「ですから病院の地所だけは買っておいたほうがいいと前々から私が申上げていたのですが、君ねえ、土地なんかは借地で充分だよ、その金をほかに回転さすのが金の使い方というものだよ、とおっしゃって、とうとうお聞きとどけにならなかったのです」と、いささか不信の念をこめて愚痴をこぼしたほどであった。

とにかく基一郎は、病院再建の目算も遅々として運ばぬまま、診療はすべて徹吉たちにまかせ、鬱々として焼け残りの広からぬ家に蟄居《ちっきょ》していたのである。診療をまかせるといっても、外来患者の数は微々たるものであった。今日も徹吉は朝から診察所につめていて、午前中に診た患者が二人、昼すぎから訪れた相談人が一人にすぎなかった。

徹吉は重い足を運んで、蔵の裏手に出た。かつては右手に賄い、左手に基一郎自慢のラジウム風呂《ぶろ》が建っていた場所である。浴場は辛うじてその姿を留めていた。焼失した部分にトタンを囲って、今も風呂場として使用されていた。そんな大きな浴場に入る人員もいないのに、これだけは基一郎のきっぱりとした言葉によって、無駄なことながら未《いま》だに湯が立てられているのだった。

賄いの跡から先は茫々と鉄道草の伸びるにまかせた空地になっている。そこに峻一《しゅんいち》が米国《よねくに》と書生の熊五郎《くまごろう》と一緒に、地面にかがんでなにかやっているのを徹吉は認めた。思わず声をかけると、峻一はこちらにふりむいた。しかし、困ったような、中途半端な、義務感からきたような笑顔をほんのわずか見せると、すぐに照れたように向うをむいてしまった。ずいぶんと背ののびたその十歳の男の子、留学中ずっと考えていたおもかげとはかなり違って成長した峻一は、半年経《た》った今、未だに父親に慣れ親しまないのだった。近づこうとした徹吉の足はためらった。明らかに自分を意識して向うをむいてかがんでいる小学校三年生の長男を、彼は寂しい満たされぬ気持に捕われながら、そのままほっておいてやることにした。たとえ近づいて何をやっているのか尋ねたとしても、どうせぎこちない、なじめない他人に対するような返答しか期待できそうにない。

徹吉は足を返して、ふたたび蔵の横手をよぎった。この冬、三年半ぶりに故国に戻《もど》った実感を味わう余裕もないまま、彼はこの焼跡で焼け残った書籍を掘り起したものだ。数千の、ひとつひとつ購入時の思い出につながる書物、その大部分はむろんのこと灰になってしまっていた。だが一部が、まわりだけ焼け焦《こ》げて、水浸しになって、泥《どろ》に汚れて、灰のなかに形骸《けいがい》を留めていた。肉親の骨でも拾うように、徹吉はそれを掘り、天日に干したものであった。大学でも揃《そろ》いはないと思われる精神神経学雑誌は綺麗《きれい》さっぱり焼けてしまっていた。ヴントやブロイラーやビンスワンガーのいくらかが焼け残った。周囲は焼けただれ、中央の部分だけが痛々しく残って。干して乾かした書物は、頁《ページ》を繰ろうとすると焼けた部分がもろくも崩れた。あの当時は極度の緊張のため機械的に徹吉はその営みを続けたものだが、いま更《あらた》めて追想すると、どうしようもない空虚さが胸を浸した。病院はいつの日か再建されるかもしれない。しかしあの文献をふたたび集め直すことはむずかしい。いや、彼は病院の再建のため身を粉にして働かねばならぬだろう。してみると、無に帰した病院と書物とは彼の生涯《しょうがい》を決定づけたことになる。彼は、徹吉は、つまるところ研究という道には縁がなく、一臨床医として生涯を終えることになるのだろう。

徹吉は、運命というものを感じた。無常というものを感じた。いずれも深い意味あいを有するものではない。彼の故郷である東北の農夫が天災に対して感ずる、ごく素《そ》朴《ぼく》な本能的な思考である。徹吉には原始的な信仰もなかった。しかし彼は、弟の城吉からの便りで知ったことだが、実父がその晩年に法然上人《ほうねんしょうにん》の念仏八万遍を志し、どうしても声が出なくなってしまうのを、なお数珠《じゅず》をもち算盤《そろばん》をおいて、蟬《せみ》のなくような、何を唱えているのかわからぬような声で執拗《しつよう》に続けていたという心境を、なにか理解できるような気もした。そういえば彼は、十五歳になった年——その年徹吉は上京したのだが——父に連れられて湯殿山《ゆどのさん》の初詣《はつもう》でに行ったものであった。東北の山村ではこの山を崇《うやま》い、息子が十五に達すると湯殿山参りをするのである。出発のまえには毎朝水を浴び、魚介虫類のようなものまで殺さぬようにして精進する。多くの一厘銭《りんせん》をひとつひとつ塩で磨《みが》いて賽銭《さいせん》の用意をする。そして御山参りの第一日は夜半まえに村を発《た》ち、本道寺というところまで十四里を歩くのである。二日目はまだ暁にならぬころ志津という村に着き、そこで先達《せんだつ》を頼む。湯殿山の谿谷《けいこく》にかかると御山が荒れだした。豪雨が全山を撫《な》でて降り、笠《かさ》はとんでしまい、茣蓙《ござ》もちぎれそうであった。それでも先達はひるまずに六根清《ろっこんしょう》浄《じょう》御山繁昌《はんじょう》と唱えて登ってゆく。そのうち一面の氷で埋められた谿《たに》を渡るところへきた。徹吉がおそるおそる渡ろうとすると、突風が凄《すさ》まじい響きを立てて吹きつけ、彼は危うく転倒しかけた。するとうしろを歩いていた父が鋭い声で叫んだ。「徹吉、這《は》え。べたっと這え」徹吉はその場に身を倒し、冷たい氷の上にしがみついたものだが、恐怖と共に、何ともいえぬ敬虔《けいけん》な気持も味わったと記憶している……。

「若先生」

と、彼を呼ぶ声がした。鉄道草の茂るなかを徹吉を捜しにきた看護婦の声であった。

「患者さんが一人お見えです」

すでに若からぬ徹吉はうなずいて、ちょっとふりかえって峻一のほうを眺め、それから足早に外来診察所の方へ引返していった。

一方、徹吉の去ったあとの雑草のあいだの道で、峻一は丈高くのびた鉄道草の茎を折り、しきりと地面に並べていた。軍艦の形をつくっているのである。

「これが戦艦薩摩《さつま》ね」

と、峻一は言って、大砲を現わすほそい茎を何本も並べた。

「そんなのあるかい。そんなにやたらと大砲がついててたまるかい」

と、中学生の米国は、こんな遊びにやや飽々しているらしく、批評がましい声を出した。

だが、この乳臭い遊び事に加わっているなかで、もっとも熱心なのはほかならぬ痘痕《あばた》の熊五郎であった。多くの書生たちが郷里へ帰ったり他に職を求めたりしているのに、この怠け者の書生はなお便々と楡病院に寄食し、もっぱら子供たちの相手をして日を送っているようだった。

「そうだ、これが土佐、加賀、紀伊《きい》、尾張《おわり》……」と彼はすこぶるひたむきな声で言った。「そしてこっちが天城《あまぎ》、赤城、高雄《たかお》と……。これで十六隻《せき》、これで八八艦隊が揃った」

かつての社会主義者は、どうしたことか今また厳然たる軍国主義者に変じていた。

「この八八艦隊を作ろうとして、われわれがどんな苦労をしたですか。いいかね、官吏から会社員から月給を差引いてお金を集めたものだ。ぼくだってお金を出しましたよ、そりゃあもう大変なものだった。これが全部できあがりゃあ日本は絶対に負けない。それでやっこさん、アメリカめが慌《あわ》てたね。なにしろ軍艦を作るスピードは日本のほうがぐんと早かったからね。そこで軍縮案なんか出しやがったんだ。いいかね、五五三なんて馬鹿《ばか》げた案を呑《の》んだ政治家どもは腰抜けだ。移民を蹴《け》られて歯がみをしたって、悲しいかな、八八艦隊は今はないのですぞ。しからば我々はどうすればよいのか。坊や、どうするね？」

「もう一遍、八八艦隊を作ればいいよ」と、峻一は答える。

「そうだ、偉い、よく言った！」熊五郎の渋茶色をした顔の発疹は目に見えて赧《あか》らんだ。「そのとおりだ。国民がふたたび一丸となれば八八艦隊を作り直すくらい訳はない。海軍条約なんか糞《くそ》をくらえだ！　いいかね、薩摩、土佐、紀伊、尾張……」

「あ、おじいさまだ」と、そのとき峻一は言って立上りかけた。さきほど父親から声をかけられたときとはまるきり違う活潑《かっぱつ》さで。

こちらの唯《ただ》ひとつ残った二階屋の裏口から姿を現わしたのは、たしかに基一郎にちがいなかった。だが、どのような変りようがそこに見られたろう。かつての洒落者《しゃれもの》、もったいぶった姿恰好《すがたかっこう》、精力と計算にみちた物腰は一見跡形もなく失われていた。浴衣《ゆかた》にだらしなく帯を巻きつけ、両手にはなにかびんのはいった洗面器をささえていた。下町の老人がちょっと銭湯へ出かけるといった風態《ふうてい》である。その小柄《こがら》な身体は、火災以来、ひときわ目に見えて縮んでしまったようにも窺《うかが》われた。

それればかりか、基一郎は浴衣の裾《すそ》をくるりとまくり、脛《すね》をむきだしのだらしのない恰好のまま、今は見るかげもなく応急の囲いだけをした浴場へむかって歩きだした。

蔵の裏まできたとき、峻一が幼い声で呼びかけたが、その孫の声にも気がつかないようであった。やや前かがみになり、地面を見つめてせかせかと足早に歩いた。

このところ彼は金策に疲れきっている。大丈夫と信じていた或《あ》る信託銀行には断わられ、知人に紹介された或る金主はたしかに現金を持っているようだったが厖大《ぼうだい》な利子を要求した。あまつさえ昨夕の万朝報には、楡病院に対する誹謗《ひぼう》の記事が載っていた。楡脳病科病院は町内百余名の反対があるにもかかわらず再築を強行する計画で、その資金に困り家賃まであげ――基一郎は青山墓地と病院との谷間にかなり貸家を持っていた――町内では非難の声が高まっている、云々《うんぬん》。

しかし基一郎は、眉《まゆ》をひそめ考えこむようにして浴場の前まできたが、そこで釜《かま》を炊《た》きつけている伊助爺《いすけじい》さんの姿を認めると、昔のままに愛想《あいそ》のよい笑いをやつれた頰《ほお》に刻んだ。

「伊助、いや、ご苦労ご苦労」

「これは先生さまですか」

他の事物とは異なり、伊助爺さんの姿だけは昔と大した変化がなかった。背の瘤《こぶ》がいっそう隆起し、そのためどんなに努力しても前かがみの姿勢を変えられないのだが、相変らず煤《すす》けて黒ずんで、不幸な大火災もこれ以上のうす穢《ぎた》なさを彼には与えることができなかったように見受けられた。

「まだ風呂は早いで。上っつらは熱うなったかも知らんが、底の方はまだ水で……」

「なになに、それで結構」

基一郎は自分自身に頷《うなず》くように、もう一度疲れたような笑顔を肉の薄くなった頰に刻んだ。

浴場に入り、申訳に作られた板の間の隅《すみ》で、せっかちな慌《あわただ》しさを見せて裸になる。手伝おうとする伊助を断わって、広い浴槽《よくそう》の上にわたしてある板を一枚々々はいでゆく。いい加減に湯をかきまぜ、ろくに外で身体を濡《ぬ》らしもせずずぶりと浸《つか》る。

それから基一郎は奇妙なことをした。腕をのばし洗面器をひき寄せると、その中にころがっているのは彼の愛飲するボルドーのびんであった。ボルドー酒ならぬ単に赤く色のついたサイダーなのである。ちゃんと栓抜《せんぬ》きとコップもはいっている。基一郎は栓抜きをとりあげると、何回かこんこんとボルドーの王冠を叩《たた》いた。その薄手の金属音は、広々としたがらんと殺風景な浴場の中にしばらく反響する。それだけの手数をかけて丹念にボルドーの栓を抜いたのだが、おしこめられた炭酸ガスは赤い液体を泡《あわ》と化してびんの外にあふれださせた。狼狽《ろうばい》して瘦《や》せた老人はコップでそれを受ける。ようやく泡が静まってくると、今度は前にもまして慎重にコップのふちまで赤いサイダーをつぎたす。

コップを捧《ささ》げ持ったまま、ふたたび基一郎は肩までぬるい湯にひたる。おもむろにコップを唇《くちびる》にあて、一口のむ。もう一口、隆起した喉仏《のどぼとけ》がごくりとうごく。それから彼は目をつぶる。片手にまだボルドーの半分はいっているコップを持ったまま、じっと目をつぶる。どんな想念がその頭を訪れているのか。彼の頭髪は半白になっていた。以前は人工的な丹念な手入れにより、つややかに黒々としていたその髪は、今は油気もなく、生気を失い、ところどころほつれていた。威厳を見せたそのカイゼル髭《ひげ》だけは、黒チックのためまだ黒さを保っていた。しかしかつての時間をかけた手入れ、入念な配慮はほどこされておらず、かえってこの老人全体を、貧相に、滑稽《こっけい》にさえ見せていた。急速に皺《しわ》のきた血色のわるいその顔、骨の浮きだした胸部、そしてその瞼《まぶた》は閉ざされたままであった。広い湯の面《おもて》にぽつねんと浮いたその頭に、一体何が、どんな考えが去来しているのか。瓦解《がかい》と絶望、屈辱と諦念《ていねん》？

ふいに、その瞼がひくひくと動いた。目がうすく開かれた。すると、やや濁った白眼と大きからぬ瞳《ひとみ》が、一瞬気味のわるいかがやきを放ち、同時に痩せて骨の浮いたその小柄な身体《からだ》が、ふしぎな精力を帯びたかと思われた。腕をのばして湯槽《ゆぶね》の外のボルドーのびんをとる。勢いよくコップにつぎたす。二口三口音を立ててのむ。

だが、それもつかのまのことであった。やがて目の光がにぶく、ぼんやりと定まらなくなる。しばらくその視線は、おぼつかなく頼りなげに、トタンで囲ってある横の壁に、天井にとさ迷っていたが、やがて瞼は再度閉ざされた。片手に飲み残しの赤い液体のはいったコップを持ち、ぬるま湯に浸ったままの沈思、果てることのない呆《ほう》けたような沈思……。

これが昨今の、楡基一郎の日常の一齣《ひとこま》であった。

＊

……へんに肌寒《はだざむ》かった。まだそれほど冷える夜ごろではないはずだのに、ぞくぞくと皮膚の表層に鳥肌が立つような気がした。そのくせ額から頬が、いや身体全体が熱っぽかった。胸の内部に慢性に燃える熱源があり、それが全身をほてらせ、ただ皮膚の表層だけが異様に寒冷を感じてふるえるようであった。

熱があることははじめからわかっていた。だが聖子は、体温計を手にとる気がしなかった。水銀柱が無情におびやかすように昇るのを見るのが怖《おそ》ろしかったからだ。

しばらく前、彼女は夫に隠れてひそかに町医者の診察を受け、肺結核、それもかなりすすんでいるのではないかという宣告を受けていた。肺病、そのまま死病につながることの語句を、彼女は夫に打明ける勇気がなかった。久しい以前から佐々木と聖子との夫婦生活は、破局とまでは行かないまでも、堪えがたく重苦しいものになっていたからである。

親の決めた婚約者を打捨て、あらゆる反対をおしきり、勘当同然となって――事実聖子はあれ以来一度も楡家の門をくぐったことはなかった――一緒になった二人の結婚生活は、はじめのうちこそ甘く濃《こま》やかなものであった。しかし、いつとはなしに、目に見えぬ罅《ひび》が徐々に大きくなっていったのは争えぬ事実である。お嬢さん育ちの聖子と、若いうちから渡米して苦労をした佐々木の気質の相違からきたのかもしれない。一英語教師の職ははじめから佐々木の求めるものではなかった。或る商社に入り、まもなくそこもやめ、二、三の職を転々とした。

そこからくる生活の苦労はもとから覚悟をしていた。佐々木がしきりに欲しがった子供がついにさずからなかったことも原因の大なるものではない。聖子を心底からうちのめしたのは、夫の酒癖であった。酒をのんだときの夫は性格が一変してしまう。ここ一年来、それは病的にまで昂《こう》じていた。意のままにならぬ人生が佐々木をすさませた。いったん飲みだすととめどがなくなる。昼間から飲み、夜じゅうあちこちを飲み歩いて暁方《あけがた》になって戻《もど》ってくる。酩酊《めいてい》して寝てくれればまだよい。大抵そういうときの夫は、常人とは思えぬ昂奮状態にある。寝ている妻をひきずり起し、ねちねちと難癖をつけ、彼女の実家のことを罵倒《ばとう》し、そこらのものをひっくり返したりする。翌日は夜まで死んだように寝る。目覚めるとしきりに後悔し、聖子にわびるが、それは長くはつづかない。そして、その間隔が最近目に見えて狭《せば》まっていた。

聖子は、さきほどまで横になっていた蒲団《ふとん》から起き出した。着物のまま仮寝をしていたのである。夫は朝まで戻らないかもしれない。しかしふいに帰ってくるかもしれない。夜中に戻ってきたときには酒を要求し、彼女をいたぶりながら朝まで酒をあおるのである。どんよりと血走った目をし、よろけながら呂律《ろれつ》のまわらぬ声をはりあげる夫の姿を想像しただけで、彼女は身のすくむ思いがした。それはもう嘗《かつ》て聖子が身を投げだして愛した男ではなく、ひたすら怖ろしい別箇《べっこ》の生物にすぎなかった。

聖子は二、三度咳《せき》をし、だるく熱っぽく同時に寒気のする身体を運んで、火鉢《ひばち》の炭をつぎたした。灰になった炭がもろく崩れる。ほかに為《な》すこともないようにぼんやりと鉄瓶《てつびん》をかける。あれほど、人の噂《うわさ》にのぼるほど整っていた彼女の顔立ちの、なんと生気なくやつれはてたことか。身だしなみを、容貌《ようぼう》を整えようとする気力をとうに彼女は失っていた。

聖子はこれまでに屢々《しばしば》下田の婆《ばあ》やから、真心をこめてもってきてくれる米や野菜のほかに、お金をも受取っていた。それが母親から出たものであることはわかっていたが、その母はついに一度も顔を見せてはくれなかった。思いきって楡病院を訪れるのは彼女の矜持《きょうじ》が許さなかった。あれだけの反対をおしていったん出た家に、どうしておめおめと顔出しできようか。

だが、今度の病気、医者から安静を命じられ療養をすすめられた等閑に附しがたい疾患、いまも刻一刻とこの身を蝕《むしば》んでいるにちがいないこの病については、彼女はどうしてよいかわからなかった。しらふのときの夫に打明ければ、もちろん彼は入院をすすめるだろう。だがその費用はどこからでるのか。実家さえ元の状態にあったなら、聖子は恥を忍んでその援助を求めたにちがいない。しかしその実家は、——聖子は楡病院の火災のあとそっと近所まで行ってみたことがある。震災のあと修復された懐《なつ》かしい煉瓦塀《れんがべい》だけは残っていた。そしてそのほかに、元ノ原のこちらから見ると、何ひとつ残っていなかった。天空にそびえたっていた病院は跡形もなく消失してしまったのだ。その後の病院の困窮については、たまに尋ねてきてくれる下田の婆やから問わず語りに聞かされていた。窮境にある父親にこのうえ迷惑をかけることは許されない。

——自分は死のう。

突然、このような唐突な考えが、聖子の胸に、ごくたわやすく、唯一《ゆいいつ》の解決としておしのぼってきた。

——自分は死のう。

聖子の視線は、かたわらの茶簞笥《ちゃだんす》へと移っていった。その中には薬の袋がある。最近眠れない夜をすごす聖子のために、いつぞや下田の婆やが持ってきてくれた睡眠剤である。まだ十包は残っているだろう。あれを一遍にのんだなら、そのまま二度と覚めることのない眠りにはいれるだろうか？

だが、その思考は一瞬のものであった。死ぬのは厭《いや》だった。額が燃え、全身が身の置き場もないほどだるい、そしてそのゆえに、彼女は生きていたかった。どんなみじめな思い、どんな苦しみがあろうとも、死はそれよりも怖ろしく、厭悪《えんお》されるものであった。

戸外で蟋蟀《こおろぎ》が鳴いている。おのがじし競うように間断なく……。すると記憶が、まざまざとした記憶が蘇《よみがえ》ってきた。あれはあの楡病院の裏手の二階の間であった。姉が強硬に自分をかきくどき佐々木との結婚を翻意させようとしたのは。そして何だろう、あの奇妙な朗読調の節まわしは？「……緋縮緬《ひぢりめん》の細帯をかけ……髪の毛一筋も乱さず美しく化粧したるまま……」

「ビリケンさん！」

と、聖子は我知らず声に出して言った。

ビリケンさん、あの新聞を朗読することだけを業としていたとんがり頭の男はもうこの世にいない。昨年の暮の火災の犠牲者の一人であったからだ。ビリケンさんもいない、病院もすでにこの世に存在しない。

しかし聖子は、思わず知らず目尻《めじり》に溢《あふ》れてきた涙を手の甲でおしぬぐった。ビリケンさんの追憶はそれと重なった一人の少女の像、彼女の妹の桃子の姿を意識の上にのぼらせたからである。

その桃子は今は少女ではなかった。漢口《かんこう》の同仁会病院の外科部長である四郎の妻として異国に生活しているのであった。あの毬《まり》つきばかりしていた妹、弟の米国《よねくに》といさかいばかりしていた妹、活動写真の話ばかりしていた妹、それが人妻となり、今は遠い支那《しな》の都会で暮している、そう思うと聖子は、以前には考えもしなかった親しみと愛情を、あの頰《ほお》の下ぶくれした少々だらしのない妹に痛いほど感ぜざるを得なかった。

そしてその桃子は、まもなく日本へ戻ってくる。

強制的に漢口へ連れていかれてから、桃子は頻々《ひんぴん》と便りを寄こした。あの桃子がと思われる、告白的な、少なからず感傷的な手紙であった。「聖子姉さま、あなただけが私の味方です。私がこんなことを書けるのは貴女《あなた》だけです」というような文句が屢々目についた。

桃子は泣く泣く龍子に連れられて漢口へ行ったのだ。その夫にはどうしても我慢できなかった。基一郎のとったあまりにも唐突な策略は、消しがたい心の傷痕《きずあと》を彼女に与えたからである。ある日、彼女はふらふらと切符を買い、船に乗った。揚子江《ようすこう》をくだると次に九江《きゅうこう》という港がある。港に着くと、夫の手配によって日本の警官が待ちかまえていて、そこから彼女は否応《いやおう》なく連れ戻された。それでも、やがて彼女は漢口の生活にも慣れた。三人も召使いを使う生活にかなり満足したようだった。そのうち彼女は妊娠した。そのことは決定的な作用を桃子に与えた。楡桃子は四郎の妻であること、彼女の人生はそういう具合にきめられてしまったことをようよう彼女は納得した……。そうした親たちも知らぬ桃子の心の秘密、告白を、逐一聖子は告げられていたのであった。

しかし腹の中にいる子供が大きくなるにつれ、桃子の望郷の念はふたたび強まった。どうしても初めての子を異国の地で産みたくはない。なによりも楡病院、彼女が育ち彼女を認め優しくしてくれた人々も大勢いる病院へ戻りたい。どのようにして彼女が両親を説得したか、それは聖子の知るところではない。おそらく桃子の帰国が許されたのは、夫の四郎が遠からず任期が切れて帰国することに決ったのが最大の原因であったのだろう。

聖子はだるい身体を動かして、文箱《ふばこ》からしばらく前にきた桃子の手紙を取出すと、達筆とはほど遠い丸っこい文字をもう一度辿《たど》ってみた。

聖子姉さま。あたしはもうすぐ日本へ帰れるやうになりましたの。幾度も幾度もお父様にお願ひして、たうとうお許しが出たのです。どんなに嬉《うれ》しいことか、本当にどんなに嬉しいことか、聖さまだけにはわかつて貰《もら》へることでせう。あたしなんか病院ではどうせ邪魔者だつてこと、ちやんと知つてゐますわ。あたしなんかどうだつていいのです。あたしは龍さまや聖さまにくらべ、何もかも劣等で、病院にとつて役立たずなんですもの。御免なさい、これは皮肉でなく、聖子姉さまが今のやうになられたから、あたしだつてこんなことが言へるのよ。あたしが好きなのは下田の婆や、ビリケンさん、四百四病の瀬長さん、痘痕《あばた》の熊《くま》さん、さういふ病院の人たち、それに聖さま、貴女だけです。

あたしが帰つたつて、あたしはどうせ偉い人間ぢやないから、暖かく迎へて貰へないつてことくらゐわかつてますわ。それに、今は娘を迎へるどころの病院の状態ぢやないつてことも。ですけど、今度はあたし一人ぢやない、お腹《なか》に子供がゐるのです。さつきもあたしのお腹を蹴《け》つたのですよ。男の子だつたらどんなによいか、男の子だつたら医者になつていづれは病院の役に立ちます。あたしだつてそのくらゐのことちやんとわきまへてゐてよ。お父様だつて、あたしのことはどうでもいいとして、新しい孫の顔を御覧になつたらきつとお笑ひになると思ひます。男の子だつたらどんなにいいかしら、いつも果物を売りにくる支那人がお呪《まじな》ひを教へてくれました。これはとても可笑《をか》しなお呪ひで、真面目《まじめ》にやる気になれません。それからうちのコックは、沢山海老《えび》を食べると男の子がうまれると言ひますの。ほんといふと、あたしは海老ばつかり食べてゐて、なかなか高くつきますわ。早く早く病院の誰彼《だれかれ》に会ひたい、聖さま、早く貴女のお顔が見たい。あたしの赤ちやんが男の子であるやう、聖子姉さまも祈つてゐて下さい。本当にね。その代りお土産はどつさり持つて行きます。聖さまだけにですよ、いろんなものを。なんだかそれは内証。

聖子は何回か目尻を指先でこすり、それからやつれた顔に歪《ゆが》んだような微笑を刻んだ。

——桃さま、あたしもあなたにはやく会いたい。本当に……。

戸外ではなお蟋蟀の声が絶間がない。夫が戻ってくる気配は更にない。しかし聖子はずっと、いつまでも待っていようと思った。

彼女はのろのろと妹の便りを封筒に入れ、文箱を持って立上ろうとした。

そのときである。だしぬけに不快感が、ついぞ経験したこともない突きぬけるような不快感が彼女を襲った。むずがゆいものが胸から喉元《のどもと》へとこみあげてくる。彼女はそれをこらえるように喉元に手をやった。が、それは堪えがたいものとなり、噴きだすように突きあげてきたものを、聖子は身体を折り曲げるようにして畳の上に吐いた。大量の血。それはぶつぶつと泡立《あわだ》ち、あまりにも鮮紅色で、彼女は目の前が一面に真赤になったような気がした。なによりもその厖大《ぼうだい》な赤いものに圧倒され、眩暈《めまい》を覚えながら彼女は咳《せ》きこみ、片手で口をおおい、もう一度身体を海老のように折り曲げた。さらにねばっこい血液が口をおさえた指のあいだから吹きでてきた。

意識が霞《かす》み、巨大な暗いもののなかに引きこまれてゆくのを感じて、聖子は必死に、あがくように、しがみつく思いで念じた。生きたい、生きたい、苦しい、苦しみたくない、死にたくない……。

その願いに反して、病勢は意外に早く最悪の経過を辿《たど》り、聖子はそれからわずか一カ月後、慶応病院の一室で長からぬその生を終えた。

暁方であった。附近の病室も廊下も静まりかえっていた。

病室につめていた楡家の血族は、龍子、米国、帰国してまだ間もない桃子の三人だけであった。そして、この二人の女が揃《そろ》いも揃って目に立つ大きなお腹を、妊娠のごく後期の姿を示していた。

医者が短く挨拶《あいさつ》をして室外へ去った。龍子はベッドのすぐわきに近づき、かたい、こわばった表情で死者の面《おも》をじっと見おろした。死が、それまでの生活のやつれを聖子の顔からぬぐい去っていた。頰こそこけていたけれど、色艶《いろつや》こそ欠けていたけれど、そのほそい鼻梁《びりょう》、閉ざされた口元は、このうえなく端正で、美しいといってもよかった。

龍子の表情は乱れなかった。だが彼女は、しげしげと妹の死顔に見入り、はっきりとうしろの者にも聞きとれる声で、病院と父親に叛《そむ》いていった、もはや息をすることのない妹に語りかけた。

「あなたがあのとき私の言うことを聞いていらっしゃれば。……そうなさっていれば、こんなことにはならなかったでしょうに」

龍子の背後には、桃子と米国が立っていた。桃子は不恰好《ぶかっこう》な腹部に両手をやって、うつむいて、声は立てずに、とめどもなく大粒の涙をこぼしていた。彼女にできることは、ひっきりなしにあとからあとから、なんだか造り物のようにも見える大粒の涙をほそい両眼から分泌《ぶんぴ》すること、それだけであった。坊主頭《ぼうずあたま》の中学四年生の米国も、その目を少し赤くしていた。が、隣にいるすぐ上の姉が、あまりに大量の涙を顔じゅうに滴《した》らせるので、彼はいささかのばつの悪さ、それほど涙の出てこない自分に罪ぶかさをも覚えていた。

さらに後ろのほうに、ぽつねんと一人、聖子の夫が立っていた。彼は親類とは名ばかりの楡家の人たちに対して遠慮して、というより挨拶ひとつするでない基一郎の長女を避けて、ほとんど戸口のそばに佇《たたず》んでいた。

なおしばらく聖子の死顔を見おろしていた龍子は、ふいにしゃっきりと首を起した。それから桃子同様腹部の目立つ姿を二、三歩退《さが》らせると、とりつく島もない冷たいけわしい表情で、横手にいる佐々木のほうに或《あ》る身ぶりをした。その身ぶりは、さあ、私たちはお別れをしました、お前が挨拶をしたいのなら、もしお前にその権利があるのなら、勝手に好きなようにするがいいでしょう、とでも告げているようであった。

第十章

春が来ようとしていた。いや、もう春といってよかった。青山墓地の手前の谷あいの畠《はたけ》にはだんだらに菜の花の絨毯《じゅうたん》が敷かれ、小さな花虻《はなあぶ》が集まっていた。その絵具に似た黄の花弁はまだいくらか冷たい風にゆらぎ、ふりおとされた虻は空中で次の足場を求めようと羽音を立てた。一冬を銹《さ》びた色彩に過した墓地の常緑樹も、たとえば生《いけ》垣《がき》のマサキも新しい色合の芽をのばそうとしていた。

それにひきかえ、楡《にれ》脳病科病院の構内は、ところどころに見える仮普請《かりぶしん》の粗末さだけが目に立って、がらんとうち沈んで見えた。なにより夏の間ほしいままに繁茂していた人の丈ほどもある鉄道草が姿を消していたからである。それが生い茂っていたときも殺風景にうらぶれて見えたものの、いざ見渡すかぎりの雑草がなくなってみると、その空虚さはひとしおであった。冬、伊助《いすけ》や書生たちは立枯れた鉄道草の茎を刈取り、風呂《ふろ》の焚《た》きつけにしたものだ。それでも仔細《しさい》に眺《なが》めると、刈取られた茶褐《ちゃかっしょく》色の茎の跡に、新しい芽が、小さな柔らかな緑の葉が、今ちょぼちょぼと萌《も》えでているのが見てとれた。

唯一《ゆいいつ》の本普請である家族の住む二階屋の裏手には、数多《あまた》のおむつが干されていた。それぞれに元の浴衣地《ゆかたじ》の模様を見せて、こればかりは盛大に。いまこの家には、あとからあとからおむつを汚す、生後三カ月ほどの赤子が二人もいるのだ。昨年の暮近く、わずか五日の間隔をおいて生れた二人の男女の赤ん坊。先に生れたのが、望み通りに桃子が生んだ聡《さとる》――この名前を自分で案出したとき、桃子は有頂天になった。楡聡、たった二字の、なんとすっきりと洗煉《せんれん》されて誰《だれ》の子よりも聡明《そうめい》に偉くなるにちがいないその名――で、もう一人が龍子《りゅうこ》の二番目の子、藍子《あいこ》である。

その小さな藍子を抱いて、さきほどから下田の婆《ばあ》やは蔵の横手からラジウム風呂の前手をゆっくりと歩いていた。そしてときどき赤子をゆすりながら、彼女は、いつの頃《ころ》のものかもわからない俗謡をぼそぼそとした声で口ずさんだ。

青山墓地から　白いオバケが三つ三つ
赤いオバケがみっつみつ
そのまたあとから　袴《はかま》はいた書生さんが
スッポンポンのポン

下田の婆やの甚《はなは》だしい調子外れは、近頃ますます度が昂《こう》じてきたようであった。それはまるでお経のようにも響いたが、そんな守唄《もりうた》があってもなくても、藍子は至極おとなしかった。おとなしいというより、むしろ生気に乏しかった。真綿の一杯はいった銘仙《めいせん》のちゃんちゃんこに包まれたこの女の子は、少しもむっちりしていず、色も白すぎて、どことなく頼りなげに見えた。その代り、やや青みがかった白眼《しろめ》と黒ずんで大きな虹彩《こうさい》がひどくうるおいを帯びていて、淡々《あわあわ》しい、柔らかく上の方にほつれている頭髪ともいえないような髪の毛と共に、どうしても大人たちの情感をくすぐるように生れついていた。泣くときもかぼそい声で泣いた。長くけたたましく泣くだけの活力も有していないようであった。母親の乳の出がわるく、半分牛乳で育っているこの赤子は、その牛乳も飲み残してややもするともどすことが多かった。それからかぼそい声で泣いた。ほどもなく泣きやむと、小さなうえにも小さな上瞼《うわまぶた》を少し赤く腫《は》らして、大人たちの腕の中で、いかにも頼りなげに、なんだかしょんぼりした面《おも》もちで、やや下を向いてじっとしていた。

誰も彼もが、このおとなしい、目鼻立ちのよい赤子を抱きたがった。「ほんとに、なんて可愛《かわい》らしい。なんてまあ可愛らしい。ほら、このお口、このお手々」と言いたがった。

あやされると、藍子はほんのわずか笑った。ほんのわずか――そしてすぐにまた無関心な、頼りなげな表情に戻《もど》るのだったが、それがいっそう大人たちの心をたわいもなくかきたてた。

「こんな別嬪《べっぴん》さんはいませんよ。聖子さまの生れ代りでしょうね。聖子さまよりもっと別嬪さんになりますよ、ほんとに」

と、古くからいる看護婦も言った。

もとより下田の婆やの打ちこみ方は大変なものであった。楡家の子女をずっと次々に手塩にかけてきた彼女にとって、久方ぶりの小さな赤子である。婆やは自分の手の中でじっとしている小さなかけがえのない生物を、象のようにほそい目を一層ほそめてしげしげと覗《のぞ》きこんだ。そしてその口からは、思わずお経のような節まわしが洩《も》れた。

「青山墓地から……白いオバケが……」

下田の婆やは、若い看護婦や、ましてや痘痕《あばた》の熊五郎《くまごろう》の無骨な腕には、この大切な宝物を渡したがらなかった。もし万一、落っことしでもしたら。そうでなくても、このお姫さまは特別に脆《もろ》く華奢《きゃしゃ》にできているのだから、そう、婆やは――それが龍子の意図であるかどうかはわからなかったが――この特別製の赤子のことを、口をすぼめるようにして「お姫《ひい》さま」と呼んでいた。

一方、桃子にはこれがおもしろくなかった。

なるほど彼女には、長いことそれ一つに念じていた男の子、歳《とし》のちがう夫への嫌厭《けんえん》を裏返して身体《からだ》の震えるほどいとしくてたまらぬ聡《さとる》がいる。だがその赤子は、すべてにつけなんと藍子と対照的であったろう。聡はまるまると――腕や足にはくびれた輪ができるほどよく肥《ふと》っていた。一生けんめい餅《もち》や鯉《こい》をとっても乳のよく出ぬ龍子にくらべ、桃子の乳房は大きく乳腺《にゅうせん》がしこっていて、いくらでも乳を分泌《ぶんぴ》した。しかし発育こそよかったけれど、有体《ありてい》にいって聡は醜いといってよかった。藍子のように色白ではなかった。肌《はだ》がくろく毛深く、額の濃いうぶ毛はいつになっても薄くならなかった。そしてたった三月余の赤子ではあるが、その耳がへんに横の方に突出しているのを桃子は――おそらく桃子だけは――はっきりと認めることができた。そのうえ聡は癇持《かんも》ちで激しくけたたましい声で泣いた。乳を吸わせるとき、桃子の乳房は初め張りすぎていてうまく吸いつけない。するとこの赤子は癇癪《かんしゃく》を起し、のけぞって、顔じゅうを充血させて、とりわけもののしい泣き声を立てた。

だが、いくらまだ赤子とはいえ同じ赤子の姉の子に比べて明瞭《めいりょう》に醜かったけれど、それだけになお一層、桃子は聡がいとしかった。無性に抱きしめて殺してしまいたいほどに。

それなのに人々の寵愛《ちょうあい》はすべて藍子にあつまった。誰ひとり聡をかまってはくれなかった。事実はさほどでもなかったのだが、ひがんだ桃子の心はそう考え、そう断じ、そう唇《くちびる》を噛《か》みしめさせたのだ。誰かが聡を讃《ほ》めようとすると、彼女はそれを単なる世辞、あるいは皮肉としか受取らず、こんな口のきき方をした。「ええ、ええ、そりゃ大きくなったわ。この子はこんなに醜いから、大きくなるくらいしか能がないのよ」

これではうかうかとこの色の黒い赤ん坊に愛想《あいそ》を言うわけにもいかなかった。ただ一人桃子は夢中でわが子をかまい、少しでも泣けば時間も場所もわきまえずすぐさま乳首をふくませた。

「ほらほら、お乳よ。沢山お飲み。お餅や鯉なんて食べなくっても、あたしにはたんとお乳があるんですからね。ほらほら、たんとお飲み……」

今また桃子が聡を抱いて裏手へ出てみると、むこうのほうで下田の婆やに抱かれている藍子を、書生の熊五郎が柄《がら》にもなくむきになってあやしている光景が目に映った。

「嬢ちゃん、ばあ。そら、ばあばあばあ」

「嬢ちゃん、じゃありません。おひいさまです」

と、ちかごろ一層肥満して頤《あご》が二重になり頬《ほお》のたるんだ下田の婆やは、このときばかりはその善良すぎる柔和な顔にせい一杯の威厳をきざんで、そう注意した。

へ、なにがおひいさまでございますかよ、と桃子は心のなかで唇を噛んだ。

「婆やさん、こりゃ風が冷たい。風邪をひかせちゃいけないよ。風邪をひかせるとチブスに感染《うつ》りやすくなる。なにせチブスが流行《はや》るってからなあ」

痘痕《あばた》の熊五郎がそんなことを言うこと自体不似合で、桃子には口惜しく腹立たしく、彼女は足早に近づいてゆくと乱暴に自分の子を抱き直した。

「熊さん、赤ちゃんもチブスになるの？」

「そりゃあなりますよ。赤ん坊はどんな病気にだってなるよ。大人の病気と赤ん坊の病気、つまり二倍病気になるってわけだ」

「そんなことより、あんたの痘痕、それほんとに天然痘《てんねんとう》とは違うの？」

「こりゃ挨拶《あいさつ》だね。そんなこと言われて、ぼくはどうしたらよいですか。この暴言にぼくはいかに対処したらよいのか。いいかね、横浜の天然痘だって、ついそこの品川までできてるからね。聡ちゃんに感染《うつ》ったってぼくは知らんですよ」

気色をわるくして熊五郎は行ってしまった。

と、聡がむずかりだした。しょっちゅう癇を起すその子は、抱いて歩いているうちはよいが、立止るとすぐそっくり返って手足をばたつかせだす。ゆすぶってやっても、たちまちその顔はくしゃくしゃに歪《ゆが》み、しぼりだすような聞くに堪えぬ音声がその喉《のど》から洩れてきた。

桃子は慌《あわ》てて乳首を含ませようとした。が、強情な赤子は一層そりかえり、ひときわ激しい泣き声を立てた。

「桃さま、それはおぽんぽんがすいていなさるのじゃございませんよ。おねむなんですよ」

と、見かねて下田の婆やがかたわらから口を出した。

「そんなこと言って婆や」と、桃子はかっとなって畳みかけるように言った。「婆やは少しも聡を抱いてくれないじゃないの。聡なんか……ちっとも可愛いと思ってくれないじゃないの！」

「とんでもございません、桃さま」と、婆やは意外な桃子の剣幕におろおろして言った。「聡さまには、ちゃんとお母さまがついていらっしゃるじゃありませんか。ほんとにそんなことをおっしゃって……」

「いいの、いいの。でも婆や、少しでも聡を可愛いと思うのなら、ちょっとでも抱いてやってよ。そりゃあ婆やのほうが抱くのは上手なんだから。ほら、こんなに婆やに抱かれたがって泣いているわ。その藍さまは……おひいさまは、あたしがだっこしてあげますからね。いいでしょう？」

「もちろんでございますとも」

困ったように、下田の婆やはうなずいた。

そこで二人の女は男女の赤子を交換した。桃子は自分の腕の中に、軽い、少しも暴れたりしない柔らかな身体を抱きかかえて、そのひよわそうな、しかし自分の子と比べてあまりにも目鼻立ちの整った小さな顔を覗きこんだ。赤子のほうは、少しびっくりしたように、大きすぎる黒い瞳《ひとみ》で訳もわからずに叔母を見つめ、それからすぐ視線をわきにそらして、なんとなくしょぼんとしたようにおとなしくしていた。

「かわいいわ。この子ったらほんとに可愛い顔をしている」

と、思わず桃子は呟《つぶや》いた。

それから、彼女は指先で、競争相手の姉の子供の白い頬をつついた。

「この子ったら、こんな寂しそうな顔をして……。ちっとも頬《ほ》っぺがふくらまないのね。おっぱいが足りないの？　気の毒に。叔母さんのおっぱいをあげましょうか？　でもね、お前のお母さまはね、あたしみたいな下賤《げせん》な女がお乳をやったと知ったらお怒りになるわ。おお、よしよし、本当に可哀《かわい》そうにね」

桃子は、そんなことをとりとめなく、憑《つ》かれたように呟きつづけた。そしてふと視線を転ずると、下田の婆やに抱かれた聡がいつの間にか泣きやんで、泣いたあとの穢《きた》ない顔をこちらに向けているのに気がついた。色のくろい、少しも上品なところのないその子。なんだか夫の厭《いと》わしいところばかり似たように思われる人相のわるいその子。すると突然、たとえようなくみじめな、居たたまれぬ気持が襲ってきた。

「渡して。あたしの聡を渡して!」

なにか言おうとする下田の婆やにおかまいなく、桃子は奪うように聡をとり戻した。邪慳《じやけん》にそのむっちりとした身体を抱きしめ、そのまま二階屋の裏口にむかって逃げるように歩きだした。

後方で心配げに彼女を呼ぶ下田の婆やの声がした。腕の中では、乱暴にあつかわれた聡がふたたび火のように泣きたてた。しかし桃子はその二つの声を無視して、半分走るように歩いた。彼女のほそい両眼には涙が一杯たまっていた。それはついに溢《あふ》れだし、下ぶくれした彼女の頬に次から次とつたわった……。

だが、それから三十分後、桃子はむしろけろりとした顔をして、台所の横の六畳の間に、新聞をひろげていた。かたわらに珍しく、罪のない顔をして両腕をひろげて眠っている聡をおいて。

「条例を無視して市が水道料金の不当利得」と、彼女はぶつぶつと声にだして読んだ。

「バラック建ての建坪の不明を理由に、連用栓《せん》の名の下に……」

なんてつまらない記事だろう、と彼女は思った。本当なら、ここにあのとんがり頭のビリケンさんがいるところだ。奇妙な素敵な節まわしで、もっと面白い記事を読んでくれるところだ。それにしても、なんていい人だったろう、あの人は。

そして彼女は、手のおもむくままに別の新聞をめくった。

「女店員と芸妓《げいぎ》を斬《き》つた西巣鴨《にしすがも》の痴漢捕はる……」

すると彼女のほそい瞳は急にいきいきとしてき、かたわらに寝ているわが子の存在すらしばし忘れて、その記事に目をよせて読んだ。「……前科者から変態性欲へ……婦人を傷つけては一種の快感を……」

「ちょいと、おしげさん」

と、桃子はほがらかな声をあげて、隣の台所にいる嘗《かっ》ての奥づとめの古い女中を呼んだ。

「おもしろいから、あなたも聞きなさいよ」

そして桃子は、とても子供のある身とも思えぬような軽々しくも晴れ晴れとした顔つきで、小鼻をひくつかせながら、次の活字を大きな声で読んだ。

「……美人を見ると斬りつけたくなる。むらむらと煩悩《ぼんなう》起り……」

茶の間の壁際《かべぎわ》には、ところどころ傷のついた黒塗りのピアノが置かれてあった。以前は貴賓室にあった独逸《ドイツ》製のピアノである。あの火災の折、何もかもが焼失した中に、このピアノだけはどうした奇蹟《きせき》か書生たちによって二階から運び出されたのだ。しかし、どうせ運びだすのなら、何よりも先に、もっと手軽に、いやたとえ生命《いのち》をかけても、珊瑚《さんご》の間《ま》の御《ご》真影《しんえい》を持ちださねばならなかったはずだ。御下賜《ごかし》の御真影は誰にもかまわれぬまま焼失し、あとになって院長も院代も色を失い、このことに関しては口を閉ざしておくようにと病院の従業員たちに達しがあったほどだ。幸い御真影についてはまだどこからも咎《とがめ》はなく、傷のついたピアノだけが、弾く者もいないままここに放置されているのであった。

ピアノの横の柱にはぶ厚い暦がかけられていた。一日一日、一枚ずつめくるカレンダーで、粗末な紙には大きくその日だけの数字が刷られ、土曜日は青、日曜には赤色のインクが使われているばかりか、祭日には仰々しく日の丸の旗が印刷されていた。そのぶ厚い暦は、めくるのを忘れられるのが屢々《しばしば》だったが、それでも何日かおきには何枚かの紙がはがされ、とにかく大正十五年の四月も終りに近づいていることを示していた。

その、桜もとうに終り、春も酣《たけなわ》の朝から上天気を思わせる或《あ》る日曜日、菅野《すがの》康三郎は院長の許《もと》に呼ばれた。

楡基一郎はさきほど早い朝食をすまし、二階の自室に——かつての「奥」の部屋と比較してはごく見すぼらしい日本間にひきあげてきたところであった。朝食は判で押したようにオートミールとボルドーである。昨年から基一郎は尿に糖が見られ、周囲の者はこの甘い赤いサイダーに危惧《きぐ》の念を抱いていたが、この院長の嗜好《しこう》を変えるというわけにはいかなかった。彼はたしかに日に半ダースのボルドーを飲んだ。朝からして、熱いオートミールの上にボルドーをだぶだぶかけてぬるくし、大匙《おおさじ》でかきまわして、その目をそむけたくなるような尋常ならぬ食物を音を立ててすするのであった。最近は益々《ますます》、老人特有の無関心さ、野方図のだらしなさが目に立って、毎度々々手入れの行きとどかぬその口髭《くちひげ》の先に、オートミールとボルドーの混合液がたっぷりと附着した。院長は食事が済むと、さすがにナプキンでそれをおしぬぐった。そそくさと、ごくいい加減に。

しかし基一郎が、火災以来の落胆とおしよせる老年の衰えにより、あれからもずっと気力を喪失したまま徒《いたず》らに壊れたラジウム風呂《ぶろ》の中でボルドーをのんでいたといえば、それはあやまりである。殊《こと》にこの一カ月、彼は十年前の活力をみせて、診療こそ徹吉たちにまかせていたものの、慌《あわただ》しい外出を繰返していたのであった。つけ加えればごく最近、例の土地の借地問題に関する裁判に、楡病院は勝利を収めた。院長は久方ぶりに相好《そうごう》を崩し、口先では「なにねえ、勝つのはもともと当り前だよ。田辺（弁護士の名であった）がもっとはきはきやってくれたら、こんなものは半年で解決していたよ」と落着きはらって言ったものの、さっそく妻と長女とを浅草の観音さまへお礼参りにやったほどだ。ともあれ、さすがに老《ふ》けこんではいたけれど、基一郎は一時の衝撃から立直り、彼の頭脳はふたたび機敏に、ときには誇大に、独自の回転をみせだしていたことは間違いなかった。

そこに、縁なし眼鏡を光らせてうやうやしくしのびやかに、院代勝俣秀吉《かつまたひできち》がはいってきた。先日基一郎が金を借りることに決った信託会社へ出す、連帯保証人の委任状の草稿を持参したのである。

基一郎は非常な速度で目を通した。

一、拙者儀　　ヲ以《モッ》テ代理人ト定メ左記事項ヲ委任ス

一、債務者楡基一郎ガ関東信託株式会社ヨリ金　　円也《ナリ》ヲ左記条項ニ基《モトツ》キ借受ケタルヲ以テ右債務ニ就キ拙者所有別紙物件目録記載ノ物件ヲ担保ニ提供シ第一順位ノ

抵当権ヲ設定シ連帯保証ヲナスコト
一、弁済期限　大正拾　年　月　日
一、利息　年壱割ノ割
一、利息ノ支払時期　毎月弐拾五日限リ支払フコト
一、期限ニ元金ヲ完済セザル時ハ遅延日数ニ応ジ年壱割　分ノ割合ニ依《ヨ》リ損害金ヲ支払フコト

「これでいいよ、君」

と、基一郎はそそくさと面倒臭げにうなずいた。それから、あからさまにいまいましげな表情を作ると、こうつけ加えた。

「こんなものはいい加減でいいんだよ。なにも、こんなものはねえ、君。……ではご苦労だが、これを塩原さんのほうへ持って行ってくれたまえ」

かしこまって院代は細い鶴《つる》のような体軀《たいく》を室外へ消し、入れ違いに学生服姿の菅野康三郎がはいってきた。康三郎の顔を見ると、基一郎は待ちかまえていたように口早に言った。

「君、紐《ひも》を沢山集めてくれ。そう、荷作りの紐でも何でもいい。できるだけ沢山」

「何になさいますので？」

「地所を測るのだ」と、院長は言った。「紐をずうっとつなげて、一間《けん》おきに紙縒《こより》をしっかりと結んでくれたまえ。紐はできるだけ長く、そう、一町もあれば足りるかな」

なんのことやらよくわからぬまま、康三郎が紐の用意をしている間、基一郎は自ら台所へ行って弁当を命じた。海苔《のり》をまいた握り飯である。

「そう、鰹節《かつおぶし》を入れて、半分は梅干を入れて……それから香こに佃煮《つくだに》、どんな佃煮があったかねえ？」

糖尿病のため食物に注意しなければならなくなって以来、微量だった基一郎の食欲は増加し、その嗜好も変化し、あまり摂生とてせず、単なる握り飯の弁当にもあれこれと口をだすのであった。

近頃《ちかごろ》にしては珍しく洋服に着がえた基一郎は、弁当の風呂敷包み、大量の紐、画用紙、定規、鉛筆などを入れたカバンを康三郎に持たせ、家を出た。渋谷まで市電に乗り、――楡病院の二台の自動車は一台は焼失し一台は手放してしまっていた――渋谷から玉川電車に乗りかえ、三軒茶屋で降りた。そこから松原まで歩くのである。途中、基一郎ははじめて何も知らぬ康三郎に打明けた。これから世田谷松原の土地を調べにゆくこと、そこに新病院を建設するつもりであることを。

院長の口調は、康三郎が上京した当時と同じようになめらかで、雄弁というわけではないが次から次へと移ってゆき、人を心服させる、あるいは人をたぶらかす力をすっかり回復しているようであった。

「土地のことはもう地主に諒解《りょうかい》を得てある。病院の設計ももうできているよ。請負師も決っている。どうだ、ぼくのやることは君、実に電光石火だろう？　青山の土地は裁判には勝ったが、病院を建てることはまだ警視庁の許可が降りていない。そんなものを待っていては、いつのことになるかわかったものではない。そんなものを便々と待っている男じゃないよ、ぼくは」

それからまたこうも言った。

「院代たちは青山の土地に執着しているが、それは時代を見ないということだ。青山なんぞは君、いずれは家がびっしり建つよ。東京はどんどん発展する。世田谷なんぞもいずれは東京市に編入されるようになるにちがいない。大病院は郊外に建てる、そして青山は外来診察を主にして、郊外の病院に患者さんを送る、そういうふうにしなけりゃ駄目《だめ》だよ、君。ぼくは何時《いつ》だってひと時代もふた時代も先を見ているからねえ」

基一郎の弁舌を聞いていると、康三郎の胸には、やはりこの院長先生は人物だ、人にすぐれた人物だ、人は老いぼれたなどと言うけれどこの院長のめぐらす計画には間違いがない、という考えがどうしても浮んでくるのであった。とはいえ、康三郎には一抹《いちまつ》の疑惑がないわけでもなかった。郊外に新病院を建てるのはよいとして、その資金はどこからくるのか？ 現在楡病院の多からぬ従業員に対する給料も滞りがちで、あまつさえ真偽は定かではないが、古くからいる奥づとめの女中、下田の婆《ばあ》やなどの奉公人の貯金、その零細な金額までも院長が借りてしまったという噂《うわさ》を彼は耳にしていた。

そういう康三郎の胸のうちを見すかすように、事もなげに基一郎は言った。

「君、ぼくには金は一文もないよ。それでもちゃんと病院はできる。君も覚えておきたまえ。頭だよ、そして信用だよ。松原に土地を借りて病院を建てる。その病院を抵当にして金を借りて、土地と建築の費用を払う。まあ見ていたまえ、今度の病院はバラックだが、いずれはあの青山の病院のようにしてみせる。あの二倍の規模の宮殿のような病院にしてみせる。それまではぼくは死ねないよ。病院を作って、それからもう一度代議士に出馬する。君、ぼくの顔いろを見てみたまえ、つやつやしているだろう？ 若い者そこのけだろう？ ぼくがいったんこうと思ったからには、いつだって必ずその通りにやりとげるからねえ」

康三郎は歩きながら院長の横顔を盗み見た。その皺《しわ》のきた顔はあまりつやつやしてもいなかったけれど、白いもののまじった長い眉毛《まゆげ》の下の両眼には、たしかに人を説得するだけのいきいきとした輝き、なにか圧倒される活力があった。

三軒茶屋から先はまったくの田舎道である。日はうららと汗ばむほどに照り、道は白く乾いていた。そういう道を二人は長いこと歩いた。基一郎は上機嫌《じょうきげん》で、ひっきりなしにしゃべりつづけた。しばらくまえ世間を騒がした汚職事件、復興局に関する「あがちヶ原事件」についても語った。

「君、渡辺といえば指折りの大地主だが、内実は苦しいんだねえ。だが政治にはいろんな裏面があるよ。君なんかにはまだわからないだろうが、政治というのはおもしろいよ。医者は個人が相手だが、これは一国が相手だからねえ」

梅ヶ丘という土地に着いた。辺りは一面の麦畠《むぎばたけ》である。その中に一軒だけある見るからに豪農らしい家が地主であった。その家に入り、もう話はついているらしくひとしきり世間話をして、土地の図面を借りた。まだ昼に早かったが、茶を入れてもらって弁当も食べた。康三郎が見ていると、基一郎はもともとあまり固形物を食べない男であったのに、旺盛《おうせい》な食欲をみせて握り飯をほおばっている。

先生、どうも威勢がいいな、と康三郎はそんなことにも感服しながら思った。それから、目的の土地にむかった。前方はもとより、横を向いても、うしろをふりかえっても、見渡すかぎりの麦畠である。小川が大層のどかに流れている。そこを渡っても、見えるものは青い麦畠のみ、はるかにぽつんぽつんと農家の藁屋根《わらやね》が散在している。

いや、これはひどい田舎だ、と康三郎は考えた。こんなところに病院を建てて、一体患者がくるものだろうか?

そんな康三郎の思いにはおかまいなく、基一郎は先に立ってすたすたと歩いた。ふいに立止って、康三郎をふりかえった。

「ここだよ、君」

同じような麦畠のひろがるどこまでも単調な見栄《みば》えのしない風景である。前方がやや小高くなっていて、雑木の林が、おそらくは櫟《くぬぎ》か楢《なら》の林がずっと向うにつづいている。康三郎がなんだかがっかりしてしまって返事をせずにいると、基一郎はほとんど浮き浮きした口調で言った。

「見たまえ。ここはいい土地だ。前方が低く、後方が高い。これは末広といって、とても縁起がよいものなのだ。いや、いいねえ、君。とてもいいよ、ここは」

「一体どのくらいお借りになるのです？」

と、仕方なしに康三郎は訊《き》いた。

「七千坪、いや八千坪はあるかな。それをきっかりと測らねばならんのだ」

「私がですか？」

と、おどろいて康三郎は言った。そんな何千坪もある土地をまるきり素人《しろうと》の自分が測量できるはずがない。

「しかし、その図面がおありになるのじゃありませんか？」

「いや、こんなものは杜撰《ずさん》なものだよ。とても信用できない。あとあとに問題が残るからねえ。なに君、ぼくの言うとおりにすれば訳はない。ぼくはねえ、こういうことにかけては専門家だよ。ぼくの言うとおりにやってくれたまえ」

基一郎はカバンから、ところどころに紙縒《こより》を結んだ大量の紐を取りだした。否《いや》も応もなかった。康三郎は、院長が図面と見くらべながら指示するままに、一町もある長い紐を持って麦畠の中を歩いた。畠の土は黒く柔らかく、踏みこむ靴《くつ》はずぶずぶと土の中にもぐった。澄みきった空には雲雀《ひばり》が啼《な》いている。その姿を認めることはできなかったが、遥《はる》か高空で啼いているそのうららかな声は、見渡すかぎり拡《ひろ》がる麦畠のうえ一面に降ってくる。だが康三郎にとっては、雲雀の声に耳を傾ける余裕もなかった。

境界点に基一郎が紐の一端を持って立つ。康三郎は指示される方角に紐をはってゆく。紐がぴんとはると、基一郎がそこまで行って、次の方角を指示する。土地の形は四角くなく、単に縦と横を測るだけでは済まされなかった。基一郎は器用に定規を使って、路上にひろげた画用紙の上におおよその土地の図形を描いた。それを幾つにも分割し、その一つ一つの土地を測ることを命じた。一箇所の距離を測ると、戻《もど》ってきてその数字を記入した。

「ここはみんな斜めになっている」と、靴を泥《どろ》だらけにした小柄《こがら》な老人は、額の汗をぬぐいながら、一向に疲れた気配も見せずに言った。「こういうところは横と縦だけでは駄目なんだ、君。対角線を測って垂線をおろして、つまり三角形の面積を出すわけなのだ」

晴れわたった空では雲雀が啼き、眠くなるような陽光がふりそそぎ、一面の麦畠は青々と静まっていた。遥か彼方《かなた》に二、三の農夫の姿が見えるだけで、ほかに動くものの影もなかった。そののどかな風景の中で、年老いた小柄な男とまだ若い長身の男は、飽きることなく紐をはり、歩き、立止り、戻ってきては画用紙に測量の結果を記入した。

思わぬ時間が経《た》っていった。空はまだ青く澄みわたっていたが、暖かな光がいつしか失われ、目にとまらぬほどの翳《かげ》りがどこからともなく忍び寄ってきた。

「これで終りだよ、君。ここは真四角だから、ここからあの櫟林の一番はずれの樹《き》、あそこまで測ってくれたまえ。ここはざっとでいいよ。これでおしまいだ」

さすがに疲労のいろを見せて基一郎は言い、ゆっくりと麦畠の中を道のほうへ引返していった。

あとに残った康三郎は、もういい加減手慣れてきていたので、紙縒のついた紐をかなり伸びている麦の畦《あぜ》の間にたらしながら、たるまぬように、かつ紐の端を動かさぬようにして、一本の櫟の木にむかって足早に進んだ。紐が一杯になったところでたぐりよせ、そこからまた同じような神経を使って進んだ。目的の櫟の木に辿《たど》り着き紙縒の数をかぞえて間数《けんすう》を頭に入れ、ほっとしながら元きた道を引返しはじめた。

むこうに、麦畠の間の道に、院長がかがみこんでいる姿が小さく見える。おそらく画用紙の上で熱心に計算をしているのであろう。ところが数歩すすんだとき、康三郎の目には、その院長の姿が妙に前のめりになり、そのまま頭を土につけるように、さながら蟾蜍《ひきがえる》かなにかが叩《たた》きつけられたような恰好《かっこう》になるのが見えた。

「院長先生！」

と、あやしい予感に襲われて、康三郎はこちらから呼んだ。

返事はない。基一郎の不自然な態勢は同じままである。

康三郎は走りだした。柔らかい畠の土にとられて足が重い。

「院長先生！」もう一度呼ばわりながら彼は走った。

康三郎が駈《か》けつけたとき、基一郎の身体《からだ》はごろりと地面の上に横になっていた。その顔をひと目見て、康三郎は慄然《りつぜん》とした。院長の目はどろりとし、白眼《しろめ》だけがにぶくひろがって、自分を認めたかどうかも定かではない。康三郎はその身体を抱き起そうとした。と、その片腕だけがあがくようにびくびくと動き、なにかにぶい音声がその口から洩《も》れた。

「院長先生！」

度を失った康三郎は三たびそう呼んだが、相手の色のない唇《くちびる》から出てくるものはおびただしい涎《よだれ》ばかり、幼児のたらすような、意志にも気力にも関係のないごく動物的な涎ばかりであった。あきらかに院長はなにか言おうとしているらしいが、聞えるものは言葉にならぬにぶい喉《のど》のあえぐ音声だけである。

これは自分の手に負えることではない、助けを呼ばなくては、と康三郎は判断した。彼は、院長のこわばった身体を土の上に仰向けに寝かすと、そのまま麦畠の間の道を走りだした。地主の家まではかなり遠い。ただずっと向うの畠の中に一人の農夫の姿が見える。

「おーい」

と、走りながら康三郎は叫んだ。しかし、ぽつんと見える農夫がこちらに気がついた様子はない。

「おおーい！」

周囲はどこまでも緑一色にひろがる麦畠で、あまりに広く、あまりに遠く、息せきって走りながら、なおも大声で呼ばわりながら、康三郎は無我夢中の自分の絶叫がむなしいことをちらと意識した。

かなりの時間を経て地主の家へ運びこまれた基一郎は、ふかい昏睡《こんすい》をつづけた。喉がごろごろと鳴り、意識と関係のない重苦しい呼吸が色のない唇をふるわせた。そして彼は、似たような状態を二時間つづけたのち、家族の者や病院の医師たちが駈けつけるのを待つことなく、息をひきとった。枕頭《ちんとう》にいたのは赤の他人ばかりであった。菅野康三郎は遠い径《みち》のりを電話をかけに行っていてまだ戻っていなかったのである。

——葬式には、さすがに多くの来会者があった。花輪の数はおびただしく、出羽ノ海部屋の力士が十数名も巨軀をもてあますようにひかえていたこと、火災まえを思わせる楡病院の法被《はっぴ》を着た職人たちがきびきびととびまわっているのが目に立った。しかし、家族の目には、なかんずく龍子の目には、そうした光景も徒《いたず》らにむなしく貧相にそらぞらしく映らざるを得なかった。

「もし病院が今のような状態でなかったなら」というのが、涙ひとつ見せず毅然《きぜん》として直立している彼女の心の中であった。「お父様のお葬式はこんなものではなかったろうに。もっともっと盛大に、お棺の中のお父様がにっこりお笑いになって、ご苦労ご苦労とおっしゃるほど立派であったことでしょうに」

その棺の中には、基一郎の幾つかの愛玩《あいがん》の品――先年の火災のためこれというものも残っていなかったが――と共に、生前愛飲していたボルドーのびんが六本、丁寧に清められて収められていた。これも龍子がせめて一ダースというのを、周りの者がようようその半分で納得させたのである。

そしてこの年、楡病院の創始者である金沢甚作《じんさく》、つまり楡基一郎が六十三歳で唐突に――彼を知る者にはひとしく信じられぬほど唐突にたわやすく世を去った年の十二月、大正天皇が歿《ぼっ》し、年号は昭和と改められた。

楡《にれ》家《け》の人《ひと》びと（第一部）

新潮文庫　き－4－57

平成二十三年七月五日発行

著者　北《きた》杜《もり》夫《お》

発行者　佐藤隆信

発行所　株式会社 新潮社

郵便番号　一六二—八七一一
東京都新宿区矢来町七一
電話　編集部(〇三)三二六六—五四四〇
　　　読者係(〇三)三二六六—五一一一
http://www.shinchosha.co.jp

価格はカバーに表示してあります。

乱丁・落丁本は、ご面倒ですが小社読者係宛ご送付ください。送料小社負担にてお取替えいたします。

印刷・株式会社光邦　製本・憲専堂製本株式会社

ISBN978-4-10-113157-3 C0193